CB070474

EVIDENCE
E.L.A.S
TO BE OPENED BY AUTHORIZED PERSONNEL ONLY
ESPECIALISTAS LITERÁRIAS NA ANATOMIA DO SUSPENSE
CRIME SCENE FICTION
DARKSIDE BOOKS

JENEVA ROSE

E.L.A.S
ESPECIALISTAS
LITERÁRIAS NA
ANATOMIA DO
SUSPENSE

ESPECIALISTAS LITERÁRIAS NA ANATOMIA DO SUSPENSE

CRIME SCENE
FICTION

YOU SHOULDN'T HAVE COME HERE
Copyright © 2023 by Jeneva Rose
Cover design by Sarah Riedlinger

Os personagens e eventos deste livro são fictícios.
Qualquer semelhança com pessoas reais, vivas ou mortas,
é mera coincidência e não foi intencional por parte da autora.

Tradução para a língua portuguesa
© Fernanda Lizardo, 2025

Diretor Editorial
Christiano Menezes

Diretor de Novos Negócios
Chico de Assis

Diretor de Planejamento
Marcel Souto Maior

Diretor Comercial
Gilberto Capelo

Diretora de Estratégia Editorial
Raquel Moritz

Gerente de Marca
Arthur Moraes

Gerente Editorial
Bruno Dorigatti

Editor
Paulo Raviere

Adap. de Capa e Projeto Gráfico
Retina 78

Coordenador de Diagramação
Sergio Chaves

Designer Assistente
Jefferson Cortinove

Preparação
Vinicius Tomazinho

Revisão
Catarina Tolentino
Yonghui Qio Pan

Finalização
Sandro Tagliamento

Marketing Estratégico
Ag. Mandíbula

Impressão e Acabamento
Ipsis Gráfica

DADOS INTERNACIONAIS DE CATALOGAÇÃO NA PUBLICAÇÃO (CIP)
Jéssica de Oliveira Molinari CRB-8/9852

Rose, Jeneva
  Você não deveria estar aqui / Jeneva Rose ; tradução de Fernanda Lizardo. — Rio de Janeiro : DarkSide Books, 2025.
  304 p.

  ISBN: 978-65-5598-507-8
  Título original: You Shouldn't Have Come Here

  1. Ficção norte-americana 2. Suspense I. Título II. Lizardo, Fernanda

25-1033   CDD 813

Índice para catálogo sistemático:
1. Ficção norte-americana

[2025]
Todos os direitos desta edição reservados à
DarkSide® Entretenimento LTDA.
Rua General Roca, 935/504 — Tijuca
20521-071 — Rio de Janeiro — RJ — Brasil
www.darksidebooks.com

JENEVA ROSE

VOCÊ NÃO DEVERIA ESTAR AQUI

Tradução Fernanda Lizardo

E.L.A.S

DARKSIDE

Para o meu pai: peço desculpas desde já porque este não vai ser um livro de zumbis. Com amor, da sua quarta filha predileta (Bom, talvez esta dedicatória me alce ao primeiro lugar. Avise-me se for o caso.)

DIA UM

1
GRACE

Eu não queria parar, mas, quando a luz no painel se acendeu indicando combustível baixo, percebi que não tinha escolha. O Gunslinger 66 foi o único posto de gasolina que vi ao longo de 65 quilômetros nos arredores da rota 26. Se não fosse pelo letreiro em neon indicando estar aberto — bom, na verdade, "abert", porque a letra O ficava piscando de tempos em tempos —, eu teria achado que o estabelecimento tinha fechado as portas permanentemente. O posto estava em frangalhos, com as vidraças embaçadas e as vigas de madeira mal dando conta de sustentar a estrutura. O velho Mazda2 Hatchback engasgou assim que parei ao lado de uma bomba. Deixei escapar um suspiro de alívio e sacudi as mãos, que estavam doendo de tanto segurar o volante com força. Por pouco eu não cheguei ali, percorrendo os dois últimos quilômetros já quase sem gasolina ou esperança de achar alguma coisa.

Fechei a porta do carro, botei a bolsa no ombro e segurei a alça com força. Não tinha nada à vista para lado nenhum, exceto pela estrada sinuosa escura, pelos campos abertos e pelo sol, que já me dava as costas. Ao longe, as montanhas eram visíveis. Pareciam formigueiros, mas de perto certamente eram maiores do que os arranha-céus aos quais eu estava acostumada. Um montinho de feno passou rolando pela estrada. Sinceramente, se não fosse pelos filmes, acho que eu jamais teria visto um desses a minha vida toda.

Um pequeno adesivo muito gasto na bomba dizia "Somente dinheiro. Fale com o atendente". *Mas é claro.* Soltei um gemido frustrado. Prendi o cabelo em um rabo de cavalo baixo e fui cruzando o cascalho. O salto alto decerto não tinha sido a melhor escolha, meus tornozelos bamboleavam no terreno traiçoeiro. Quando abri a porta da loja, ela rangeu. Um ventilador zumbia num canto, espalhando cheiro de carne seca e gasolina pelo ambiente precário. A maioria das prateleiras estava meio vazia. Presumi que o abastecimento aqui não fosse lá muito constante. Atrás do balcão, havia um homem corpulento usando macacão sujo. A pele de seu rosto era uma mistura de rugas profundas, poros enormes e cicatrizes grosseiras, praticamente um mapa topográfico. Ele esticou o pescoço em minha direção, porém um dos olhos não acompanhou o movimento. Ele soltou um assobio baixo.

"Você num é daqui, querida."

A voz do homem era densa feito mel, mas o jeito como me olhava estava longe de ser doce.

Empinei o queixo e dei alguns passos decididos até ele. Meus saltos estalavam contra o piso de madeira.

"O que foi que me entregou?", perguntei, inclinando a cabeça.

Seu único olho móvel me examinou da cabeça aos pés, enquanto o outro continuava fixado na porta da frente. Ele levou a mão à barba encrespada e esfregou as laterais do rosto, descendo até os poucos pelos desgrenhados para além do pomo de adão.

"Seu visual já entregou."

Ele retorceu uns fios da barba.

"Bom", comecei. "Me vê sessenta de gasolina."

Pegando a carteira, saquei três notas de vinte e as deslizei pelo balcão.

Ele ficou parado ali por um momento, me fitando como se tentasse identificar minhas origens.

"Chicago?"

O homem pegou o dinheiro e apertou alguns botões na caixa registradora metálica um tanto antiga.

"Nova York."

A gaveta se abriu com estalido.

"Você tá longe de casa, moça."

"Eu sei", ironizei, de olho em todos os movimentos dele.

Ele enfiou o dinheiro na gaveta e a fechou sem qualquer sutileza.

"Pode encher lá."

Assenti discretamente e me dirigi à porta, tomando o cuidado de continuar de olho nele até sair. Quando cheguei ao estacionamento de cascalho, acelerei o passo. Dava para sentir os olhos do sujeito em mim enquanto eu enfiava o bocal da bomba no tanque do carro. Os números foram passando devagar no visor, devagar até demais. Cacei um par de óculos escuros na bolsa, botei no rosto e olhei para a loja. Não demorei mais de um segundo para localizar o sujeito lá dentro. Ele estava com a cara colada na vidraça. A pele desgastada agora parecia carne de hambúrguer crua. Pegando o celular, flagrei as palavras "Sem serviço" no canto superior direito da tela. *Inútil*.

O painel da bomba indicou pouco mais de vinte litros. Era como se o tempo tivesse parado. Tentei me distrair tamborilando minhas longas unhas vermelhas na lataria do carro. *Tum. Tum. Tum. Creeeec.* A porta da lojinha foi aberta. O sujeito tombava um pouco para a esquerda, como se uma das pernas fosse mais longa que a outra. Lá vinha ele na minha direção, os passos curtinhos e tortuosos. Sessenta pratas era o suficiente para encher o tanque, mas eu não precisava dele cheio. Faltavam uns 250 quilômetros para chegar ao meu destino. Meio tanque dava. Enquanto cruzava o estacionamento, o sujeito não disse uma única palavra. Também não falei nada. Gotas de suor se acumulavam na testa dele e se aninhavam nas rugas mais fundas. Ele passou a língua gorda pelo lábio superior, lambendo o suor. Meu olhar se revezava entre ele e a bomba de gasolina. *Anda logo. Anda logo.*

Clique, clique, clique fazia a bomba de gasolina.

Tum, tum, tum fazia o meu peito.

E então houve um novo som. Um tinido. Do bolso do homem. Moedas tilintando, colidindo entre si. Os músculos das minhas pernas e braços tremelicavam, se preparando instintivamente para entrar em ação.

Quando a litragem bateu em 25, arranquei o bocal da bomba do tanque e o joguei de lado. A gasolina encharcou meus pés e o piso ao redor. Contornei a frente do carro em disparada e me sentei no banco do motorista, fechando a porta.

O Mazda cuspiu cascalho quando meti o pé no acelerador, rumando em direção às montanhas. Pelo retrovisor, observei o sujeito tossindo o rastro de poeira que deixei. Ele deu um tapa na própria perna e danou a espernear. Daí gritou algumas coisas, mas não consegui entender e também não dei a mínima. Alguns quilômetros adiante na rodovia, baixei a janela e inspirei o ar fresco. Puxe o ar pelo nariz por quatro segundos. Prenda a respiração por sete. Expire pela boca contando até oito. Naquela nova região, o ar cheirava e tinha gosto diferente. Provavelmente, porque *era* diferente. Depois de três rodadas de exercícios respiratórios, eu estava calma de novo. A frequência cardíaca estava de volta ao normal, e os músculos dos braços e pernas já estavam relaxados — não mais naquele estado de alerta, prestes a explodir em um reflexo de luta ou fuga.

A estrada adiante parecia uma serpente preta ziguezagueando pelas planícies até onde a vista alcançava. Tirei um sapato encharcado de gasolina e o joguei no piso do carona, abaixo do porta-luvas. Enquanto mantinha o pé descalço fazendo pressão no pedal do acelerador, rapidamente tirei o outro pé e também joguei de lado. Liguei o rádio na esperança de ouvir uma música pop, algo capaz de levantar meu astral. Não houve nada além de estática. Toda estação era pura estática, chiando como a cobra preta retorcida que emprestava suas costas para o meu passeio, sibilando e anunciando estar ciente de minha presença. Mesmo assim, por mais estranho que fosse, aquilo era reconfortante. De modo geral, a viagem até o Gunslinger 66 tinha sido tranquila. Às vezes, parecia que eu era a única pessoa no mundo, raramente encontrando outro veículo pelo caminho. Havia algo de belo e aterrorizante naquele isolamento. Algo que me incitava um senso de importância e de insignificância ao mesmo tempo.

Wyoming era um estado que de algum modo sempre ignorei, fato que considero lamentável agora que podia constatar toda a sua exuberância. À medida que me aproximava do meu destino, a paisagem começava a mudar. E quanto mais para oeste eu seguia, mais drástico tudo se tornava. Logo os campos monótonos e planos foram se transformando em colinas com pinheiros imensos, migrando da cor de musgo para um gramado verdejante que cerceava rios caudalosos; um mosaico de cores sobre uma tela ainda molhada, ainda em desenvolvimento. As majestosas Montanhas Rochosas assomavam adiante, lançando um toldo permanente sobre todos que se aproximassem. Búfalos e alces percorriam as planícies, um pedaço de terra que sempre foi e sempre será deles, um dos poucos lugares autênticos neste mundo. Tudo era em uma escala tão grandiosa que ficava até difícil absorver suas dimensões. Era diferente de tudo o que eu já tinha visto, um outro planeta dentro do meu próprio país — um microuniverso particular — e fiquei feliz por tê-lo escolhido.

Já passava das sete, e o sol derramava seu facho de luz derradeiro daquele dia.

"Em trezentos metros, seu destino estará à direita", anunciou Siri.

Cliquei em finalizar rota no GPS do carro, pois, logo depois da colina, já dava para ver o local. Enfurnada na floresta, bem nos arredores do rio Wind, a propriedade parecia oriunda de um livro de histórias. O rancho era grande e rústico, com uma varanda em torno da casa e janelas imensas com peitoris. Havia um galpão e um celeiro. Patos, galinhas, ovelhas, vacas e cavalos vagavam à vontade em um pasto cercado com um açude no centro. A estradinha de cascalho era longa, e reduzi a velocidade.

Quando estava prestes a sair do carro, vi o rapaz. Ele abriu a porta de tela e posicionou a mão acima dos olhos para desanuviar a vista sob o pouco de sol que ainda restava. Vestia jeans azul, botas de caubói e uma camiseta branca, exatamente o que eu esperava. Atravessando a varanda com passos largos, ele veio correndo casualmente em minha direção. Era alto, com pelo menos 1,85 metro, bronzeado e com aquele corpo musculoso típico do trabalho braçal, bem diferente daquele monte de imbeciloides malhados de academia de cidade.

Antes de sair do carro, calcei os sapatos depressa. Cheiravam a gasolina, mas com sorte ele não ia notar nem perguntar nada. Jogando minha bolsa por cima do ombro, me aprumei e coloquei os óculos escuros no alto da cabeça. Conforme o rapaz se aproximava, eu ia notando detalhes aqui e ali, como a cicatriz rosada acima da sobrancelha esquerda. Tinha uns dois centímetros de comprimento, e a cor revelava que era recente. Todos temos cicatrizes, e todas elas carregam uma história. Me perguntei qual seria a história daquela cicatriz. Os pelos faciais dele eram curtos e desgrenhados, porém não intencionalmente; a impressão era que ele não tinha achado tempo para se barbear nos últimos dias. A mandíbula era marcante e bem definida; e os olhos, verdes como o gramado onde pastavam as ovelhas e vacas. Fechei a boca, apertando bem os lábios para não parecer um cão salivando diante de um belíssimo pedaço de carne.

"Você deve ser Grace Evans", afirmou ele, estendendo a mão. A voz era grave; e o aperto de mão, intenso.

"Isso. Muito prazer."

Minha voz saiu um pouco mais melosa do que o habitual, sem toda aquela elevação e autoritarismo que meus colegas estavam acostumados a ouvir no escritório. Meu aperto de mão foi um pouco mais fraco, a força concentrada apenas no pulso, e não no braço inteiro. Por acaso, eu estava flertando? Ou será que ainda era resquício do medo que senti lá com o atendente esquisitão do posto de gasolina? Não tinha certeza, mas instintivamente recuei a mão.

"Sou Calvin Wells, e o prazer é todo meu." O sorriso dele revelou dentes brancos perfeitamente alinhados e uma covinha apenas do lado direito do rosto. "Como foi a viagem?", perguntou, metendo os polegares nos passantes da calça jeans. O antebraço direito trazia vários arranhões finos e longos.

"Foi bom até o posto Gunslinger 66." Deixei escapar um suspiro ao olhá-lo de cima a baixo. O sujeito era uma obra de arte e combinava completamente com a paisagem ao redor. Ele implorava para ser admirado, observado com muito afinco. Naquele momento eu soube que ele seria uma distração.

A cicatriz rosada saltou quando Calvin ergueu a sobrancelha.

"Tinha um cara muito assustador atendendo naquele posto de gasolina... Ele meio que me stalkeou. Nem consegui terminar de encher o tanque por causa dele."

Contorci os lábios.

"Que merda. Lamento muito por isso. Você tá legal?"

Fiz que sim com a cabeça.

"Tô, agora estou. É só que me pegou de surpresa."

"Você não precisa se preocupar com nada disso aqui. Vou cuidar da sua segurança, Grace", declarou Calvin, dando um sorriso.

Deixei escapar uma risadinha e balancei a cabeça.

"Qual é a graça?", perguntou ele, mantendo o sorriso firme e forte.

"Ah, nada. É só que me dei conta de que estou parecendo uma donzela em perigo."

"Nem pensei nisso." Ele riu. "Mas deixa eu te ajudar com as malas e mostrar as acomodações."

Calvin seguiu para a traseira do carro.

"Ah, não precisa pegar as malas."

Nunca gostei que as pessoas tocassem nas minhas coisas.

"Que bobagem." Ele apertou a alavanca para abrir o porta-malas.

"Isso é por causa do lance da donzela?", provoquei.

"Não, Grace. Sou o mestre da hospitalidade."

Tirando as duas malas do carro, ele jogou uma por cima do ombro e pegou a outra pela alça.

"Vou tratar você tão bem que não vai querer ir embora. Esse é o meu lema", disse Calvin, alargando o sorriso. "Venha", acrescentou com uma voz alegrinha enquanto atravessava a entrada dos carros, em direção ao rancho.

Olhei para o velho carro surrado no qual vim dirigindo e depois de volta para Calvin, hesitando um pouco. Por um instante, me senti em queda livre, tomada por um frio no estômago. Mas passou antes mesmo que eu tivesse a chance de reagir, de pensar no assunto, de me perguntar o que teria sido aquilo. Engoli em seco e me obriguei a acompanhar Calvin. Um passo depois do outro.

2
CALVIN

Coloquei as malas de Grace ao lado da cama *queen*.
"Seu quarto é este aqui", falei, gesticulando.
Grace entrou logo atrás de mim, carregando uma sacola e a bolsa de mão. Olhou ao redor, o rosto inexpressivo enquanto avaliava cada metro, cada cantinho. Eu não sabia dizer se ela estava decepcionada. Até cheguei a pensar em redecorar quando decidi alugar quartos no Airbnb, mas não foi possível. Minha mãe é quem tinha montado tudo, uma mistura de seus trabalhos manuais e garimpos por aí. Fora decorado pela última vez nos anos 1970, mas aparentemente o estilo havia voltado à moda, pelo menos foi o que me disse uma amiga.
Grace colocou seus pertences na cama e hesitou por um segundo antes de se virar para mim. Seu olhar passeou da minha cintura até o meu rosto. Seu perfume era uma mistura de margaridas e gasolina, algo meio esquisito, mas achei melhor não comentar. Seria falta de educação da minha parte. O cabelo era loiro-dourado e ia até o meio das costas. Os olhos eram do azul mais azul que eu já tinha visto, tão azuis que pareciam quase artificiais. Ela estava usando uma saia preta justa, salto alto e uma blusa de um tecido meio amassado. Tenho certeza de que, na cidade dela, aquele visual era moda, mas as garotas daqui não usavam esse tipo de coisa. O rosto delicado contrastava diretamente com o traje todo preto, e, na expectativa de ouvir algum comentário dela, não consegui deixar de notar os lábios carnudos.

"É perfeito."
Ela sorriu, mas havia um tom de apreensão em sua voz.
Soltei um suspiro audível, e ela deu risada.
Daí ergueu uma sobrancelha.
"Você estava com medo de que eu não fosse gostar?"
"Bem." Redistribuí o peso do corpo entre uma perna e outra. "Não costumo hospedar mulheres e não tinha certeza se uma garota da cidade como você ficaria confortável num lugar como este."
"Se encontro conforto entre os ratos e baratas de Nova York, com certeza vou encontrá-lo em qualquer outro lugar."
Grace colocou a mala na cama num gesto brusco. Certamente era forte, porque a bagagem devia estar pesando pelo menos uns vinte quilos.
"Precisa de ajuda?", perguntei.
Essa era a parte esquisita de se oferecer hospedagem. Nunca sabia se meus hóspedes queriam sossego ou ficar jogando conversa fora. Tinha certeza de que Grace seria o primeiro caso, só que eu já estava atraído por ela tal e qual uma mariposa diante da luz ou como as porcarias dos coiotes diante das minhas galinhas, então se pudesse fazer qualquer coisa para ganhar tempo com ela, eu faria.
Grace balançou a cabeça.
"Não, tá tudo certo aqui", respondeu com naturalidade. Daí pegou a bolsa de couro preta, se abaixou e a enfiou embaixo da cama.
"Carga confidencial?", brinquei, coçando a nuca.
Ela se levantou e me olhou, as sobrancelhas franzidas.
"Só coisas de trabalho, apenas em caso de emergência. Se eu não esconder isto aqui, vou ficar respondendo a e-mails e ficar recebendo ligações, e eu vim para relaxar, não para trabalhar." Mas pelo visto Grace estava tentando convencer a si mesma disso mais do que a mim. Tínhamos mais em comum do que ela imaginava. Eu também precisava me manter ocupado. Como dizem por aí, mente vazia é oficina do diabo.
"Posso botar no porão, se você quiser."
"Essa ideia até que é boa, mas não tem necessidade."
Grace abriu o zíper da mala grande e levantou a tampa, revelando uma pilha de livros e uma bolsa perfeitamente organizada. Eu sabia que

ela gostava de ler. Estava no perfil no Airbnb, e imaginei que passaria boa parte de sua estada aqui com o nariz enfiado em um livro. Todos os seus pertences estavam separados em bolsinhas retangulares. Grace abriu uma delas e jogou uma pilha de sutiãs rendados e calcinhas de seda sobre a colcha floral. Olhou para mim por um breve instante e depois se voltou para a arrumação. Interpretei o gesto como minha deixa para deixá-la em paz.

"Vou deixar você fazer suas coisas."

Tirei um chapéu imaginário e dei alguns passos para trás em direção ao corredor.

Ela virou a cabeça bruscamente para mim, e a boca se abriu devagar.

"Na verdade, por que você não me mostra a casa primeiro? Posso desfazer as malas mais tarde."

"Eu adoraria. Vamos começar pela geladeira, porque uma cerveja cairia muito bem agora." Dei uma risada.

Grace abriu um sorriso.

"Eu topo."

Não imaginei que ela fosse do tipo fã de cerveja, por isso não consegui conter meu próprio sorriso.

Antes de me acompanhar, Grace tirou os saltos e soltou um suspiro de alívio enquanto remexia os dedos dos pés. As unhas estavam pintadas de um vermelho escarlate intenso, assim como as das mãos.

Já na cozinha, peguei duas Bud Lights da geladeira e abri as tampas na quina da bancada de madeira maciça. Grace pegou uma garrafa. O gargalo pousou entre os lábios carnudos, e ela emitiu um som de satisfação depois de tomar o primeiro gole. Fitei-a com admiração.

Grace então se pôs a avaliar a garrafa, girando-a algumas vezes como se estivesse de fato lendo o rótulo. Tomei um gole demorado. A cerveja borbulhou na língua e aqueceu minhas entranhas quase de imediato.

"Aqui é a cozinha", falei, apontando para o cômodo.

"Imaginei", brincou ela.

Contorci a boca num misto de alegria e desconforto. Na verdade, eu estava tentando esconder o entusiasmo, mas meu corpo não estava ouvindo meu cérebro. Tenho certeza de que minhas bochechas estavam coradas também.

Grace olhou ao redor.

A cozinha fazia jus a todo o ambiente. Armários e balcões de madeira maciça faziam o cômodo se assemelhar ao interior de uma árvore. Como eu era o único morador, tudo ali era feito para ser funcional, e não bonito. Nada de decorações em excesso ou bibelôs desnecessários, tipo panelas de cobre penduradas. Nada além de uma cozinha simples de madeira com um conjunto de facas, cafeteira, pia e uns poucos eletrodomésticos. Eu a achava perfeita, mas talvez fosse assim só para mim.

"É simples, minimalista. Amei", elogiou Grace.

"Obrigado. Ela não combina com o restante da casa porque, bem..." Calei-me. Era um assunto que me incomodava, e minha expectativa era que Grace não fizesse mais perguntas. Então a levei até a sala de estar.

"Esta sala foi decorada pela minha mãe. Por isso, combina com o estilo do seu quarto."

Cópias antigas de revistas intocadas de editoras há muito encerradas preenchiam um revisteiro. Havia mantas empilhadas ao lado da lareira e, penduradas nas paredes, porta-retratos aleatórios com velhos amigos e momentos da vida da minha mãe. Eu não sabia identificar a maioria das pessoas naquelas fotos, então preferia inventar por conta própria as histórias nelas.

Grace caminhou até uma estante volumosa e passou os dedos pelas lombadas de vários livros.

"Você gosta de ler?", perguntou, olhando em minha direção.

"Sim, senhora", respondi, com um aceno de cabeça.

"Eu também."

Ela sorriu.

Quase respondi que tinha percebido isso, mas me contive. Os olhos dela, então, migraram para os animais empalhados pendurados ao acaso pela sala de estar. Não estavam organizados em nenhuma ordem especial. Era tudo obra do meu pai. A cabeça de um cervo, um alce, um lobo, um carneiro-selvagem e uma suçuarana. Não importava a posição delas na sala, aqueles olhos de mármore preto sempre estavam à espreita. Deu para notar que Grace não gostou delas. Ela franziu o rosto, examinando cuidadosamente cada animal. Talvez estivesse achando que um deles pudesse saltar da parede a qualquer momento.

"Eles não mordem", brinquei, com uma risada.

"Eu sei disso." Ela mordiscou o lábio. "É só um pouco... incomum."

"Nesta região, isso é comum. Mas você não é daqui." Olhei para Grace, dos pés à cabeça, parando em seus olhos. O que uma garota como ela estava fazendo num lugar como aquele? "Quer que eu tire elas daí?", ofereci.

Grace parecia um alienígena recém-pousado em um novo planeta. Balançou a cabeça.

"Ah, não. Claro que não."

"Tem certeza?"

"Tenho."

"Bom, você vai se acostumar", comentei. E fui sincero. A gente se acostuma com quase tudo.

Ela assentiu de leve, mas não disse mais nada.

Descemos pelo corredor e apontei o banheiro, o terceiro quarto e a porta do meu. Mostrei o armário de roupas de cama, onde ficavam as toalhas, cobertores e travesseiros extras. Grace permaneceu em silêncio, apenas observando e absorvendo tudo. Voltamos pelo mesmo corredor, e então ela parou de repente.

"O que é isto aqui?", perguntou, apontando para uma porta com um cadeado.

"Ah, essa porta dá no porão. Hóspedes não podem entrar aí. Mas você nem vai querer ir, de qualquer forma. A obra está incompleta, então é só um lugar com um monte de aranhas, velharias e cheiro de mofo." Gesticulei para ela rapidamente. "Por aqui."

Quando percebi que não se mexeu, voltei. Grace ainda estava parada em frente à porta, encarando-a. Então, notei que ela queria ver o que havia do outro lado. Toda vez que você proíbe alguém de alguma coisa, é certo que a pessoa vai querer fazer essa coisa. A curiosidade sempre acaba levando a melhor, por isso coloquei o cadeado ali. Grace deve ter sentido a força do meu olhar, porque virou a cabeça em minha direção e deu um sorriso trêmulo.

"Vamos?", sugeriu em uma voz estridente. Achei sua mudança de tom um pouco esquisita, mas daí, mais uma vez, a gente mal se conhecia — então era normal tudo ser meio esquisito.

De volta à cozinha, abri a porta de correr para um grande deque de madeira que eu tinha instalado no verão anterior. Era uma área de estar agradável com vários sofás, poltronas e mesas ao ar livre. Também havia duas churrasqueiras lado a lado, perto do balaústre, uma a gás e outra a carvão.

"É lindo", comentou Grace, sorvendo a paisagem.

O cenário perfeito dentre tudo o que o Wyoming tinha a oferecer. Um pasto com ovelhas e vacas, o rio cortando os fundos e cerceando a propriedade, bosques de pinheiros densos projetando-se logo além das margens das águas, e também as montanhas ao longe, assomando-se. Isso era praticamente a única coisa que me trazia satisfação no meu retorno ao estado. Não tem muita coisa para se fazer aqui. Não tem muitas pessoas da minha idade. Mas é lindo. Esse crédito eu dou com gosto.

"É mesmo", concordei, olhando para Grace. Daí ela me fitou de volta, sorriu de novo e bebeu o restinho da cerveja num gole só. Eu estava prestes a perguntar por que ela tinha escolhido justamente Dubois, Wyoming, como destino, mas Grace falou primeiro.

"Vou terminar de desfazer as malas." Depois deu meia-volta e se dirigiu para a porta de correr.

"Avise se precisar de ajuda."

"Já sou crescidinha. Sei me cuidar."

Sua voz saiu sedutora, ou pelo menos assim pensei. Ela desapareceu casa adentro, sem dizer mais nada. Senti as minhas bochechas corarem. Grace tinha alguma coisa de especial, algo diferente. Mas eu não estava pronto para me me envolver com outra garota. Era cedo demais.

3
GRACE

Um conjunto de cabides de arame, todos diferentes entre si, tilintava enquanto eu pendurava minhas roupas no armário. Organizei uma fileira de sapatos no chão, em frente à janela. Ao abrir a primeira gaveta da cômoda, encontrei vários pares de roupas íntimas femininas e um sutiã esportivo. Todos de marcas bacanas: Lululemon e SKIMS. *Que esquisito.* Peguei uma calcinha fio dental, tamanho pequeno. Provavelmente, algum hóspede esqueceu aqui, ou talvez Calvin tivesse uma namorada. Botei a peça de volta na gaveta e a fechei. A gaveta seguinte estava vazia, então a preenchi com minhas próprias roupas íntimas, biquínis e shorts.

Botei minha pilha de livros na escrivaninha e organizei todos na ordem em que pretendia lê-los. Sempre fui uma leitora voraz e esperava conseguir terminar todos os cinco antes mesmo de findar minha estadia.

Meu plano era começar por um romance de verão leve, rápido e bem palatável. Gosto desse tipo de leitura que não exige muito. Depois desse, eu queria ler algo mais triste, e o título escolhido, com certeza, iria me fazer chorar — ou pelo menos assim dizia a propaganda na capa. Também achei pertinente trazer um livro que me trouxesse aprendizado, então escolhi uma obra de autoajuda sobre hábitos. Eu tinha um monte de hábitos ruins dos quais certamente precisava me livrar e outros bons que deveria estimular mais. Os hábitos, geralmente, reduzem nossa capacidade de cometer erros. O romance de terror que trouxe prometia momentos assustadores, mas isso só eu mesma poderei dizer. Eu não costumava me assustar com pouca coisa. E, por fim, um thriller. Esse prometia um final inesperado. Hoje em dia, parece que todo thriller é assim, mas poucos são capazes de cumprir o que prometem.

Depois de desempacotar a maquiagem, as quinquilharias de cabelo e produtos de higiene pessoal, olhei pela janela acima da cômoda comprida. Havia uma imensa rachadura na vidraça, desde o canto inferior esquerdo até o centro. Trilhei-a com o dedo. O vidro quebrado cortou minha pele. *Ai*. Levei o ferimento à boca e chupei. A dor logo se dissipou. Um traço de sangue ficou ali na janela, se estendendo por alguns centímetros, fazendo a paisagem para além dela parecer rachada e tingida de vermelho. Um lembrete do meu ponto de vista sobre a cidade. Viajei tantos quilômetros para poder enxergar o mundo sob um prisma diferente, mas de alguma forma ele parecia igual. O sol se punha atrás das montanhas, deixando a escuridão em seu encalço. Eu tinha esquecido de como era a escuridão total. É algo que inexiste na cidade, onde há luzes demais.

Lembrando-me de que havia prometido mandar uma mensagem assim que chegasse, tirei o celular do bolso. No canto superior direito, as mesmas palavras de antes: Sem serviço. Senti uma pontada na boca do estômago e engoli em seco. Não era uma coisa com a qual eu estava acostumada.

Na cozinha, encontrei Calvin junto ao fogão, preparando alguma coisa cujo cheiro não era exatamente agradável: um aroma terroso, carnoso e adocicado. Ele remexia a panela com uma colher de pau enquanto bebia casualmente uma Bud Light.

"Olá, senhor!", cumprimentei.

Ele se virou depressa, sobressaltado. Daí abriu um sorriso quando me viu.

"O senhor está no céu."

Forcei um sorriso.

"Você tem um Band-Aid?"

Calvin pousou a colher numa toalha de papel dobrada.

"Claro. O que foi?"

Ergui o dedo, e uma gotinha rubra resvalou do corte. Não parava de sangrar.

"Ferimento de batalha na sua janela quebrada."

"Ah, droga. Desculpe por isso." Ele desapareceu no corredor e reapareceu instantes depois com um kit de primeiros socorros. "Eu pretendia consertar. Alguns dos meus hóspedes não são lá muito cuidadosos."

Calvin puxou uma cadeira e fez sinal para que eu me sentasse. Daí se acomodou no lado oposto a mim e abriu a caixinha, sacando dali pomada, bolas de algodão, álcool isopropílico e um Band-Aid. Era nítido que ele não era um novato no tratamento de lesões.

"Que pena o lance da janela", comentei.

"Não esquenta. Eles pagaram pelo prejuízo." Ele rasgou o canto da embalagem com os dentes e pegou um lencinho dobrado.

"Seus hóspedes costumam arrumar confusão?"

Estendi o dedo. Gotas de sangue escorriam do corte e pingavam na mesa da cozinha, se infiltrando imediatamente nos sulcos da madeira maciça e deixando manchas. Calvin não pareceu notar, ou não se importou. Limpou de qualquer jeito e continuou a cuidar do meu corte.

"Só os ruins", alegou, olhando para mim por um instante.

Estremeci quando ele apertou uma bola de algodão embebida em álcool na ferida. O incômodo durou meros segundos.

"É desconfortável ter desconhecidos em sua casa?", perguntei.

Calvin fez uma pausa, e seu olhar encontrou o meu.

"Só são desconhecidos no início", afirmou com uma cara séria antes de envolver meu dedo bem com um Band-Aid.

"Prontinho. Novo em folha." Ele deixou transparecer um sorriso enquanto recolhia os curativos e remédios espalhados.

"Valeu."

Então, retornou ao fogão, mexendo a panela lentamente.

"A propósito, tem umas roupas femininas na gaveta de cima da minha cômoda. Deixei lá, mas achei de bom tom avisar."

Calvin congelou por um segundo. Tive a impressão de que seus ombros se retesaram, mas não consegui ter certeza. Ele se virou para mim.

"São da minha ex, Lisa." Ele comprimiu os lábios e voltou a mexer a panela.

Fiquei pensando no que dizer, meio insegura, mas saí falando um turbilhão:

"Dizem que, depois da separação, todo ex larga alguma coisa para trás de propósito, para ter um pretexto para voltar."

"Bem, espero que não seja o caso."

"Por quê?", indaguei.

"Porque Lisa morreu", explicou ele com naturalidade.

Engoli em seco e irrompi num ataque de tosse. Calvin logo pegou um copo no armário e encheu com água. Mas eu entendi a tranquilidade dele. Porque a morte é isso: ou você está vivo, ou você está morto. Não tem meio-termo. Calvin me entregou o copo, e bebi quase tudo de uma só vez.

"Tudo bem?", perguntou, dando tapinhas nas minhas costas.

"Tudo." Pigarreei. "Só engoli meio errado."

Ele assentiu e voltou para o fogão.

"Lamento muito pela sua ex." Calvin desligou o fogo e bebeu mais um gole de sua cerveja. "Posso perguntar como ela morreu?", acrescentei.

"Acidente de carro... Faz mais ou menos um ano." Ele começou a girar a garrafa, como se estivesse decidindo se deveria revelar mais alguma coisa. "Na verdade, bem na noite em que ela morreu, a gente tinha acabado de terminar. Mas tenho certeza de que a gente teria voltado. A gente sempre volta." Calvin evitou meus olhos ao falar. Em vez disso, ficou concentrado na parede branca, como se houvesse algo importante para ser visto ali.

"Sinto muito, Calvin."

Fiquei sem saber o que mais eu poderia dizer porque nunca fui muito boa nesse tipo de conversa. Presenciei a morte muitas vezes ao longo da vida, mas deparar-se com ela e falar a respeito dela são coisas muito diferentes.

Os olhos dele finalmente se voltaram para mim.

"A vida é assim, creio eu." Calvin deu de ombros e balançou a cabeça como se seus pensamentos e sentimentos fossem um quadrinho imantado daqueles em que os desenhos podem ser apagados instantaneamente. "Quer uma cerveja?"

Mudando de assunto.

Assenti. Ele pegou uma garrafa na geladeira e abriu a tampa.

"O sinal não pega aqui?" Exibi meu celular quando Calvin me entregou a cerveja aberta.

"Não, senhora. Só na cidade, mas tenho um telefone fixo aqui caso você precise fazer uma ligação." Calvin apontou para um aparelho verde-claro pendurado na parede. O fio longo e espiralado que conectava o fone e a base praticamente se estendia até o chão, como se em algum momento tivesse sido forçado ao máximo de sua resistência.

"Ah, eu só queria mandar uma mensagem de texto para uma amiga, para avisar que cheguei bem. E wi-fi?"

"Eu tinha. Mas preciso trocar o roteador." Calvin se recostou no balcão e bebeu mais um gole.

Senti a respiração entalar no peito e, ao tentar regularizá-la, quase engasguei de novo. Tomei um rápido gole na cerveja. O perfil do Airbnb não falava nada sobre ausência de sinal de celular. Em tese, é importante citar esse tipo de coisa, mas talvez essa fosse a norma por aqui. Não ter wi-fi também era bem frustrante, mas, daí, mais uma vez, talvez eu estivesse viciada demais no meu vício.

"Tudo bem?", perguntou Calvin de novo, com os olhos tomados de preocupação.

Assenti.

"Tudo."

Não era hora de dar chilique por falta de celular ou de internet. Eu tinha acabado de chegar e, no final das contas, estava aqui para relaxar. Além disso, provavelmente era melhor que ninguém conseguisse entrar em contato comigo.

4
CALVIN

"O que tem aí no fogão?", perguntou Grace.

Agora que estava sabendo da história da minha ex, ela me olhava de um jeito um pouco diferente. A morte sempre muda a forma como vemos o mundo e uns aos outros. Tomara que não tenha sido um erro da minha parte mencionar o caso.

"Minha especialidade. Feijão, bacon e salsicha", respondi com um sorriso.

O rosto dela permaneceu neutro, entretanto. Era óbvio que Grace não se impressionara nem um pouco com minhas habilidades culinárias. Se eu soubesse que minha convidada ia ser essa mulher tão bonita, teria escolhido algo um pouco mais civilizado, porém a foto do perfil dela no site estava granulada, na melhor das hipóteses.

"Vai querer um pouquinho?", ofereci. A comida estava inclusa nas diárias, caso ela quisesse. A maioria dos hóspedes só utilizava o rancho como um pouso para descansar a cabeça à noite; geralmente saíam de manhã cedo e voltavam no final da tarde. Era bom ter companhia para o jantar.

Grace retorceu o nariz, mas rapidamente relaxou. Então balançou a cabeça.

"Eu planejava pegar comida na cidade, não quero incomodar."

"Que bobagem. Você não incomoda nada. Além disso, está meio tarde para dirigir nessas estradas. Muitos animais selvagens circulam durante a noite."

Peguei duas tigelas do armário e as enchi.

"Você não é um daqueles vegetarianos, né?", perguntei, colocando o prato e uma colher na frente dela.

Grace olhou para a comida e depois para mim.

"Não, não mesmo. É só que... Eu não como esse tipo de coisa."

Acomodando-me ao lado dela com minha comida e cerveja, meti uma colherada na boca. A doçura do feijão, a suculência das salsichas e o salgadinho do bacon se fundiam a cada bocada.

Grace estava de olhos arregalados e com o bico da garrafa pairando bem diante da boca, como se estivesse tentando esconder de mim sua reação.

"Só experimente." Sorri. "Garanto que você vai adorar, e se não gostar, eu como o seu também."

Ela pousou a cerveja e hesitou por um instante antes de pegar a colher. Pescou um único carocinho de feijão.

"Tem que pegar o bacon e a salsicha junto."

Grace olhou na minha direção e então mergulhou a colher na tigela. Segurando-a na altura dos olhos, espiou.

"E lá vamos nós."

Ela fechou os olhos e apertou o nariz com a outra mão, enfiando a colher na boca sem hesitar. Foi um gesto um tanto dramático, mas já era de se esperar vindo de uma mulher assim. Enquanto mastigava, Grace mantinha o nariz tapado e os olhos fechados. Quando os sabores atingiram o ponto certo, do jeitinho que eu sabia que aconteceria, ela abriu os olhos e largou as laterais do nariz.

"Na verdade, é muito gostoso."

Com alegria, ela pegou mais uma colherada

"Eu avisei. Você tem que confiar mais em mim."

Dei uma risadinha.

Comemos em silêncio durante alguns minutos. O único som era o das colheres batendo contra as tigelas.

"Então, você disse que não come coisas desse tipo. O que você come?", perguntei, quebrando o silêncio.

"Coisas normais."

"Ah, então eu não sou normal?", provoquei.

Ela riu e falou que não era isso que estava querendo dizer.

"Só estou brincando com você."

Sorri de novo.

Houve mais alguns minutos de silêncio. Era como se nenhum de nós soubesse direito o que dizer, ou talvez ambos estivéssemos sendo cautelosos com nossas palavras.

"Fale um pouco de você, Grace", pedi, recostando-me na cadeira.

Ela tomou um gole da cerveja e me fitou, com seus olhos muito azuis colados nos meus. Não tinha outro jeito de descrever aqueles olhos. Azuis, azuis.

"O que você quer saber?"

"Tudo, mas vamos começar por... o que você faz da vida?" Cruzei os braços.

"Trabalho no ramo bancário", explicou ela com naturalidade.

"Impressionante." Tomei um gole da minha cerveja, e ela assentiu.

"Sua vez. E você, Calvin Wells? Trabalha com o quê?" Grace inclinou a cabeça.

Gostei do jeito como ela pronunciou meu nome todo.

"Eu faço muitas coisas. Cuido do rancho, Airbnb, jardinagem, uns bicos aqui e ali. Qualquer coisa para me manter ocupado e para manter este lugar na ativa."

Grace se recostou, imitando minha postura, e tomou mais um gole de cerveja.

"Admirável."

"Por que o Wyoming?", perguntei.

"E por que não?" Ela deu de ombros.

Ergui uma sobrancelha, deixando evidente que não fiquei satisfeito com a resposta. Grace deu um sorrisinho maroto.

"É bobeira, na verdade", continuou.

"Eu gosto de bobeiras. Manda ver."

Grace bebericou de novo. Quando seu olhar reencontrou o meu, ela falou:

"Todo ano, eu fecho os olhos e jogo um dardo no mapa dos Estados Unidos. O ponto onde ele acerta, é para onde vou nas férias."

Suas bochechas coraram como se ela estivesse envergonhada ou algo assim.

"Isso não é bobeira. É tipo o destino agindo." Ofereci um sorriso. "Mas por que fazer desse jeito? Por que não escolher direto um lugar para onde você realmente queira ir? Caramba, você poderia estar na Califórnia ou no Havaí agora, deitada numa praia, com uma piña colada. Não aqui em Dubois, Wyoming, comendo feijão e salsicha comigo." Dei uma risada sem graça.

Grace riu também, mas depois ficou um pouco séria. Seus olhos azuis, azuis piscaram, e então ela suspirou.

"Minha vida é muito rotineira. Tudo é planejado e replanejado. Todos os minutos do meu dia são programados. De certa forma, esse método me traz liberdade." Grace inclinou a cabeça.

Bebi mais cerveja e assenti.

"Te entendo. Eu tinha essa liberdade antes de assumir este rancho. Agora todos os seres vivos nele dependem de mim."

"Por que você desistiu da liberdade?", quis saber ela.

Não era uma pergunta que eu queria responder. Eu não gostava de falar dos motivos que me fizeram voltar, mas acho que Grace era o tipo de mulher que conseguiria todas as respostas que quisesse, de um jeito ou de outro.

"Precisei voltar. Meus pais faleceram, então voltei faz um ano e meio para assumir o lugar."

Grace deu mais um gole. O que será que estava se passando pela sua cabeça? Em menos de uma hora, ela ficou sabendo que três pessoas próximas a mim haviam morrido e que todas moravam aqui. Quase parecia que o lugar era amaldiçoado. Pelo menos, é o que dizem as pessoas da nossa cidade. Se eu fosse ela, teria corrido para as colinas antes que esta terra a engolisse também.

"Deve ter sido complicado", comentou ela, franzindo os lábios.

"É, foi."

Ficamos sentados em silêncio por alguns minutos de novo. Pelo visto, tanto Grace quanto eu nos dávamos bem com o silêncio. A maioria das pessoas não é assim. Todas têm necessidade de preencher o silêncio com palavras. O que elas não percebem é que, às vezes, é possível dizer muito mais sem dizer nada. Grace tomou outro gole de cerveja, e, quando pousou a garrafa, ouvi um eco, sinal de que estava vazia. Cogitei lhe oferecer outra, mas estava ficando tarde, e achei melhor encerrar antes que ela quisesse saber mais coisas sobre minha família ou meu passado.

"Preciso perguntar: você escolheu meu rancho aleatoriamente ou também jogou um dardo no site do Airbnb?", brinquei, mas eu estava falando sério. Queria saber se nosso encontro também era coisa do destino, ou se não tinha nada a ver com isso, se era parte da maldição.

"Não", respondeu ela, dando um meio-sorriso. "Eu escolhi este lugar, Calvin."

Retribuí o sorriso e peguei as duas tigelas vazias, levando-as para a pia. Fiquei feliz em saber que a decisão de Grace de vir para cá foi consciente. Os outros decidem tantas coisas pela gente. Não escolhemos onde nascemos, a família na qual nascemos, o jeito como nossos pais nos criam, os valores que incutem na gente ou mesmo a duração do nosso convívio com eles. E eu odeio essa parte da vida, essa coisa de não poder controlá-la. Ela chega te socando na cara ao seu bel-prazer, e você simplesmente aceita o golpe e segue sua existência.

Olhei Grace de soslaio enquanto lavava o restante da louça. Ela parecia cansada e estava encarando a porta da varanda, quase como se estivesse em transe ou algo assim.

Fechei a torneira e sequei as mãos.

"Bom, eu tenho que acordar cedo. As vacas não vão se ordenhar sozinhas."

Grace se levantou e jogou a garrafa vazia na lata de lixo.

"Vou deixar café na cafeteira para você de manhã. E pão e manteiga de amendoim, caso queira comer alguma coisa."

"Obrigada, Calvin."

"Precisa de mais alguma coisa antes de eu me deitar?"

Dirigi-me para o corredor. Grace se inclinou um pouco e perdeu o equilíbrio, tropeçando em mim. Meu braço roçou o dela, causando um pequeno choque de estática. Uma faísca, tipo quando você dá partida no carro. Os dois cabos da ignição. Eletricidade. Minha frequência cardíaca acelerou, e precisei respirar fundo para abrandá-la. Não estava preparado para nada daquilo, tive de me lembrar. Por mais atraído que eu estivesse por aquela mulher tão peculiar, ainda era cedo demais.

Olhei para ela, à espera de uma resposta. Eu só iria dormir depois que tivesse certeza de que não precisava de nada.

Grace balançou a cabeça.

"Tudo certo. Obrigada pelo jantar."

"Às ordens, srta. Grace. Durma bem."

Assenti e continuei andando pelo corredor, em direção ao meu quarto. Precisei de todas as minhas forças para não olhar para trás.

DIA DOIS

5

GRACE

Foi a melhor noite de sono da minha vida. A maioria das pessoas não dorme bem quando está em lugares estranhos, mas eu não sou como a maioria. Acho o incomum bem confortável. E havia alguma coisa no isolamento oferecido pelo rancho que me deixava segura e à vontade. O canto das cigarras, os uivos de um bicho ou outro e o pio de uma coruja diante da minha janela ontem à noite me embalaram em um sono profundo. Exatamente o efeito oposto das sirenes e buzinas dos carros na cidade. Saber que eu não teria compromissos imediatos também era um alívio e tanto.

Usando um pijama de seda preta, saí da cama e botei a cabeça para fora do quarto. Silêncio. Mas a quietude foi interrompida por um rangido em algum lugar nos fundos da casa. Era impossível dizer de onde vinha, mas aquela construção era um amontoado de ossos velhos, estalidos e gemidos. Saí pisoteando minhas pantufas até a cozinha, seguindo o cheiro do café recém-coado prometido por Calvin. Era um luxo tão raro para mim acordar depois do sol, e estava sendo uma delícia. Ele devia estar em algum lugar da propriedade, cuidando dos animais ou fazendo essas coisas que os rapazes do campo fazem. Peguei a caneca que Calvin deixou separada para mim, estampada com uma vaca e os dizeres *Wyoming, um lugar muuuuito apaixonante*. Ri da cafonice e me servi de uma xícara de café. Quando eu estava prestes a voltar para o quarto, ouvi uma porta sendo aberta.

A chegada de Calvin foi pontuada pela batida da porta de tela. Ele estava sem camisa, e, meu Deus do céu, aquele peitoral nu era mais lindo do que eu tinha imaginado. Era como se um artista tivesse talhado cada saliência do abdome e esculpido perfeitamente o torso. Gotas de suor cobriam tórax, pescoço e testa. Quase derrubei a caneca. Calvin me olhou de cima a baixo e bufou, inflando as bochechas vermelhas, ao me comer inteirinha com os olhos.

"Desculpe", disse ele, desviando o olhar. Daí arrastou os pés num movimento meio perdido, como se tivesse desaprendido a caminhar.

Cruzei uma perna na frente da outra e coloquei um braço sobre o peito.

"Tudo bem", respondi, percebendo o quanto eu estava ridícula; devia ter comprado um pijama xadrez ou algo assim. Com certeza, as garotas daqui não usavam seda e renda para dormir.

"É que você, hã, me pegou de surpresa. Só isso." Então Calvin sorriu. E se obrigou a encarar meu rosto, e eu fiz o mesmo. "Vejo que encontrou o café." Apontou para minhas mãos.

"Eu tenho um faro de cão de caça para café." Levei a caneca aos lábios e bebi um gole. O vapor subiu.

"Ótimo. Estou vendo que você está à vontade aqui", comentou ele, enfiando a mão no bolso da calça jeans. "A propósito, esqueci de lhe dar isto ontem à noite." E me entregou uma chave prateada em uma argolinha.

"O que é isto?"

"A chave da casa. Não costumo trancar, já que estamos no campo e tal, mas agora que temos uma moça aqui, achei melhor trancar. Para ter certeza de que você vai se sentir segura..."

Enfiei o dedo indicador na argola, apertei a caneca de café usando as duas mãos e beberiquei mais um gole demorado.

"Valeu."

Segura? Eu estava me sentindo segura. Até dormi feito um bebê ontem à noite. Mas o que poderia haver lá fora que precisava ser barrado? Pensei em perguntar, mas não quis parecer arisca. Eu não sou esse tipo de pessoa, então deixei para lá. Era só coisa do meu cérebro maluco, vendo o pior das pessoas e de todas as situações. Quando a gente já viu o lado ruim das pessoas, é difícil deixar de ver. Está em todos nós. No entanto, até que era legal essa ideia de Calvin querer me proteger, e eu sabia muito bem de onde vinha esse instinto dele. Quando a gente perde alguém, acaba se apegando a tudo com muito mais intensidade. E Calvin havia perdido muita coisa.

"Tem planos para hoje?", perguntou ele, de novo dando aqueles passinhos de pés arrastados e perdidos.

"Não fiz plano nenhum, só vou relaxar. Esse é o espírito da coisa", falei com um tom tranquilo e descontraído.

"E como é que você gosta de relaxar, srta. Grace?"

"Leitura, ioga, corrida."

"Parte disso aí parece exigir um bom esforço", brincou Calvin. "Não quero me intrometer no seu relaxamento, mas, se quiser, posso te mostrar a propriedade."

Levei a caneca à boca e tomei mais um gole deliberado. Dava para ver nos olhos de Calvin que ele esperava um sim como resposta. Mas me demorei de propósito, só para vê-lo se contorcer de ansiedade.

"Acho que seria legal", respondi finalmente. "Vou trocar de roupa rapidinho."

Dando meia-volta, segui até o corredor. Mas, antes de desaparecer no quarto, olhei para Calvin e o flagrei me espiando. O olhar dele era pura intensidade. Eu conhecia aquele olhar. Não consegui identificar as intenções dele, só sei que gostei.

6

CALVIN

Depois de ver Grace em seu traje de dormir — por falta de palavras melhores —, fui aguardá-la do lado de fora. Sentei-me em uma cadeira de balanço na varanda e fiquei me embalando devagar, reprisando na cabeça a cena dela tomando café na minha cozinha. Ela era uma verdadeira atração turística, envolta em seda e rendas no cenário da cozinha campestre, genuinamente deslocada. E sei que vi nos olhos dela o mesmo olhar que ela deve ter visto nos meus: atração, paixão, luxúria, ou talvez fosse outra coisa. Esfreguei minhas bochechas e queixo, tentando limpar aquelas ideias. Ela estava ali para relaxar, nada além disso, e para se afastar de tudo o que não gostava em sua vida. Não estava ali para se apaixonar por um rapaz do campo, e eu sabia que ia ser difícil me envolver sem complicar as coisas.

A porta de tela se abriu, e Grace apareceu. Agora estava usando uma camiseta e aquela calça colada de ginástica que algumas garotas juram que é uma calça. Seus tênis eram de um branco imaculado, igual à varanda após uma boa limpeza com o jato de alta pressão.

"Você não tem uma peça que possa sujar?", provoquei.

Ela olhou para a própria roupa e depois de volta para mim.

"Não, até porque eu não me sujo em Nova York... exceto com meus clientes", retrucou, rindo.

Eu ri também e me levantei da cadeira. Não saberia descrever o que Grace fazia no banco ou com seus clientes, mas tinha a sensação de que ela era implacável lá, ou pelo menos poderia ser.

"Talvez a gente precise ir à cidade para você poder comprar roupas mais condizentes com o Wyoming." Desci as escadas da varanda enquanto dava um sorriso de canto.

"Talvez", concordou ela, vindo logo atrás de mim.

Enquanto caminhávamos, eu ficava me virando para olhar para Grace. Era inevitável, e em uma das vezes quase tropecei em uma pedra. Quando cheguei à beira da horta, parei.

"Esta aqui é a minha horta. Vendo noventa por cento para a mercearia local. O restante é para consumo próprio."

Grace parou ao meu lado, absorvendo tudo. Era só um pedação de terra com uma variedade de plantas e vegetais organizados em fileiras e protegidos por uma cerquinha para impedir que coelhos e outros animais entrassem. Nada de mais, mas era especial para mim.

"O que você cultiva, planta ou sei lá qual é a terminologia certa?"

Não consegui evitar um sorrisinho antes de responder. Que bom que ela estava realmente interessada no assunto, em saber o que o pessoal do campo fazia. Eu tinha presumido que uma garota urbana subestimaria esse tipo de coisa. Mas Grace era diferente.

"Espinafre, repolho, couve-de-bruxelas, cebola, tomate, couve-flor, cenoura, pimentão, alface, couve, ervilha e por aí vai."

Grace se balançava para a frente e para trás sobre os calcanhares.

"Eu tenho uma receita ótima com couve-de-bruxelas." Havia entusiasmo em sua voz.

Ela definitivamente era diferente e, nas parcas quatorze horas desde que nos conhecemos, já estava me surpreendendo de várias maneiras. Por estas bandas, pouca gente tinha conseguido me surpreender até hoje; na verdade, quase nada era capaz de me surpreender. Todo dia tudo era sempre igual: acordar, cuidar dos animais, cuidar da horta, cuidar da casa e, se ainda sobrasse tempo, cuidar de mim. Eu havia me tornado um pensamento passageiro na minha própria vida. Porém, naquele breve contato com Grace, pensei nela primeiro, mas o ato de pensar nela me fazia sentir como se estivesse pensando em mim, como se fôssemos a mesma pessoa, um só, uma noz partida ao meio. Claro, o recheio é gostoso, mas só porque é formado por metades feiosas.

"Acho que nesta semana tem colheita", falei com a maior animação que já exprimi na vida, mas rapidamente diminuí o tom. "E eu adoraria provar sua comida", acrescentei recorrendo ao meu sotaque caipira profundo. Omiti que eu odiava couve-de-bruxelas. Só as plantei porque não ocupam muito espaço na horta e vendem bem no mercadinho.

"Ótimo", exclamou ela. "É o vegetal que eu mais gosto."

"É o meu também", menti. Era só uma mentirinha inocente. Grace estava nitidamente empolgada com a ideia de cozinhar as couves para mim, então eu não quis estragar o momento.

Continuamos caminhando em direção ao viveiro onde os patos e as galinhas ciscavam praticamente livres. Sempre acreditei muito em deixar os animais soltos e tento seguir isso ao máximo. Mas nem tudo foi feito para ser livre. Algumas coisas precisam ficar enjauladas.

Quando chegamos aos arredores, um pato selvagem com cabeça verde-escura e bico amarelo reluzente passou pertinho dos tênis de Grace. Ela riu, e os raios solares destacaram seu sorriso perfeito e seu nariz enrugadinho. Meus patos brancos começaram a acompanhar a gente, uns dez deles. Estavam mais para cachorros do que para patos devido à natureza amigável e dócil. As galinhas, por outro lado, ficavam na delas e só se aproximavam quando eu trazia ração. Sempre pensei nelas como gatos. Elas recebiam bem os carinhos, mas precisavam de um chamariz para conquistar sua atenção.

"Eles são bem amigáveis." Abaixei-me para acariciar um pato branco que se pôs ao meu lado, soltando alguns quá-quás.

"Você cuida deles direitinho."

"Faço o possível." Assenti. Depois de alguns minutos, seguimos caminhando em direção ao estábulo onde ficavam os cavalos. Eu só tinha dois. Um tinha sido do meu pai e o outro da minha mãe, e, além de servirem de meio de transporte para eu circular pela propriedade, eram basicamente uma pilha de dinheiro. Eu não os exibia, nem utilizava para reprodução, e jamais os venderia. Mas, às vezes, falava com eles como se fossem minha mãe e meu pai, e tais momentos não tinham preço.

Passei a mão pela lateral de Gretchen, uma puro-sangue de pele de camurça bege e crina escura. Ela era tranquila e dócil, assim como minha mãe. Grace afagou a carinha de George, um quarto de milha preto. Ele era estoico e rabugento, assim como meu pai.

"São lindos", comentou Grace, acariciando a cabeça de George.

"São mesmo." Olhei para ela. "E altamente inteligentes. Dizem que os cavalos conseguem decifrar as emoções humanas. Sabem o que estamos sentindo antes mesmo de a gente se dar conta."

"Fascinante." Ela passou a mão ao longo do focinho de George.

"Você já montou?" Ergui uma sobrancelha.

Grace balançou a cabeça.

"Bem, tem um passeio a cavalo incluído na sua estada, se você topar o desafio."

Ela deu um passo para trás e pousou as mãos nos quadris.

"Sempre topo desafios."

"Assim que eu gosto." Sorri. "Vamos?"

Segui em direção ao campo aberto e caminhamos lado a lado pelo pasto. Apontei as duas dezenas de vacas e ovelhas responsáveis pela manutenção do gramado. Descrevi para Grace como eu ordenhava as vacas quase todas as manhãs e tosava as ovelhas na primavera, vendendo a lã para um armarinho local. Ela era toda ouvidos, e eu gostava dessa sua característica. Era como se ela realmente estivesse me dando atenção. Fazia muito tempo que não me sentia compreendido ou ouvido.

"Alguém te ajuda com o rancho? Parece muito trabalho para uma pessoa só."

"Um pouco. Meu irmão vem quando pode, e tenho uma companheira que me ajuda a colher os legumes e a recolher os ovos de pata e de galinha."

"Uma companheira?", perguntou Grace, levantando uma sobrancelha.

Senti uma pontada de ciúme ali, mas acho que gostei.

Soltei uma risada.

"Uma companheira que é só amiga, quero dizer."

Ela sorriu, e não consegui evitar demorar o olhar na curvinha de seus lábios.

"O que é aquilo ali?" Grace apontou para várias fileiras de caixas cobertas, à entrada do arvoredo.

"Aquela é a minha fazenda de abelhas."

O rosto dela se iluminou.

"Você é apicultor?"

"Na verdade, não. São de uma amiga da família, a Betty. É praticamente minha segunda mãe. As abelhas são dela, mas ela as mantém no terreno e se encarrega dos cuidados. Recebo uma pequena porcentagem das vendas e mais ou menos meia dúzia de garrafas de mel todos os anos."

Os olhos de Grace estavam arregalados de curiosidade.

"Posso vê-las?"

"Não deve ser muito seguro ir lá sem o traje de apicultura." Estiquei o pescoço para ela. "Você gosta de abelhas e coisas assim?"

"Gosto. Elas são fascinantes." Grace me fitou. Nossos olhares se encontraram. "Quando uma abelha pica a gente, o ferrão fica alojado na pele, e aí elas precisam amputar o próprio trato digestivo, os músculos e nervos. Elas literalmente morrem para se proteger."

"Parece uma morte horrível."

"E é. Desculpe, eu assisto muito ao canal Discovery", justificou ela com uma risada.

"Não há nada de errado em saber desses fatos curiosos. Você sabia que o mel nunca estraga?"

Os lábios carnudos dela formaram um sorriso. Eu poderia tê-los beijado ali mesmo, mas em vez disso desfiz o contato visual, mirando nos meus pés. Grace me deixava tenso, supertenso. Acho que, provavelmente, muita gente ficava assim perto dela. Eu tinha esquecido de como era ficar nervoso: aquele formigamento na pele e a sensação de frio na barriga. Não me lembro de qual foi a última vez que me senti assim. Bem, na verdade, me lembro sim. E não acabou nada bem.

Grace se postou bem ao meu lado.

"Acho que li isso em algum lugar. Mas minha receita de couve-de-bruxelas pede mel, então posso usar um pouco da sua despensa."

"É o destino."

"Sem dúvida", disse ela com um meneio de cabeça.

Apontei para o rio Wind logo adiante.

"Aquele rio ali rende uma boa pescaria, e é um bom lugar para nadar também."

Paramos, então, à beira da água. Quando roçava nas grandes rochas, o rio parecia um sussurro. Em outros trechos, soava como um *vush*, do mesmo jeito que a água faz ao sair da torneira num jorro. Para além do rio estava o bosque, denso, sinuoso e sombrio. Meu pai sempre dizia: no bosque, vale tudo. É tipo a Las Vegas da vida selvagem. Tem limites muito próprios, cria os próprios disfarces naturais, e as plantas e os animais fazem o que for preciso para sobreviver lá.

Depois do bosque, havia as montanhas. Um lembrete de como todos nós éramos pequenos e insignificantes. Eu gostava de olhar para elas nos dias em que me sentia frustrado com a vida. Os topos estavam coroados pela neve que só viria a tocar o solo em que nos encontrávamos dali a mais alguns meses.

"O que você costuma pescar?" Grace olhou para mim e depois para o rio. Enfiei as mãos nos bolsos.

"Quase tudo. Picão-verde, perca europeia, achigã, mas o meu favorito é a truta-dourada." Ficamos em silêncio por alguns instantes, absorvendo o cenário. "Imagino que você nunca pescou." Olhei para ela.

Grace inclinou a cabeça.

"Você sabe o que dizem sobre tirar conclusões precipitadas."

"Então você já pescou?"

"Não." Grace soltou uma boa gargalhada.

"Essa foi só para me zoar, não é, Grace Evans?" Dei um sorriso, inclinando a cabeça para ela.

Ela bateu um ombro no meu, brincalhona.

"Mas eu já poderia ter pescado, ué. Só que não sei pescar."

O sol refletia em seus olhos. Eu poderia facilmente me acostumar a ficar admirando aqueles olhos azuis, azuis.

"Posso ensinar se você quiser." Dei mais um sorriso.

Grace assentiu.

"Eu adoraria, Calvin Wells."

E lá estava ela de novo, usando meu nome completo, fazendo meu estômago revirar. Sentia falta dessa sensação, mas não estava pronto para uma garota como Grace. Resistir a ela estava sendo uma das tarefas mais hercúleas da minha existência. Mas no fundo, no fundo eu já sabia que ia falhar.

7
GRACE

Estacionei o carro bem em frente à Betty's Boutique, uma loja de vestuário que oferecia roupas femininas no estilo faroeste. Pelo que eu já tinha visto até ali, o centro de Dubois equivalia a praticamente a cidade inteira, uma rua formada pelo comércio e com espaço para os carros estacionarem na transversal dos dois lados da via. Parecia que eu tinha entrado na década de 1950. Não havia uma loja de rede famosa ou um restaurante à vista, e todo mundo parecia se conhecer — bem, exceto a mim. Saí do carro e joguei minha bolsa no ombro. Foi esta loja que Calvin indicou para eu comprar uma "roupa no estilo do Wyoming", como ele mesmo falou. Ele tinha mais coisas para fazer no rancho, então imaginei que, caso eu fosse pescar e andar a cavalo, era bom me preparar para o papel. Uma mulher passou por mim, concedendo um sorriso amigável e um cumprimento. Assenti de volta. Então ela me deu um olhar estranho, e eu não soube dizer se foi pelo jeito seco como a saudei ou se foi porque eu era uma desconhecida, ambos um traço de estranheza aqui.

Entrei na loja e, antes mesmo que pudesse dar uma olhadinha em qualquer coisa, fui recebida por uma senhora rechonchuda de cabelos grisalhos e curtos, rosto redondo e bochechas rosadas. Ela contornou o balcão, revelando um vestido floral com pouco caimento.

"Bem-vinda à Betty's Boutique", disse. "O que te traz aqui hoje?" O sorriso dela era tão largo que daria para encaixar um pires ali.

A loja era uma mixórdia de roupas novas e usadas. Tudo era jeans ou couro, ou coberto de estampa floral, xadrez e flanela. Tudo muito, muito country, diferente de qualquer coisa que eu já tinha visto. Comecei a fazer esse lance de férias decididas pelo dardo no mapa há seis anos. Essa brincadeira me levou à Flórida, Califórnia, Maine, Pensilvânia, Wisconsin e Califórnia de novo (mas, felizmente, na segunda vez foi no extremo oposto do estado). Então, o estilo desta região era muito estranho para mim. Pessoalmente, meu guarda-roupa se limitava a cores neutras, principalmente preto. Eu só me vestia de outro jeito quando queria ser alvo de atenção.

"Só estou procurando uma roupa condizente com o Wyoming." Minha voz saiu apreensiva enquanto eu examinava a manga de uma jaqueta de couro marrom ornada com franjas.

"Você veio ao lugar certo. Meu nome é Betty. Vejo que você não é daqui. É nova na cidade?" Ela me olhou de cima a baixo, não de forma crítica, mais como se eu fosse um objeto em consignação e ela estivesse tentando determinar meu valor.

"Sim... Não. Só estou de férias aqui, só até a semana que vem." Ofereci-lhe um sorriso tenso, na esperança de que bastaria. Eu não era muito de conversa fiada e preferia fazer compras em silêncio.

A mulher levantou uma sobrancelha.

"Você veio com seu marido?"

Perguntinha bem de 1950, como se mulheres não pudessem viajar sozinhas.

"Não." Olhei para um manequim usando um vestido de verão com estampa floral. Tinha um formato bem mais definido do que aquele que Betty estava usando.

"Isso é bem *Comer, Rezar, Amar* da sua parte", comentou ela com um sorriso.

"É, por aí." Dei de ombros.

Fuçando algumas roupas em um cabideiro abarrotado, peguei um short jeans bem curtinho e uma camiseta preta. Não era muito meu estilo, mas, às vezes, a gente só precisa se encaixar no papel que é proposto.

"Você, com certeza, vai chamar a atenção dos rapazes daqui com uma roupa dessas." Betty levantou ambas as sobrancelhas desta vez. Fiquei sem saber se estava me julgando ou apenas puxando papo.

"Só estou procurando algo que possa sujar."

"Ah, esta vai servir. Talvez um par de botas de caubói ali também." Betty apontou para uma fileira de botas bem organizada.

Assenti e comecei a perambular pela loja, pegando mais um par de shorts jeans e agora uma regata branca. Betty me observava com atenção. E a todo momento fazia menção de abrir a boca, como se estivesse dividida entre conversar comigo ou fazer uma venda. Ela parecia uma daquelas pessoas que sabiam tudo sobre todo mundo. Tipo a vizinha que fica na janela levantando só o cantinho da persiana para espiar o mundo lá fora. Se este bairro tivesse uma radiopeão, com certeza Betty seria a presidente.

"Onde você tá hospedada?", perguntou ela por fim enquanto eu experimentava um par de botas. Fiquei desfilando com elas diante do espelho. Eram confortáveis, mas eu, definitivamente, não estava acostumada com o modelo.

"Em um rancho a uns vinte minutos da rodovia. É um Airbnb", respondi enquanto mexia os dedos dos pés e apoiava nos calcanhares para sentir o conforto da bota. Sentei-me, tirei-as e calcei meus tênis de novo.

"Ah, você deve estar ficando com Calvin Wells. Ele é o único que faz essas coisas de aluguel por aqui. Tem um hotel de pernoite na cidade, mas a gente não costuma receber muitos visitantes." As sobrancelhas dela franziram um pouco.

Fiquei de pé, pegando as botas, dois pares de shorts, umas regatas e também o vestido floral. Betty ocupou seu lugar atrás do caixa enquanto eu caminhava até o balcão.

"Vou levar estas aqui", falei, colocando as roupas ao lado da caixa registradora antiga.

"Boa escolha." As etiquetas de preço eram todas escritas à mão, então não tinha scanner; era preciso digitar uma por uma.

"Calvin é um bom sujeito, cê sabe", disse Betty enquanto botava as roupas nas sacolas. Foi um comentário meio peculiar, e eu fiquei sem saber o que responder.

"É. Ele parece legal."

Olhei ao redor enquanto ela alternava entre se concentrar no que fazia e tentar me decifrar. A parede atrás dela estava coberta de fotos emolduradas de tudo que é tamanho. Betty sorria em todas, ombro a ombro com alguma pessoa aleatória. A Betty de carne e osso olhou para cima e sorriu para mim ao mesmo tempo que eu também ganhava quarenta sorrisos seus nas fotografias em segundo plano. Um tanto desconcertante.

"Ele é como um filho para mim. Eu cuido das abelhas na fazenda dele."

"Ah, sim. Ele me mostrou hoje cedo. Você é a Betty Honeybee."

"Isso mesmo." Ela assentiu. "Deu quarenta e um e nove centavos."

Entreguei a ela uma nota de cinquenta. A caixa registradora se abriu, e Betty foi contando o troco devagar enquanto pousava cada nota e moedinha na minha mão.

"Aproveite o restante da estada aqui, Grace. Te vejo por aí." Betty abriu um sorriso largo enquanto me entregava as sacolas.

Eu me despedi e ofereci um sorriso tenso e forçado. Tinha algo errado ali. Algo na nossa interação não fazia sentido. Dava para sentir na boca do meu estômago. Olhei de volta para a loja e vi Betty na vitrine, me observando (do jeito que eu sabia que faria). Assenti para ela e rapidamente entrei no carro. Assim que comecei a manobrar, o Mazda apitou várias vezes e a luz de verificação do motor piscou. Soquei o volante em frustração e olhei pelo para-brisa. Betty continuava a me fitar através da vitrine da butique, quase sorrindo, como se soubesse que eu estava na merda. E foi aí que me dei conta: em nenhum momento eu tinha falado meu nome para ela.

8
CALVIN

Já passava um pouco das nove quando terminei minhas obrigações do final do dia: dar comida e água a todos os animais, arrebanhar as ovelhas no pasto, colocar Gretchen e George nas baias e lidar com um bicho que se recusava a me obedecer. Terminei muito mais tarde do que o normal porque tive de fazer as preparações para a tosquia. Eu tosquiava as ovelhas uma vez ao ano, e era uma tarefa cansativa, que nunca estava a fim de fazer. Enxuguei o suor da testa com a barra da camisa e subi os degraus da varanda. Não via Grace desde a manhã e agora me perguntava o que ela teria feito ao longo do dia. Meu pensamento ficava se voltando para ela a toda hora, independentemente do que eu estivesse fazendo. Cortando a grama, Grace. Limpando as baias dos cavalos, Grace. Consertando e reforçando o galpão, Grace. Ela havia alugado um quarto na minha casa e um triplex na minha cabeça. Estava me consumindo.

Tirei as botas antes de entrar em casa. Quando abri a porta, um cheiro diferente invadiu meu nariz. Terroso e doce, ácido e denso. Sem dúvida, nada que eu já tivesse feito. Entrei na cozinha e encontrei Grace ao fogão, usando a mesma calça de ginástica colada que estivera usando hoje cedo. Ela rebolava sutilmente enquanto mexia uma frigideira com uma colher de pau. Uma música country tocava baixinho no rádio, e uma taça de vinho e uma garrafa aberta repousavam no balcão ao lado. Estava claro que não tinha me ouvido entrar, e assim fiz bom proveito do tempo que tive para admirá-la, para examiná-la. Porra, aquela calça coladinha caía bem demais nela.

Encostado na parede, espanei a poeira da minha camisa para ficar um pouco apresentável.

"O que tá fazendo aí, Grace?"

Ela levou um susto e logo se virou. Estava meio boquiaberta, mas depois forçou um sorriso. Largou a colher de pau e pegou a taça de vinho, levando-a aos lábios para um gole demorado.

"Estou preparando uma refeição decente para você." Ela ergueu uma sobrancelha logo acima da borda da taça.

"É mesmo?" Enfiei a mão no bolso da frente do jeans. Nunca sabia o que fazer com as mãos quando estava perto de Grace, porque a verdade é que eu ficava doidinho para tocá-la.

"Ah, é", retrucou ela, colocando a taça no balcão de novo.

"Pensei que a refeição de ontem à noite tivesse sido decente. Mas estou intrigado, srta. Grace. O que é uma refeição decente na sua opinião?" Ofereci um sorriso de canto.

"Venha cá que eu te mostro." Ela fez sinal com a mão e voltou a mexer uma das panelas.

Assim que me aproximei do fogão, eu ouvi. Um cacarejar que foi ficando cada vez mais alto, mais veloz e mais persistente. De imediato, percebi que tinha cometido um erro grave.

"Merda", gritei, correndo para a sala de estar. Peguei a espingarda calibre .12 acima da lareira e calcei as botas.

"O que houve?", perguntou Grace em alerta. Ouvi seus passos atrás de mim quando irrompi pela porta de tela, até a varanda. Não havia tempo para explicar, então não respondi.

As galinhas e os patos estavam amontoados em um lado do viveiro, se movimentando em sincronia. Os patos praticamente berravam, e as galinhas cacarejavam sem parar. Saí correndo em direção a eles, avistando duas galinhas do lado oposto, caídas. Estavam sem cabeça, e o sangue empoçava ao redor do pescoço aberto. Uma luz brilhou atrás de mim e me virei às pressas, flagrando Grace a poucos metros, com uma lanterna na mão. *Garota esperta*, pensei. Ela apontava a luz para todas as direções conforme eu me aproximava.

Ergui a espingarda, pronto para atirar enquanto procurava a criatura que tinha feito aquilo. Tecnicamente, tinha um dedinho meu naquela desgraça.

Agora Grace estava apenas alguns passos atrás de mim e arquejou de pesar quando viu as galinhas mortas. A morte era algo ao qual você se habituava por aqui. Havia muitos predadores. Finalmente, lá estava ele, mastigando a cabeça de uma galinha. Quase um metro de comprimento do focinho à ponta da cauda, e pesando pelo menos uns quinze quilos. Os olhos da criatura se iluminaram como bolinhas de gude amarelas. O corpo da galinha jazia a alguns metros dali. Segurei a arma com firmeza e dei um tiro. Errei por alguns centímetros. *Sortudo desgraçado*. O guaxinim saiu correndo. Errei o segundo tiro também. *Merda*. Não ia dar tempo de recarregar. O bicho já havia sumido, e quatro galinhas estavam mortas. Mas eu também tive sorte. Um guaxinim é capaz de matar um galinhame inteiro em poucos minutos.

Deixei escapar um suspiro e abaixei a espingarda, enxugando o suor da testa.

"Você está bem?", perguntou Grace. Agora ela estava de pé ao meu lado, me encarando com aqueles olhos azuis, azuis.

"Tô", respondi, balançando a cabeça.

Grace ficou nitidamente confusa com minha resposta e linguagem corporal. Eu estava bem, mas chateado comigo mesmo por ter cometido um erro tão besta. E se isso tivesse acontecido com um dos animais mais valiosos? Poderia ter me custado tudo.

"Esqueci de colocar as galinhas e os patos no galinheiro, e aqui isso equivale a tocar um sininho avisando para os predadores que o jantar está na mesa."

Agora que o animal havia sumido, as aves estavam mais tranquilas.

"Não acredito que um guaxinim fez isso", comentou Grace enquanto seus olhos examinavam as carcaças ensanguentadas.

Olhei para ela, franzindo as sobrancelhas.

"Podem parecer fofos e peludinhos, mas não se engane. São assassinos sanguinários."

O olhar dela encontrou o meu.

"E agora?"

"Agora tenho que desovar as galinhas mortas. Se ficarem aqui, só vão servir para atrair mais predadores, e isso é o que não falta nesta região. E preciso prender o restante do bando no galinheiro."

"Eu posso ajudar." Ela nem sequer hesitou ao oferecer.

"Eu dou conta. Pode entrar e jantar." Acenei com despretensão.

"Não, eu quero ajudar, e aí depois podemos jantar juntos", insistiu Grace. Seus lábios não sorriam, mas seu olhar, sim.

Então, assenti e retribuí o sorriso que ela não tinha me dado. A maioria das mulheres não tolerava a dura realidade da vida no rancho. Mas Grace, obviamente, não era como a maioria das mulheres.

Depois de cuidarmos de tudo lá fora, tomei um banho. Grace se encarregou de botar as galinhas e os patos de volta no galinheiro enquanto eu me livrava dos cadáveres. Mais uma vez, ela me surpreendeu ao ter permanecido ali fora me ajudando com um dos piores reveses da rotina no rancho. Ao entrar no corredor usando camiseta limpa e calça de moletom, senti de novo o cheiro doce, ácido e terroso. Já estava muito tarde, e eu tinha dito que não havia necessidade de me esperar para comer enquanto eu tomava banho, mas ela insistiu para que nos sentássemos para jantar juntos.

Na cozinha, flagrei Grace se acomodando à mesa. Ela serviu duas taças de vinho tinto e dois pratos de comida.

"O cheiro está incrível", comentei.

Grace olhou para cima e sorriu.

"E o gosto está ainda melhor. Senta aí." E gesticulou para a cadeira em frente a ela.

"O que temos aqui?", perguntei enquanto me acomodava no lugar.

Grace apontou para o prato.

"Fiz couves-de-bruxelas glaceadas no vinagre balsâmico com mel e bacon. Eu mesmo as colhi."

"Você sabe colher couve-de-bruxelas?" Ergui uma sobrancelha, em sinal de provocação.

"Claro. Eu compro com talos nas feiras da cidade."

Dei um sorriso e assenti.

"Isto aqui", explicou ela, "é salmão glaceado no mel com shoyu picante."

Coloquei um guardanapo no colo, sem tirar os olhos de Grace.

"Você é uma mulher impressionante."

"Obrigada."

"Saúde." Ergui a taça.

Ela pegou a dela e inclinou a cabeça.

"A que estamos brindando?"

"Às refeições decentes e à boa companhia." Minha vontade foi acrescentar *que duram para sempre*, mas resolvi deixar de fora. Avançar no pote com muita sede era pedir para não acabar bem. Eu sabia por experiência própria.

Grace sorriu e tilintou a taça na minha.

"Saúde."

Observei sua boca tocando o vidro enquanto ela engolia o líquido e, então, peguei minha bebida. Como eu desejava aqueles lábios. Eram carnudos e imploravam para serem mordidos ou sugados. Corri a língua pelos dentes e me imaginei cravando-os na pele dela.

"Quase esqueci. Primeiro, a gente faz a prece para agradecer, Grace", propus, estendendo a mão para a dela.

Grace balançou a cabeça e, sem jeito, olhou para mim e depois para o próprio prato.

"Não sou religiosa."

Recolhi a mão.

"É, eu também não. Só gosto da tradição. Foi mal." Peguei o garfo e o afundei primeiro nas couves-de-bruxelas, só para eliminá-las logo. Se meu cachorro ainda estivesse por aqui, certamente eu teria jogado todas no chão para ele "por acidente". Só que ele morreu na primavera passada. A maioria das coisas não sobrevivia a este rancho. Eu era a exceção.

Grace estava me olhando, à espera da minha reação.

"Estão fantásticas", menti com a boca cheia de comida. "Sem dúvida, a melhor couve-de-bruxelas que já comi." A segunda parte não era mentira. Eu as experimentara uma única vez quando criança e cuspira imediatamente. Bebi um gole de vinho tinto, lavando goela abaixo aquele arremedo de vegetal com cheiro de peido.

Ela abriu um sorriso largo. Eu seria capaz de mentir para Grace todos os dias só para deixá-la feliz.

"Muito bem, agora o salmão." Ela apontou para o meu prato.

Cortei uma lasquinha de um canto e espetei com o garfo. O sabor fresco do peixe, a doçura do mel, o sal do shoyu e o tempero do molho picante formavam uma fusão perfeita.

"Incrível", elogiei entre uma mastigada e outra, e ali fui bem sincero.

Grace deu um sorriso reluzente e, enfim, começou a comer. Estava satisfeita por eu estar satisfeito. Eu gostava disso nela.

"Está tudo bem depois daquele incidente com as galinhas?", perguntei. Esperava que o episódio não a tivesse assustado demais, mas aparentemente ela já havia superado aquilo.

"Sim", respondeu ela, inclinando a cabeça. "Admito, foi bastante chocante, mas entendo que as coisas por aqui são desse jeito."

"Quando assumi o rancho, perdi o bando inteiro. O viveiro não estava seguro o suficiente, e uma doninha entrou lá." Balancei a cabeça e bebi o vinho.

"Uma doninha? Mas elas não são umas coisinhas minúsculas?"

"São. Mal chegam a meio quilo, mas são assassinas. E conseguem atravessar um buraco tão pequeno quanto o diâmetro de uma aliança de casamento." Enfiei uma garfada de salmão na boca.

Grace dava mordiscadas na comida e mastigava várias vezes antes de engolir.

"Como você sabia que era uma doninha?"

"Pelo jeito como matam. Elas mordem a base do crânio da presa. Duas dentadas e já era. Também empilham as carcaças bem organizadas, como uma espécie de ritual. E comem apenas parte de uma ou de duas galinhas, porém matam o restante por diversão."

"Que horrível." Grace levou a taça de vinho aos lábios e bebeu um gole demorado.

"É, mas esta é a vida no rancho."

"Bem, eu não lido com nada disso na cidade. Os únicos predadores de lá são os outros humanos", disse ela com uma risadinha forçada.

"Aceito uma doninha e um guaxinim no lugar *disso* em qualquer ocasião." Dei um sorriso de canto.

Ficamos comendo em silêncio por alguns minutos, trocando olhares. Grace me atraía demais. Nós dois éramos de mundos muito diferentes, mas, no fundo, eu sentia que éramos parecidos de algum jeito. Não sei bem de qual, mas eu sabia que tínhamos algo em comum. E acho que ela também estava gostando do meu mundo.

"Só te vi mais tarde hoje, o que você fez o dia todo?", perguntei.

Ela deu um sorrisinho animado.

"Saí e comprei algumas 'roupas adequadas para o Wyoming', como você mesmo disse."

"Eu adoraria ver você nelas." Deixei escapar uma tosse constrangida, percebendo o tamanho da minha ousadia. Grace limpou a boca com um guardanapo, e reconduzi a conversa rapidamente.

"Você conheceu Betty?"

Ela assentiu e remexeu a comida no prato, como se estivesse querendo dizer alguma coisa, mas não soubesse muito bem como se expressar.

"Você falou de mim para ela?"

Lembrei-me de minhas conversas com Betty. Não conseguia me recordar se tinha falado de Grace ou não.

"Tenho certeza de que falei. Converso com Betty a respeito de tudo. Ela é tipo uma segunda mãe para mim." Dei uma nova garfada no salmão.

Grace logo assentiu e deu um sorriso tenso. Não estava entendendo muito bem a situação, mas presumi que talvez ela não tivesse gostado de alguma coisa em Betty. Eu sei que Betty era bem-intencionada. No entanto, costumava falar tudo o que vinha à cabeça e, às vezes, não pegava bem. Mas ela não tinha nem um pingo de maldade no corpo... pelo menos, não que eu soubesse. Ou talvez Grace fizesse pouco caso da gente, o pessoal da roça, e só estivesse sendo educada comigo. Talvez eu estivesse interpretando tudo errado. Aprumei a cabeça um pouco mais alto e peguei mais um pedaço das couves-de-bruxelas horrorosas.

Grace parou de comer e franziu a testa.

"Você entende alguma coisa de carros?"

"Não são minha especialidade. Por quê?"

"Quando eu estava saindo da loja da Betty, a luz do motor acendeu e começou a piscar no trajeto de volta para cá. Tipo nas vezes em que eu acelerava." Ela soltou um suspiro.

Ah, deve ser por isso que Grace estava tensa. Imagino que eu me sentiria do mesmo jeito se estivesse em um lugar desconhecido, tão longe de casa e dirigindo uma lata-velha.

"Bem, meu irmão Joe é muito bom com carros. Ele vai vir aqui nesta semana, e aí posso pedir para ele dar uma olhadinha."

Grace bebeu um gole caprichado de vinho.

"Seria ótimo."

Fiquei me perguntando por que ela hesitou. Talvez não gostasse de aceitar ajuda, o que é bem típico das garotas da cidade.

"Você disse que voltou para assumir o rancho. Por que seu irmão não fez isso?", perguntou ela.

Enfiei uma garfada de salmão na boca e mastiguei devagar.

"Minha mãe e meu pai queriam que fosse eu. Estava no testamento deles, e respeitei seus desejos."

Grace inclinou a cabeça e me encarou como se estivesse enxergando minha alma.

"Você devia amá-los muito mesmo para fazer isso, desistir da própria vida e voltar para viver a deles."

Tomei um gole de vinho enquanto pensava em como responder. Não gostava de falar dos meus pais. Embora já tivessem partido, a presença deles permanecia, sombria e pesada.

Pousei a taça vazia na mesa e olhei para Grace.

"É, digamos que seja por aí mesmo."

De pé, peguei meu prato.

"Já terminou?", perguntei.

Grace assentiu, empurrando seu prato para mim. À pia, abri a torneira.

"Me deixa ajudar na limpeza", sugeriu Grace, meio que se levantando.

Acenei para ela.

"Que bobagem. Você cozinhou. Eu lavo a louça", falei, tapando o ralo e esguichando detergente na cuba.

Grace sorriu e voltou a se sentar. Daí encheu nossas taças e levou a dela aos lábios.

"Eu me acostumaria facilmente a isto aqui", declarou, tomando um gole. Seus olhos espiaram por cima da taça, subindo e descendo pelo meu corpo.

"Eu também, Grace." Dei a ela um sorriso tímido e botei as panelas de molho. Para ser sincero, já estava me acostumando. Grace seria um hábito difícil de me desfazer. Quase impossível.

9

GRACE

Saí do banheiro usando uma camisola de seda branca com o barrado alguns centímetros acima dos meus joelhos. Esqueci-me de comprar um pijama xadrez ou de algodão simples hoje na cidade mais cedo, mas, a essa altura, concluí que era melhor usar as roupas de dormir de sempre mesmo. Gostei bastante da reação de Calvin ao vê-las. Suas bochechas coraram na mesma hora, e sua voz ficou mais rouca. E aí a toda hora eu o flagrava se obrigando a desviar o olhar, no entanto seus olhos insistiam em encontrar o caminho de volta. Ele me olhava como se nunca tivesse visto nenhuma outra mulher, e eu gostava bastante daquilo. Era aquela valsa do início de todo relacionamento — inebriante, viciante. Você simplesmente não se cansava, até o dia em que se cansava. Provavelmente, foi por isso que tive tantas experiências. Em algum momento, todo relacionamento perde o brilho. Você se entedia. Tudo se torna rotineiro, mundano. E então você se vê buscando aquela empolgação, aquela faísca em outro lugar.

Esfregando meu cabelo úmido com uma toalha, fui para a sala, na expectativa de que Calvin ainda não tivesse ido para a cama. Só que ele não estava lá, e eu estava prestes a ir dormir quando a porta da varanda rangeu. Calvin arregalou os olhos e ficou boquiaberto quando me viu. Ele estava com um cardigã de malha azul firmemente agarrado ao redor dos ombros e bíceps. Logo fechou a boca, mas os olhos permaneceram imensos, vagando pelo meu corpo como se estivessem perdidos.

"Eu já estava indo para a cama", comentei, dando um sorriso delicado.

O jantar tinha corrido bem, meio deprimente por causa do abate das galinhas e por ter tido a morte como assunto principal. Mas serviu para me ensinar muito mais coisas a respeito de Calvin.

"Ah." De novo aquele arrastar de pés meio perdido. "Quer beber comigo?" Ele ergueu uma garrafa de uísque e dois copos.

Passei a mão pelos cabelos úmidos, hesitando por um instante. Não queria parecer muito ávida.

"Claro", resolvi finalmente.

Ele sorriu de forma provocativa enquanto segurava a porta aberta. Já na varanda, sentei-me nos degraus. Calvin serviu uma dose dupla em ambos os copos e me entregou um deles. Seus dedos roçaram nos meus, me causando um arrepio na espinha. Fiquei em dúvida se foi devido ao contato com ele, da brisa fresca da noite ou do mero estímulo sensorial causado por aquela região central do Wyoming. Levei o copo aos lábios e beberiquei. Não senti a garganta queimar porque não permiti. É puramente psicológico, como dizem.

"Você deve estar com frio."

Ele tirou o cardigã e o colocou sobre meus ombros.

Agradeci e ajeitei o tecido um pouco mais em volta do corpo. Cheirava a Calvin: amadeirado.

Olhei para o céu noturno com seus milhões de estrelas, luzes minúsculas a nos observar, um lembrete constante de que havia um mundo maior lá fora. Não importava o que pensássemos, o quanto soubéssemos, a verdade mesmo era que não sabíamos de nada. O cobertor de luzes é só um ardil, uma ilusão para fazer a gente se sentir parte de algo mágico, mas, na realidade, é tudo aleatório. Tudo. Nada além de átomos amontoados, partículas, partículas subatômicas criando tudo o que conhecemos e sentimos. Até mesmo isto, isto aqui: este momento entre mim e Calvin.

"É lindo", comentei.

"Sim, é um verdadeiro pedacinho do paraíso." Ele bebeu um gole de uísque.

Viu? Mágica. É fácil ser enganado por coisas bonitas. A gente olha para elas e fica achando que houve algum motivo especial para criá-las, que lhes foi dedicado tempo extra, como se automaticamente fossem boas só porque são bonitas. Raramente confio em coisas bonitas.

"Nunca consigo ver as estrelas na cidade. Acho que até esqueci que elas existiam."

Calvin olhou para mim e depois para o céu.

"Que pena."

"É mesmo. Às vezes, penso em ir embora e me mudar para um lugar tranquilo, um lugar simples, onde as pessoas vivam para o momento e não para o que está por vir", expliquei, tomando outro gole.

"Um lugar tipo este aqui?" Calvin deu um meio-sorriso junto a uma breve olhadela.

Olhei para ele e sorri de volta.

"Sim, talvez."

Ele voltou a se concentrar nas estrelas enquanto eu bebericava goles intermitentes de uísque. Ficamos admirando o céu em silêncio por um tempo, degustando os drinques casualmente. A maioria das pessoas não gostava de silêncio, mas eu o considerava um luxo. Quando se está cercado por barulheira e caos, é o silêncio que nos dá energia.

Uma coruja piou de uma árvore e um animal uivou ao longe, provavelmente um lobo ou um coiote, não sei bem. De soslaio, dei uma espiada em Calvin. Ele era estoico, como se houvesse menos estrelinhas a brilhar no céu do que pensamentos percorrendo sua mente. Perguntei-me o que ele estaria pensando. O que um sujeito simples como Calvin teria para pensar? É possível descobrir muito sobre uma pessoa se soubermos para onde sua mente vagueia quando tudo está quieto.

"Em que você está pensando?", perguntei, interrompendo o silêncio.

Ele piscou várias vezes e daí me olhou.

"Exatamente em como sou sortudo de poder estar sentado aqui com você cercado por toda esta beleza." Calvin deu um sorrisinho e levou o copo aos lábios.

Viu? Essa resposta revelava que ele não se achava merecedor deste momento. Mas por quê? O que ele teria feito para acreditar em algo assim?

"E você, Grace? Em que você está pensando?", perguntou ele.

"Estava pensando a mesma coisa." Sorri de volta e matei meu uísque. "Valeu pela bebida", agradeci, colocando o copo vazio na mesa e me levantando. Tirei o cardigã dos ombros e estendi para ele. "E valeu pelo suéter."

Calvin o pegou.

"Às ordens, Grace."

"Boa noite, Calvin."

Ele também desejou boa-noite, e assim eu entrei, deixando a porta de tela se fechar atrás de mim. Pouco antes de desaparecer no corredor, parei e olhei para trás, para Calvin ainda sentado na varanda, examinando-o rapidamente, o contorno de seus ombros largos e musculosos iluminados pelo céu noturno. Ele sorvia o uísque devagar, olhando para o alto. Seus pensamentos estavam um pouco mais à vista agora, e, de alguma forma, eu sabia que nós dois éramos um só, a mesma pessoa. Eu sentia isso.

Fui arrancada do sono pelo grito de uma mulher. Sentei-me na cama num ímpeto. O quarto estava banhado pelo luar, e a janela atrás da cabeceira estava meio aberta. Procurei controlar a respiração. Puxe o ar pelo nariz por quatro segundos. Prenda o ar por sete. Expire pela boca contando até oito. Tentei prestar atenção aos sons. O cantar das cigarras era tão alto que elas pareciam estar no quarto comigo. Provavelmente, havia um enxame delas por aqui, pois a cantoria aguda abafava quase tudo o mais. O pio de uma coruja veio a seguir. Puxe o ar pelo nariz por quatro segundos. Prenda o ar por sete. Expire pela boca contando até oito. Agora já não seria capaz de confirmar o que é que eu tinha ouvido. Deitei-me de novo, puxando o cobertor até o queixo. Passei um bom tempo acordada e não voltei a ouvir grito nenhum. Devia ter sido só um sonho... Mas e se não fosse?

DIA TRÊS

10

CALVIN

Acordei bem cedo hoje, feito uma criança na manhã de Natal, mas a ansiedade não era por causa dos presentes, era por causa de Grace — unicamente pela vontade de vê-la, de passar um tempo com ela. Me sentia atraído pelas coisas que ela dizia e também pelas coisas que não dizia. Ela era diferente de qualquer outra mulher que eu já tinha conhecido até então. As outras meninas eram como nabos. Claro, eram bonitas, mas a personalidade era só uma casca, e por isso eram praticamente esquecíveis. Grace era como uma cebola: repleta de camadas, complexa, com muitíssimo a oferecer. As cebolas podem ser grelhadas, refogadas, assadas, caramelizadas, cozidas — caramba, podem ser consumidas até mesmo cruas. Elas acrescentam tamanho sabor que colocam qualquer prato em um patamar diferenciado. Ao mesmo tempo, são despretensiosas, mas ainda assim surpreendentes, tal como Grace. Certa vez, até usei uma cebola como repelente de insetos. Abri uma delas e esfreguei o pedaço por toda a minha pele.

Ao me sentar na varanda com Grace ontem à noite, constatando como era diferente de qualquer pessoa que já conheci, percebi que eu queria passar todas as minhas noites com ela.

Preparei um bule de café fresquinho e fiquei aguardando à mesa da cozinha, lendo o jornal. Eu já estava na página cinco, mas seria incapaz de explicar o que tinha lido até então porque minha mente só pensava em uma coisa: Grace. Fiquei olhando para a porta do quarto dela, com expectativa e desejo de que ela fosse sair a qualquer instante. Em algum momento, fui até lá, tentando ouvir o que se passava. As tarefas matinais e algumas manutenções muito necessárias já haviam sido feitas, então eu teria o dia inteiro para me dedicar a ela — caso me fosse permitido, é claro. Lógico que não queria ser invasivo, mas hoje eu faria uma boa análise das reações dela e decidiria se era hora de dar um passo à frente, ou para trás.

Finalmente, a porta se abriu e ouvi passos delicados no corredor. Tentei parecer o mais casual possível, bebericando meu café, folheando o jornal como se não estivesse esperando que ela fosse acordar àquela hora. Quando Grace entrou na cozinha, foi como se todo o ar tivesse sido sugado do ambiente.

"Bom dia", saudou. Sua voz estava tranquila e rouca, como se ela tivesse acabado de acordar de um sono muito, muito profundo. Que bom que estava tão à vontade na minha casa a ponto de ter conseguido dormir assim.

Agi como se estivesse surpreso ao vê-la.

"Bom dia."

Seu cabelo estava preso em um rabo de cavalo, e ela ainda não tinha tirado a camisolinha branca. O rosto carregava o frescor da cara limpa, mas sem dúvida havia um tiquinho daquele negócio preto de passar nos cílios porque os olhos azuis, azuis estavam ainda mais destacados.

"Como foi a noite?", perguntei.

Grace parou por um instante, mordendo o lábio.

"Hum... Boa."

Merda. Era evidente que ela não tinha dormido direito. Talvez fosse o colchão velho demais. Até cogitei lhe oferecer minha cama, mas me contive, pois isso poderia parecer estranho.

"É o colchão? Posso sair para comprar um protetor de colchão ou algo assim. Só quero garantir que você fique confortável."

"Não, o colchão está bom. Mas... Você ouviu alguma coisa ontem à noite?"

Sua linguagem corporal mudou no ato da pergunta, como se ela estivesse com medo da resposta.

"Tipo o quê?" Inclinei a cabeça. "Você vai ouvir todo tipo de coisa por essas bandas, ainda mais à noite."

Ela mordeu o lábio de novo.

"Um grito."

"Grito? Não, acho que não ouvi nenhum grito."

Grace esfregou a testa.

"Devo ter sonhado ou algo assim."

Ela se serviu de café e se recostou no balcão. Usando ambas as mãos para segurar a caneca, tomou um gole.

"Talvez tenha sido um sonho mesmo, mas que tipo de grito foi esse?"

"Tipo uma mulher gritando", explicou, me olhando por sobre a borda da caneca.

"Deve ter sido algum bicho. O grito de acasalamento da raposa-vermelha é parecido com o grito de uma mulher. A temporada de acasalamento está acabando", esclareci. "É assustador mesmo quando você ouve, porque parece uma pessoa."

Grace encarou o próprio café, sem confirmar se prestou atenção no que eu disse. Era como se estivesse perdida em pensamentos.

"E é mais um bicho para eu me preocupar. Elas também ficam o dia inteiro atrás das minhas galinhas. Pelo menos, ficam ocupadas na temporada de acasalamento, então meio que somem nesta época do ano", falei, dando uma risadinha.

Grace piscou enquanto assentia. Daí olhou para a mesa e depois para mim.

"O que você está lendo?", perguntou, mudando de assunto.

"Só o jornal." Virei uma página.

"Alguma coisa interessante?"

Examinei a página rapidamente. Eu não tinha lido uma única palavra daquele troço.

"Na verdade, não", concluí. "Tem planos para hoje?"

Ela cruzou os tornozelos.

"Relaxar, ler, talvez dar uma corridinha."

Ergui uma sobrancelha.

"Que tal uma pescaria?"

"Calvin Wells, você está tentando me transformar em uma garota do interior?", brincou ela.

Dobrei o jornal e o coloquei no centro da mesa. Lá estava ela dizendo meu nome completo outra vez, causando-me um arrepio na espinha. Aprumei-me na cadeira.

"Pode ser que eu esteja." Fiz que sim com a cabeça.

"Bem, gostei." Ela levou a caneca à boca novamente e bebeu um golinho.

Levantei-me e arrastei minha cadeira para trás.

"Vá e vista suas roupas de sujar, encontro você no rio com o equipamento de pesca."

Grace seguiu para o quarto, dizendo ao olhar para trás:

"Está marcado então."

Um rubor subiu pelas minhas bochechas e meus batimentos cardíacos aceleraram quando me pus a observá-la seguindo pelo corredor. A camisola mal lhe cobria a bunda. Eu nunca mais ia querer vê-la se afastando de mim.

"Tem que botar uma minhoca no anzol, boba", brinquei.

Grace tinha enfiado a linha direto na água, sem lançá-la ou sequer botar uma isca antes. Ela corou quando enrolou a linha de volta. Estava usando shorts curtos, botas de caubói e uma camiseta preta. Com certeza, não havia nenhuma peça por baixo. E ela, definitivamente, tinha feito um esforcinho para caprichar no visual. Seus lábios estavam rosados e brilhantes; seus cílios, longos e escuros; e seus cabelos, levemente ondulados.

"Uma minhoca?" Grace franziu o rosto enquanto terminava de puxar a linha de volta.

"Sim, senhora. Não vai dar para pegar nada sem ela." Coloquei minha vara no chão e agarrei o potinho de minhocas ao lado da caixa de pesca. Peguei uma bem comprida, grossa e coberta de terra. A bichinha se contorceu quando a rasguei ao meio. Estendi metade para Grace e joguei a outra de volta no pote. A criatura ainda se contorcia. A ponta da cauda morreria em breve, então eu sempre a utilizava primeiro. A metade com a cabeça sobreviveria e poderia gerar uma nova cauda se lhe fosse dado o devido tempo.

"Aqui."

Grace balançou a cabeça e virou a ponta da vara em minha direção. Seus olhos azuis, azuis estavam arregalados ao máximo; e o beicinho, mais carnudo do que de costume.

"Pode botar para mim?" Ela fez vozinha de bebê e, sem sombra de dúvida, estava me manipulando para conseguir o que queria, mas eu não me importava.

"Claro que eu boto." Sorri. "Assim como acontece com tudo na vida, é preciso ter sempre uma isca para pegar o que se quer. O truque é enfiá-la no anzol de ponta a ponta, para que não escorregue."

Cutuquei uma extremidade da minhoca e a empalei no anzol de modo a deixar somente pouco mais de um centímetro pendurado. Grace me observava atentamente. Seus olhos acompanhavam meus dedos. Eu tinha certeza de que ia desviar o olhar nessa parte, mas ela estava mesmo interessada em aprender.

"Isso vai garantir que você fisgue o peixe antes que ele roube a minhoca do anzol. Prontinho." Larguei o anzol. "Veja, ela ainda consegue se mexer, mas não consegue fugir. Esse é o segredo. Agora você vai lançar a linha."

Grace segurou a vara diante do corpo e olhou para o rio. Então arremessou o pulso para a frente, mas não destravou a chaveta. A minhoca, então, ficou só girando em círculos na ponta da linha. Ela tentou de novo, com um pouco mais de força desta vez, mas, novamente, não destravou a linha. Cruzei os braços e fiquei observando enquanto Grace tentava de novo e de novo, e então soltei uma risada rouca.

"Você está rindo de mim, Calvin?" Ela apertou os olhos e franziu os lábios, mas sua expressão em geral era amigável.

"Jamais." Posicionei-me alguns metros atrás dela. "Quer ajuda?"

Grace sorriu e fez que sim com a cabeça. Dando alguns passos para chegar ainda mais perto, senti seu corpo recuando para trás, e esse gesto fez com que ela colasse a bunda na minha pelve. Quando a envolvi em meus braços, meu nariz foi atingido por uma onda de seus cabelos com cheiro adocicado. Pousei uma das mãos sobre a dela, que estava no cabo, e a outra sobre a mão dela que estava no pé do molinete, botando também um dedo na alça de distribuição de linha.

"O segredo é movimentar os pulsos com vigor e, assim que lançar para a frente, abrir a alça de distribuição."

Grace assentiu. Então deu um passinho extra para trás, para colar mais em mim, e quase derrubei a vara.

"Além disso, veja se está segurando a vara com firmeza." Eu ri.

Fiz uma leve curva com o cotovelo, guiando Grace comigo, e então lancei meu pulso para a frente, liberando a alça, tal como eu tinha explicado. O anzol foi lançado ao ar, atravessando o rio.

"Consegui", exclamou ela, dando um pulinho.

"Você conseguiu." Tirei, então, as mãos da vara, concedendo a ela o controle total, e dei um passo para trás.

"Valeu". Ela se virou brevemente e lançou um olhar para mim.

"Às ordens, Grace. Agora, vá enrolando o carretel devagar e, se sentir um tranco, puxe a vara depressa e com força para fisgar o peixe. Aí você vai terminando de enrolar. O segredo para fisgar qualquer coisa é a paciência."

Meti as mãos nos bolsos e fiquei observando enquanto ela enrolava a linha devagar. Quando ela terminou, voltou a lançar exatamente como ensinei — um lançamento perfeito. Eu poderia ficar o dia inteiro a admirando pescar. Grace era persistente ao girar a manivela, se concentrando no contato com a vara. Toda vez que jogava o anzol de volta na água, seu rosto se iluminava. Eis aí a essência da pescaria. Cada lançamento era uma nova possibilidade de uma bela fisgada.

Peguei duas Bud Lights no isopor e abri. Entreguei uma para Grace bem quando ela estava enrolando a linha outra vez.

"Não é uma pescaria de verdade se não tiver cerveja", afirmei.

Grace encostou a garrafa contra a minha, e nós dois bebemos.

"Isso é bem legal." Ela pousou a garrafa no chão e voltou a lançar a linha. Que mulher determinada! Notei isso no primeiro dia, assim que botei os olhos nela.

Peguei minha vara e coloquei a isca no anzol, fazendo meu lançamento bem ao lado de Grace, com cuidado para que nossas linhas não se cruzassem.

"Vamos deixar as coisas mais interessantes?"

Ela levantou uma sobrancelha e olhou para mim.

"O que você tem em mente?"

"Se um de nós pegar um peixe, o outro vai ter que pular no rio."

"Vamos deixar ainda mais interessante", retrucou ela.

"Ah, é? Tipo como?"

"Se um de nós pegar um peixe, o outro vai ter que pular no rio... pelado."

Lá estava Grace, me surpreendendo novamente. Não consegui conter um sorriso.

Ela lançou a linha de novo e me olhou, me avaliando. Então deu um sorrisinho de canto de boca, desafiadora.

"Você mesma propôs a aposta, Grace", recordei-a, lançando minha linha de novo.

Ela franziu a testa enquanto se concentrava em sua missão.

"Espero que você goste de peixe, porque daqui a pouco vai nadar com eles", provoquei-a enquanto lançava a linha.

"Eu não teria tanta certeza, sr. Wells." Ela me espiou com olhos semicerrados e mordeu o lábio. Se eu fosse ganhar um olhar daqueles toda vez que ela vencesse alguma coisa, toparia ser derrotado em todos os dias da minha vida.

"Ei", chamou uma voz atrás da gente.

Olhei para trás e flagrei Charlotte atravessando o pasto verde, vindo em nossa direção. Os longos e sedosos cabelos castanhos balançavam ao vento, e o sol realçava as sardas e a pele bronzeada. Ela estava usando um short e sua camisa polo do supermercado Dubois Super Foods, um indicativo de que tinha vindo direto do trabalho.

Grace olhou para trás também.

"Quem é essa?"

"Charlotte. É a pessoa de quem eu falei, que ajuda no rancho."

"Ah, sua companheira?", brincou ela.

"Minha amiga", corrigi em voz baixa.

"Ela é bonita."

Não concordei nem discordei, simplesmente fiquei calado. De jeito nenhum que eu ia cair naquela armadilha.

"Quem é esta?", perguntou Charlotte, empinando o queixo.

"Oi, eu sou a Grace, hóspede de Calvin pelo Airbnb", respondeu ela, estendendo a mão livre enquanto a outra segurava a vara de pescar. Charlotte olhou para a mão de Grace e hesitou antes de finalmente reencontrar sua boa educação e apertá-la.

"Eu sou Charlotte, amiga íntima de Calvin." Ela logo se desvencilhou do aperto de mão. "Quanto tempo você vai ficar por aqui?", perguntou Char, semicerrando os olhos por um breve momento.

"Até a semana que vem." Grace lançou um sorriso discreto para mim.

As duas pareciam estar se avaliando do mesmo jeito que faço com a minha horta, quando decido o que já está maduro para ser colhido ou, em alguns casos, o que apodreceu por dentro e precisa ser jogado fora.

"Logo, logo então." Os olhos de Charlotte saltaram para mim. "O que vocês dois estão fazendo?"

Era óbvio o que estávamos fazendo. Charlotte estava agindo de um jeito esquisito, como se estivesse reivindicando alguma coisa ou estivesse se achando minha protetora, sei lá. Nós dois éramos amigos e sempre seríamos amigos, independentemente do que acontecesse.

"Estou ensinando Grace a pescar", anunciei com orgulho.

Grace lançou um sorriso para mim.

"Calvin é um bom professor. Acho que vou fisgar um peixe primeiro que dele."

"Veremos", provoquei.

"Não sabia que a pescaria estava incluída no seu pacote do Airbnb, Calvin." Charlotte ostentava uma expressão azeda.

"Aqui é serviço completo. Hospitalidade e acomodações completas. Meus hóspedes sempre vão ter tudo o que quiserem." Fiz que sim com a cabeça enquanto falava.

"Agora você está tagarelando igual naqueles anúncios chatos da tv." Charlotte riu. Então olhou para Grace e depois para mim de novo. Quando ninguém riu com ela, pigarreou. "Você se importa de fazer uma pausa e me ajudar com os ovos? O estoque da loja esgotou, então preciso levar rápido."

"Claro. Você fica bem sem mim um pouquinho?", perguntei a Grace.

"Fico." Grace se virou e lançou a linha outra vez. "Foi um prazer conhecê-la, Charlotte", disse ela, olhando para trás.

"Igualmente", falou Charlotte com um olhar neutro. Mas quando seus olhos pousaram em mim, brilharam. "Vamos?"

Assenti, e, assim que comecei a seguir com Charlotte em direção ao pasto, Grace berrou.

"Peguei alguma coisa!"

Voltei no mesmo instante. Charlotte bufou, mas não dei a mínima. Grace puxou a vara e começou a enrolar a linha. Agora ela se esforçava para girar a manivela. Fosse qual fosse o peixe, com certeza o bicho estava resistindo. Corri até Grace e a envolvi num abraço por trás, colocando as mãos sobre as dela.

"Com calma e firmeza." Aí fui ajudando a enrolar a linha.

Ela olhou para mim brevemente e sorriu.

"Esse é briguento", comentei enquanto puxávamos o peixe para bem perto da margem do rio, onde o retirei do anzol. "Eu gosto quando eles brigam."

"Você vem, Calvin?", gritou Charlotte. "Eu te disse que precisa ser rápido."

Olhei para trás. Ela estava com as mãos nos quadris e fazendo uma careta. Era visível que Char estava insatisfeita, e eu não sabia dizer se era por minha causa ou por causa da minha hóspede.

"Pode ir se adiantando. Já estou indo."

Ela franziu os lábios e deu meia-volta, marchando rumo ao viveiro. Redirecionei minha atenção ao peixe e tirei-o completamente da água.

"Que peixe é?" A voz de Grace estava tomada de entusiasmo.

"É um picão-verde. Ele é grande, coisa de uns oitenta centímetros, e vou fazer com ele um dos melhores peixes fritos que você já comeu." Sorri para ela.

Grace ficou segurando a vara enquanto eu pegava o isopor com gelo.

"A gente vai comer este peixe?", perguntou.

"Claro. É uma refeição de primeira, um tanto decente."

Tirei o peixe do anzol. Ele se debatia e chacoalhava em minhas mãos, tentando fugir, mas seu destino já estava selado. E não dá para lutar contra o destino. Guardei-o rapidamente no isopor e fechei a tampa. Ele ia morrer aos poucos no gelo, o que tornaria a refeição ainda mais saborosa.

"Não acredito que fisguei um", comentou Grace.

"Você é uma pescadora nata."

Passei um braço em torno da cintura dela e a puxei para mim, dando tapinhas em seu ombro. E ela pousou os braços na minha lombar e encostou a cabeça no meu peito. Ela se encaixava perfeitamente ali, como a peça que faltava no quebra-cabeça. *Destino*.

"Obrigada", disse, me encarando.

Fiz um carinho em seu ombro.

"Às ordens."

"Calvin." Ela pestanejou os cílios.

"Diga, Grace." Meu coração disparou e senti o sangue se acumular em minhas bochechas.

"Espero que você goste de peixe, porque daqui a pouco vai nadar com eles." Ela gargalhou, e eu a puxei para mim com um pouco mais de força, um sorriso se alargando no meu rosto.

Ela teve a fisgada do dia, e eu tive a minha. Grace só não sabia disso ainda. Ela era minha.

11
GRACE

Alonguei os quadríceps, puxando meu pé até a bunda e segurando-o ali por um minuto. Dava para ver Charlotte e Calvin perto do açude no viveiro, colhendo os ovos e colocando-os em recipientes. Ela disse que precisava da ajuda de Calvin porque estava com pressa, mas agora parecia se demorar à vontade. A toda hora jogava os longos cabelos castanhos para trás, dando uma gargalhada. Eu me perguntava o que eles estariam conversando. Toda vez que passava de um lado a outro, ela relava nele. Bagunçava os cabelos dele, dava um tapinha de leve no braço dele. Calvin dizia que eram apenas amigos, mas acho que já tinha rolado algo a mais ali. Charlotte estava nitidamente apaixonada, e eu bem sei como o amor é capaz de nos induzir a fazer loucuras.

Calvin captou meu olhar e acenou. Um enorme sorriso se espalhou pelo seu rosto. Charlotte olhou na minha direção, jogou o cabelo sobre o ombro de novo e voltou a recolher os ovos. Acenei de volta, coloquei meus AirPods e me pus a correr pela entrada de cascalho, em direção à estrada. Apertei o play em uma lista chamada Vibe de Viagem, baixada do Spotify, e começou a música "Life's for the Living", do Passenger.

A cada passo, eu pensava em Calvin. O jeito como sua camiseta branca grudava nos bíceps avolumados e ombros largos, como se estivesse selada a vácuo. O jeito como ele pendurava os polegares nos passantes da calça jeans. O jeito como arrastava os pés de um modo perdido quando não sabia o que dizer. O jeito como as bochechas coravam quando ele olhava para mim...

Passo. As covinhas de Calvin.
Passo. A cicatriz de Calvin.
Passo. O sorriso de Calvin.

Meu coração estava disparado, e não era só por causa da corrida. Comecei a cantarolar o refrão só para tirar Calvin da cabeça. Ocupar o cérebro ia garantir que os pensamentos se mantivessem no prumo. Eles ficariam sob controle, presos num curral feito gado.

Quando a música terminou, minha mente retornou para Calvin.

Passo. As mãos de Calvin.
Passo. O corpo de Calvin.
Passo. Calvin todinho em cima de mim.

Parei de repente, quase tropeçando. Estava ofegante, pois meus pulmões ansiavam por mais ar do que eu era capaz de inspirar. Olhando o céu, inclinei-me para trás, estalando a coluna. Só ia ficar mais uma semana ali. E tinha vindo por um motivo, e um motivo somente: encontrar a paz e a satisfação que minha vida cotidiana não conseguia mais proporcionar. É por isso que as pessoas arrumam a mala e viajam para um lugar onde nunca estiveram. Elas buscam algo que não conseguem encontrar em seu mundinho rotineiro.

Calvin e eu viemos de mundos muito diferentes. Tínhamos objetivos diferentes, necessidades diferentes, desejos diferentes. Não enxergávamos a vida sob o mesmo prisma. Para ele, tudo tinha ainda mais valor já que tinha perdido tantos entes queridos. Como resultado, ele não corria riscos. Continuava a morar na mesma casa onde crescera. Conhecia as mesmas pessoas de sempre. E abrira mão da própria vida para satisfazer os desejos dos falecidos pais. Mas não era possível que estivesse feliz ou minimamente contente ao viver o mesmo dia todos os dias. Eu sabia que eu mesma não estava, daí o motivo de ter vindo para cá. Me perguntava, então, quais seriam os afazeres ou os desejos de Calvin capazes de mantê-lo são, realizado e satisfeito. Porque, porra, sem sombra de dúvida, não era trabalhar naquele rancho, fazendo as mesmas porcarias de tarefas todos os dias. O mundano enlouquece as pessoas, e a vida de Calvin era exatamente isso.

Olhei ao redor, valorizando o momento, sabendo que aquela sensação de gratidão não duraria para sempre. Ao final do meu período aqui, toda a beleza que vi neste lugar desapareceria. Em algum momento, tudo voltaria a se tornar monótono. A gente simplesmente se acostuma com as coisas. As montanhas decoradas de neve assomavam ao longe. Um dia, elas não me pareceriam tão vultosas. O pasto verdejante era intenso e convidativo. Um dia, eu viria a enxergá-lo como o que realmente era: nada. E a estrada sinuosa e escura na qual eu estava correndo parecia se estender sempre até onde a vista alcançava. Mas eu sabia que tudo tinha um fim.

12
CALVIN

Os quadris e as costas de Grace balançavam levemente toda vez que seus tênis batiam na estrada. Seus passos eram compridos e rápidos, e então ela desapareceu da minha vista mais depressa do que eu gostaria. Seria capaz de passar o dia inteiro a observando correr. Agora que ela já estava fora do meu campo visão, eu poderia, finalmente, me concentrar na colheita dos ovos.

"Você tem uma quedinha por aquela garota ou algo assim?" Charlotte torceu o nariz. Estava mais para uma acusação do que para uma pergunta.

Soltei uma risada constrangida.

"Claro que não. Ela é minha hóspede só."

"Hummm", zombou Charlotte, empinando o quadril. "Jamais imaginaria."

Coloquei a mão acima dos olhos, protegendo-os do sol para poder vê-la com mais nitidez.

"O que você está querendo insinuar?"

"Eu vi o jeito como você olhou para ela, o jeito como abraçou ela." Charlotte franziu os lábios e se abaixou para pegar um ovo de pata.

Abaixei a mão e dei de ombros.

"Só estava ajudando na pescaria, e eu olho para ela do mesmo jeito que olho para qualquer pessoa."

"Nem a pau, Calvin, porque, se fosse assim, todo mundo ia te achar um tarado." Ela riu, mas estava falando com muita seriedade.

Eis aí um lado de Charlotte que eu desconhecia. A gente era amigo desde a infância e, mesmo após o meu retorno ao Wyoming, há um ano e meio, conseguimos continuar de onde paramos, e foi como se eu jamais tivesse me mudado daqui. Ela se fez presente depois que meus pais faleceram; e, depois que Lisa morreu naquele acidente de carro, ficamos ainda mais próximos. Talvez Charlotte se achasse responsável pela minha proteção. Eu valorizava o empenho dela, mas, às vezes, me sentia sufocado.

"Tudo bem, pode ser que eu esteja olhando para ela de um jeito um pouco diferente", admiti enquanto afastava um pouco da grama alta em busca de ovos de pata. De vez em quando, eu precisava cavar, porque as patas frequentemente enterravam os ovos para protegê-los dos predadores. Coiotes, raposas, guaxinins, falcões, corujas — caramba, até mesmo os humanos. Somos todos predadores de alguma criatura.

Charlotte selou mais uma caixinha de ovos e a colocou em um caixote.

"Acho que ela é mau agouro."

Um ovo de pata escorregou da minha mão e se espatifou no chão. O sangue brilhante marmoreava a gema dourada. Ovos com sangue eram raros — tão raros que vinham acompanhados de superstições. As palavras da minha mãe surgiram na minha mente: *Viu sangue na gema? Significa que você vai morrer.* Então me perguntei se ela teria visto um ovo com sangue antes de morrer — ou dois, um para ela e outro para o meu pai. Fechei os olhos por um instante, ignorando aquele pensamento. Esse é o problema das lembranças ruins: elas vêm com uma facilidade incrível.

Abri os olhos e fitei Charlotte.

"Por quê?"

"É esquisito. Por que uma mulher viajaria sozinha e ficaria na casa de um desconhecido no meio do nada?" Ela se levantou e bateu as mãos para limpá-las.

"Muitas mulheres fazem isso hoje em dia. Coisa do movimento feminista." Chutei um bocadinho de terra e grama sobre o ovo manchado de sangue para cobri-lo.

"Não fazem, não, Calvin."

Juntei outro punhado de ovos de pata, com cuidado para não deixar cair mais nenhum. Se um ovo com sangue era sinal de morte, eu, certamente, não iria querer ver outros para descobrir seu significado.

"Grace é independente, só isso, e queria uma folga de Nova York." Entreguei os ovos a Charlotte, que os colocou em um novo recipiente.

"Ela é estranha."

"Todo mundo de Nova York é um pouco estranho". Sorri meio sem jeito.

Ela revirou os olhos e lacrou mais duas caixas de ovos, empilhando-as na caixa maior.

"Ela é dura, parece um robô."

"Talvez fique assim na sua presença. Mas não na minha."

Char pôs a mão no meu braço e me olhou. Seu rosto ficou sério.

"Só estou dizendo para ter cuidado com essa garota. Acho que ela é mau agouro."

Eu já conhecia muito bem esse negócio de mau agouro, então não fazia muita diferença para mim.

Um grito agudo arrebatou minha atenção. Soube de cara que tinha sido Grace. Ela gritou de novo, e eu corri a toda a velocidade em direção à entrada da garagem. Mais um grito. Meus pés golpeavam o cascalho, levantando seixos e terra.

"Grace!"

No comecinho da entrada, olhei para onde a rodovia se estendia em ambas as direções, cortando as planícies e os campos ondulados. Um novo grito me fez virar a cabeça para a grama alta entre a estrada e a cerca da propriedade. Dei mais alguns passos e quase vomitei o café da manhã. Grace estava caída em um fosso de animais mortos, debaixo de um pinheiro-da-praia. A cova era do tamanho de um carro e tinha ao menos uma dezena de animais, todos em diferentes estágios de decomposição. Um alce recém-morto estava no topo de todos, o corpo dilacerado de uma ponta à outra. Sangue e tendões despontavam do couro. Várias perfurações e lacerações cobriam o pescoço e a cabeça. Grace estava de joelhos, tentando rastejar para sair do fosso pegajoso. Estava coberta de morte — de sangue fresco a larvas. Seu rosto estava marcado pelas lágrimas, e sua respiração acelerada e ofegante.

"Aqui, pegue a minha mão", instruí, inclinando-me.

Ela me fitou, hesitando por um instante antes de estender a própria mão. Havia vários vermes se contorcendo grudados em seus dedos. Eu a puxei, e ela começou a bater as mãos na roupa imediatamente, esmagando os vermes. Em seguida, ajoelhou e vomitou na beira da estrada.

Charlotte chegou logo a seguir. Sem ar, perguntou:

"O que aconteceu?"

"Bichos mortos."

Ela revirou os olhos, mas parou quando viu Grace atrás de mim, coberta de sangue e tripas. Grace foi tomada pela ânsia de vômito outra vez e expeliu um líquido marrom no chão. *Provavelmente, o café de mais cedo.*

Char fez careta.

"Que nojo."

Balancei a cabeça e lhe lancei um olhar severo.

Grace fez movimentos de ânsia mais algumas vezes antes de ficar de pé. Mesmo suja de entranhas, sangue, vômito e larvas, ela ainda era linda a meu ver.

"O que você acha que fez isso?" Grace esfregou as mãos na calça e puxou a barra da camisa para enxugar o rosto. Só serviu para espalhar o sangue ainda mais. "Por que tem uma pilha de animais mortos aqui?"

"Alguns predadores arrastam suas presas para um lugar onde possam comê-las em segurança, então pode ser qualquer coisa. Temos ursos-cinzentos, lobos, coiotes, tudo que é bicho." Charlotte levantou uma sobrancelha. "Aqui não é Nova York, querida."

Grace a ignorou. Em vez disso, avaliou os animais mortos. Ficou de olhos semicerrados enquanto os estudava.

Depois de alguns segundos de silêncio, Char deu meia-volta.

"Preciso terminar a colheita dos ovos no galinheiro", avisou ela, retornando para o rancho.

Olhei para as carcaças e então para Grace. Ela não conseguia parar de encarar o fosso. Era como presenciar as consequências de um acidente de carro. Não é algo que você vê todos os dias, portanto seu cérebro fica fascinado ante a cena, como se estivesse recebendo novos estímulos.

"Como foi que você caiu?", perguntei.

Ela levou um instante para registrar minha pergunta e, quando o fez, olhou para mim.

"Ouvi alguma coisa farfalhando. Só que acabei me aproximando demais antes de perceber do que se tratava. Como você pode ver, o fosso meio que fica escondido pela grama alta e pelas ervas daninhas, e os galhos desta árvore pendem até o chão. Escorreguei direto." Ela estremeceu.

"Lamento demais, Grace. Vou chamar o centro de controle de zoonoses para fazer a limpeza. Estes ossos e carcaças, certamente, estão atraindo a criatura que está fazendo a matança das criações aqui."

Ela parou de encarar o buraco e olhou na minha direção. Não para mim, mas além, encarando o rancho fixamente, como se agora o estivesse enxergando de uma outra forma. Eu me perguntava se Grace conseguia sentir. A maldição. Era difícil não a sentir. A morte pairava pesadamente pelo lugar.

Dei alguns passos até ela e pus a mão em seu ombro. Grace ficou tensa, então recuei sem pensar duas vezes.

"Eu jamais deixaria alguma coisa te acontecer, Grace."

Ela não disse uma única palavra, então também fiquei calado. Era aquele silêncio do qual eu gostava. De repente, um guinchar anasalado veio do alto. Nós dois olhamos para cima, observando montes de abutres circulando no ar, ávidos para mergulhar atrás de uma refeição.

"Não se preocupe. Eles são inofensivos", falei. "Na verdade, eles ajudam a manter o ambiente limpo e a prevenir a propagação de doenças."

Não sei bem por que compartilhei tal informação com Grace. Acho que só queria fazer com que se sentisse mais segura. Olhei para ela outra vez. O sangue cor de ferrugem seco destacava seus olhos azuis, azuis. Eu estava doido para saber o que se passava na cabeça dela. Será que estava chateada? Intrigada? Planejando ir embora?

"Vou tomar um banho", disse por fim.

Então se pôs a caminhar, apreensiva, em direção ao rancho. Seus braços estavam cruzados, como se ela estivesse tentando se isolar de tudo ao redor. Passando a mão no rosto, bufei de frustração. Este não era o Wyoming que eu queria mostrar a Grace. Era lindo, sim, mas até mesmo os lugares bonitos têm sua dose de feiura. Moscas zumbiam em volta das carcaças ensanguentadas, avançando e beliscando a carne podre. A morte não é bonita.

Balancei a cabeça e segui até a garagem. Charlotte estava abastecendo seu carro com as caixas de ovos.

"Como está a princesa?", perguntou ela, dando uma risada.

"Char, não", alertei.

"O quê? Eu te disse que ela não combina com isto aqui."

Esfreguei a testa e soltei um suspiro profundo.

"Só porque ela achou ruim ter caído num buraco cheio de bichos mortos?"

"Tá, essa parte foi nojenta, e eu também morreria de nojo. Mas bichos morrem a todo momento aqui. Ela não pertence a este mundo, Calvin. Você não percebe isso?" Char inclinou a cabeça.

"Talvez eu também não pertença."

"Não diga uma coisa dessas." Ela franziu os lábios, à espera que eu retrucasse. Quando não o fiz, perguntou: "Por que você não relatou aquele fosso ao controle de zoonoses?".

"Eu não vi, ué. Não tenho tempo de sair do rancho. Este lugar ocupa a maior parte da minha vida. É muita coisa para cuidar. Muita coisa para se preocupar."

Char me ofereceu um olhar empático.

"Acho que este lugar exerce algum tipo de poder sobre você, Calvin, e você está se punindo por coisas que não conseguiu controlar. Nós estamos preocupados com você."

"Nós quem?"

"Betty, eu e Joe também, com certeza." Charlotte colocou a mão no meu ombro. "Pode contar comigo. Sempre." Ela fez um carinho no meu rosto e, quando me encarou, havia intensidade em seu olhar. Eu já tinha visto isso e sabia o que significava... para ela. Mas não era recíproco.

Virei a cabeça, me desvencilhando da mão dela.

Char terminou de colocar o último caixote no porta-malas do carro e olhou para mim.

"Te vejo no sábado", disse, fechando o porta-malas.

Franzi a testa.

"Sábado?"

"É, Calvin. Seu churrasco de aniversário. Há meses eu venho dizendo que não vou deixar você passar a data sozinho, e você não se opôs." Ela limpou as mãos e caminhou até a porta do lado do motorista.

"Merda. Esqueci totalmente."

"Você é a única pessoa abaixo dos 40 anos que conheço que se esquece do próprio aniversário. É estranho", comentou Char, entrando no carro.

"Não é estranho. É só mais um dia como outro qualquer."

"A Miss Nova York vai à festa?" Charlotte sorriu, maliciosa.

"Se ela ainda estiver por aqui, com certeza vai. Pode ser que tenha se assustado com aquele cemitério de alces." Chutei o cascalho.

"Ainda é permitido sonhar", disparou Char, dando uma risada.

"Char, para. Seja legal. Por mim?"

"Tudo bem, vou ser legal... mas só porque você pediu." Ela inclinou a cabeça. "Falando em ser legal, você poderia fazer a gentileza de consertar o cano da minha pia que está vazando? Por favorzinho", implorou, fazendo beicinho.

"Claro."

"Você é o cara, Calvin." Ela fechou a porta do carro, e eu segui para minha caminhonete.

Char abaixou o vidro e gritou.

"Ei, Calvin!"

Eu me virei em sua direção.

"Que foi?"

"Tem uma coisa que preciso conversar com você, depois que ela for embora."

Revezei o peso entre os pés e enfiei a mão no bolso da frente.

"Pode falar agora, ué."

"Não, é um assunto que pode esperar." Charlotte girou a chave na ignição.

"E se ela não for embora?", indaguei, dando uma risada, meio brincando, meio sério.

Ela começou a sair com o carro e me olhou.

"Então eu mesma vou botá-la pra correr." Ela estreitou os olhos por um instante, mas logo a seguir deu um sorriso um tanto sinistro.

13
GRACE

Encolhida no sofá ao lado da lareira, eu observava a dança das chamas que variavam entre o alaranjado, o amarelo e o azul. Minha pele estava quente ao toque, de tanto que eu a esfregara no chuveiro. E, mesmo assim, ainda sentia o sangue pegajoso em mim, os vermes rastejando sobre minha pele, o tendão borrachento que parecia me agarrar sem a intenção de soltar. O cheiro ainda permanecia no meu nariz: uma mistura de ferro, ovos podres, naftalina, alho e fezes. E também um aroma adocicado. Ninguém nunca menciona que a morte tem cheiro doce tal e qual um gramado recém-cortado ou uma banana madura. O hexanol e o butanol são os responsáveis por esse aroma agradável assim que a morte se estabelece.

Toda vez que piscava, eu via o bicho estripado, o sangue, as entranhas meio comidas, os olhos negros congelados. E aquelas mesmas bolinhas de gude estavam por todos os lados na sala de estar, penduradas nas paredes, olhando para mim. Tentei concentrar a atenção no thriller que eu estava lendo, me esforçando para silenciar meus pensamentos, mas eles insistiam em se fazer presentes. Não tinha conseguido ler mais do que algumas frases desde que me acomodara ali, mais de uma hora atrás. Minha mente sempre retornava àquela sensação na boca do estômago, aquela que me dizia que havia algo de muito errado. Desde a lata-velha parada lá fora, passando pelo celular sem serviço e a ausência de wi-fi até o fosso de animais em decomposição no final da estrada. E ainda tinha o grito que ouvi ontem à noite. Eu ouvi um grito, não ouvi? Esfreguei a testa na expectativa de espantar os pensamentos com aquele gesto. Era estranho. Em um momento, achei o rancho reconfortante, e, no seguinte, ele me deixava louca de pavor.

Calvin tinha saído em sua caminhonete, acompanhando Charlotte, horas atrás. Ele nem sequer me disse que ia sair, para onde estava indo ou quando voltaria. Era inacreditável ter me largado assim. Mas talvez estivesse me dando espaço. Sei que fui fria com ele e acho que muito brusca ao afastá-lo. Porque de fato ele não tinha feito nada de errado... até onde eu sabia. Eu precisava superar o fosso de bichos mortos — por mais nojento que fosse —, afinal de contas, não era culpa de Calvin. Ele não tinha matado aqueles animais, tampouco tinha me jogado naquele buraco. E, quanto ao restante dos problemas — a falta de serviço de celular ou de wi-fi e os problemas no carro —, eram meros inconvenientes que eu ia acabar resolvendo. Mas e o grito? Bem, nem tenho certeza de que ouvi mesmo. Estava sendo paranoica. Mas, no fundo, eu sabia que a paranoia, às vezes, era essencial para salvar nossa pele.

O relógio na parede oposta ao sofá mostrava que já passava das sete. Deixei escapar um suspiro e virei uma página que li sem absorver. De repente, as luzes de faróis inundaram a janela da sala de estar, e o rugido do motor de uma caminhonete ressoou pela casa. Os passos de Calvin ribombaram nas escadas e depois atravessaram a varanda. Ouvi quando ele tirou as botas e as jogou no chão, do lado de fora, antes de abrir a porta. Cruzei as pernas e apoiei a cabeça em uma das mãos. Quando ele entrou na sala, não falou palavra, e eu fingi que não tinha ouvido sua chegada. Senti seus olhos me examinando dos dedos dos pés às pernas, ao longo do peito, e então parando no meu rosto.

"Ei", cumprimentou ele.

Virei uma página do livro casualmente.

"Onde você estava?"

Calvin espanou a camisa para limpá-la ao máximo e coçou a nuca.

"Na casa de Charlotte, ajudando com a pia vazando. Depois, ela me pediu para ajudar com uma janela que não abria. E, depois, consertei uma porta de armário, e assim foi..."

"Ela manteve você bem ocupado, hein?" Mordi o lábio e passei um pé ao longo da perna.

"Hum... É." Foi o máximo que ele disse. Era como se toda a energia de seu corpo estivesse sendo drenada do cérebro. E foi ali que percebi que ele não estivera tentando me ignorar. Ainda era possível recuperar nossa relação e aproveitar o restante da minha estada ali. As coisas mais prazerosas da vida são temporárias. A maioria das pessoas não entende isso. Elas querem prolongar os bons momentos e fazer com que durem uma vida inteira. E dava para ver que Calvin era como a maioria das pessoas. Ele precisava do para sempre, mas eu só precisava do agora.

"Você está bem? Está se sentindo melhor?" De novo aquele gesto de arrastar os pés, meio perdido.

Levantei-me do sofá, abaixando um pouco a cabeça, depois olhei para ele.

"Vou ficar bem depois que você quitar sua dívida."

Ele levantou uma sobrancelha.

"Dívida?"

Aí ele se tocou. Então, arregalou os olhos e abriu um sorrisão enquanto eu me aproximava. Agarrei a barra da camisa dele. Sabia que era ousado da minha parte, mas também sabia que Calvin gostava de ousadias. Ele sempre parecia analítico além da conta, o que era bem surpreendente para um rapaz do campo. Puxei sua camisa pela cabeça e a joguei no chão. Praticamente, dava para ver seu coração pulsando no peito. Ele começou a arquejar e logo lambeu os lábios, como se estivesse se preparando para ganhar um beijo. Mas não era isso que eu ia fazer, pelo menos não por enquanto. Meus olhos pousaram em seu abdome, depois em seu peito e, por fim, em seus olhos. Ele engoliu em seco. O pomo de Adão subiu e desceu.

Dei um tapinha no ombro dele.

"Você tem um rio para pular."

Calvin soltou um suspiro profundo e riu de nervoso quando fui até a porta dos fundos.

Olhei para trás e dei um sorriso.

"Você vem?"

Ele balançou a cabeça meio brincando e sorriu.

"Grace Evans, você me espanta."

Viu só? Ele gostava de ousadias.

A grama orvalhada era refrescante sob meus pés descalços. Calvin vinha logo atrás de mim, vacilando feito o Bambi aprendendo a andar. Suas passadas estavam bem mais atordoadas e empolgadas do que o caminhar tranquilo de moço do interior.

À margem do rio, Calvin baixou a calça jeans e a tirou. Depois se abaixou, tirando lentamente cada meia. Quando terminou, parou bem na minha frente usando só uma cueca boxer azul-marinho. A essa altura, eu nem fazia questão de que Calvin pulasse. Só queria ficar ali olhando para ele, avaliando, admirando cada protuberância e fenda muscular, cada cicatriz, cada sarda, cada centímetro da pele. Mas aposta era aposta.

"A cueca também."

Ele olhou para si, e logo entrou em cena aquele pisoteio arrastado.

"Ah, qual é."

"Você perdeu a aposta, Calvin. É hora de pagar."

Ele bufou, mas percebi que era pura cena. Ele tirou a cueca e se cobriu antes de dar tempo de eu ver alguma coisa. A seguir, olhou para a água escura e turva, hesitando por um instantinho. O reflexo da lua e das estrelas brilhava na superfície, criando um espelho do céu. Notei uma pequena agitação mais além; um peixe, presumi. Achei que isso assustaria Calvin e que e recusaria a entrar. Mas não aconteceu. Ele estava acostumado com a natureza.

"Considere minha dívida totalmente paga, Grace", disse ele, tirando a mão das partes íntimas e pulando às pressas no rio. Ele subiu para respirar e jogou a cabeça para trás, sacudindo a água.

"Como está aí?", perguntei, dando-lhe um sorriso satisfeito.

"Na verdade, está gostoso." Ele enxugou o rosto com a mão ao se erguer e caminhar pela água. "Você devia entrar."

Olhei para o meu pijama de seda.

"Não estou com a roupa de banho adequada."

"Bem, vá em frente e tire tudo", brincou ele. "Vou ficar de costas e prometo que não vou espiar."

Olhei rio abaixo e depois rio acima. Era interminável em ambas as direções, desaparecendo atrás de curvas ou árvores. Enquanto aguardava, Calvin estava com o maior sorriso do mundo. Eu não estava disposta a entrar. Não fazia ideia do que havia naquela água, do tamanho da minha vulnerabilidade ali dentro, mas, ao mesmo tempo, eu não era de fugir de um desafio.

"Tá bom. Mas sem espiar."

"Juro pelo que é mais sagrado", respondeu ele, ficando de costas para mim.

Logo tirei a calça e a blusa. Hesitei por um momento, parada ali completamente nua. Calvin, de fato, não olhou. Eu estava surpresa. Que sujeito de palavra! A maioria dos homens não era assim. Pulei na água e dei um gritinho. Estava fria, porém revigorante, exatamente como ele disse. Mergulhei por uns segundos antes de voltar à superfície. Passando as mãos no rosto, inclinei a cabeça para trás, deixando a água cobrir e ajeitar meu cabelo.

Calvin se virou para mim, ainda ostentando aquele mesmo sorriso. Seus olhos cintilavam de desejo — ou seria outra coisa? Eu não soube dizer.

"Tudo bem?", perguntou.

Assenti e de brincadeira joguei um pouco de água nele, deixando escapar uma risada estridente. Ele retribuiu. À medida que íamos nadando, os segundos iam se transformando em minutos, e a gente se aproximava cada vez mais, até ficarmos a pouquíssimos metros um do outro. Minha perna esbarrou na dele primeiro.

"Desculpe."

"Não se desculpe", afirmou ele.

"Obrigada por ter me ensinado a pescar hoje."

"Foi um prazer, e fiquei feliz que você pegou um peixe antes de mim."

Sorrimos e continuamos a nos movimentar, nadando um ao redor do outro até os minutos se transformarem em uma hora inteira.

"Como foi sua noite com Charlotte?", perguntei por fim, interrompendo aquele silêncio que ambos tão obviamente apreciávamos.

"Sem intercorrências. Só fiquei trabalhando o tempo todo."

"Você tem noção de que ela gosta de você?"
Foi uma pergunta, mas eu não tinha pretensões de obter resposta.
"Eu sei disso", admitiu.
"Você também tem noção de que ela não gosta de mim?"
"Também sei disso."
"Por que você acha que ela não foi com a minha cara?", perguntei, já sabendo o que viria a seguir.

Ele enxugou o rosto e nadou um pouco mais para perto de mim. A lua atingiu o branco de seus olhos, fazendo com que praticamente brilhassem.

"Acho que você sabe por quê, Grace."

Estava indo muito rápido, era cedo demais. Percebi que precisava me afastar.

"Vou entrar", falei, pondo fim ao rumo que a conversa estava tomando.

Calvin apertou os lábios, e seus olhos perderam o brilho. A decepção sempre faz as pessoas quererem mais. É o combustível do desejo. Mesmo assim, ele não disse nada e apenas se virou de costas para mim.

"Sem espiar."

Nadei até a margem do rio e subi. Pegando meu pijama, optei por não o vestir. Em vez disso, voltei para casa sem roupas, permitindo que noite fria de verão roçasse minha pele. Olhei para trás uma vez e notei Calvin dando uma espiadinha, observando enquanto eu ia embora. Acho que ele não era tão fiel à sua palavra quanto imaginei. *A gente nunca conhece as pessoas de verdade.*

DIA QUATRO

14

CALVIN

"Boa menina, Gretchen." Passei a escova pelas costas e pelo lombo da bela égua. George me cutucou com o queixo. Ele sempre exigia mais atenção, especialmente quando eu estava acariciando Gretchen. Era um dia normal no Wyoming. O sol brilhava na imensidão de céu azul que alcançava os confins da terra. O ar estava estático e abafado — nem mesmo uma brisazinha.

"Eu já escovei você, George." Cocei a testa dele com a mão livre, minha mente vagando rumo à nossa hóspede. "Esses dias com Grace aqui têm sido esquisitos. Simplesmente não sei como agir perto dela. Em um minuto, ela é fogo e, no seguinte, gelo. Fico tenso e não sei se é de um jeito bom ou ruim."

Botei um pouco mais de pressão nas escovadas, fazendo grandes movimentos ao longo das costas de Gretchen. Ela foi de encontro à minha mão, sinalizando que estava gostando muito.

"Sei lá. Talvez eu só esteja sendo bobo. Sei que me apaixono com muita intensidade, muito depressa. Sempre fui assim, e deve ser por isso que meus relacionamentos não duram. Sei que não estou preparado para essas coisas — em vários sentidos —, mas também acho que não consigo evitar ser assim." Olhei para George e depois para Gretchen. Eles tremelicaram as orelhas e abaixaram a cabeça.

Coloquei a escova no chão, peguei duas cenouras de um balde e as ofereci. Os dois começaram a comê-las. Gosto de enxergar a mastigação deles como um ato de ruminação das minhas palavras — mas, no fim, sei que eles só estão ruminando cenoura mesmo.

"Grace tem algo de especial. Algo diferente. Sei que ela vai embora daqui a seis dias, mas talvez não precise ir. A gente podia se conhecer mais a fundo. Vai que ela é a garota dos meus sonhos, e aí eu vou jogar isso fora só por causa da restrição de tempo, distância ou porque não me sinto preparado? Acho que vale a pena lutar por Grace, vale a pena arriscar tudo por ela."

Depois que os cavalos terminaram de mastigar as cenouras, cocei a cabeça de ambos.

"Vocês dois entendem fácil. Vocês moram juntos. Almas gêmeas embutidas. Não têm nada, como o tempo ou a distância, para atrapalhar." Passei as mãos por seus focinhos.

"Falando sozinho, Calvin?", chamou uma voz de trás dos cavalos.

Estiquei a cabeça para ver melhor. Era Grace, vestida como Daisy Duke de *Os Gatões*, com botas de caubói e uma camisetinha azul. O cabelo estava preso em um rabo de cavalo, e seus lábios tinham um brilho molhado. Tomara que ela não tivesse ouvido nada. Certamente, me acharia um esquisitão se tivesse escutado alguma coisa.

"Não mesmo. Só estou conversando com George e Gretchen", falei, dando um sorriso tenso.

Grace os contornou e então passou a mão ao longo da pelagem de Gretchen.

"Que gracinha."

Enfiando um polegar num passante do meu jeans, estiquei a mão livre para acariciar a testa de George e olhei para Grace. Vendo-a naquela roupa, eu jamais a tomaria como uma garota da cidade. Ela estava se encaixando muito bem aqui, quase como se nunca tivesse morado em outro lugar. Na verdade, agora não consigo imaginar este lugar sem ela.

"Quer montar?", perguntei.

Grace olhou para o cavalo e então para mim. Seus olhos estavam apertados, como se ela estivesse preocupada. Eis aí a única indicação de que ela não era daqui — a hesitação, a tensão. Ela carregava aquilo dentro de si.

Levantei uma sobrancelha.

"Você disse que nunca fugia de um desafio."

Ela assentiu de um jeito forçado.

"Humm…. verdade." Foi quase robótico.
Eu sorri.
"Não se preocupe. Eu cuido de você."
Sempre vou cuidar de você.

15

GRACE

Apoiando um pé no estribo e uma das mãos no pito, fui erguida por Calvin para montar Gretchen. Então me endireitei na sela, vacilando um pouco até ficar mais ou menos confortável — bem, ao menos fisicamente. Não havia nada de reconfortante em estar a um metro e oitenta do chão e sem nada me segurando. Verifiquei se meus sapatos estavam firmes em cada estribo e respirei fundo, segurando por alguns segundos antes de soltar o pito. Não era muito fã dessa sensação de não estar no controle. Eu era uma alfa ao quadrado e, agora, estava à mercê desse cavalo de 450 quilos.

"Você está bem?"

Calvin olhou para mim.

Assenti, mas tenho certeza de que meu olhar entregava que não estava nada bem. Calvin não sabia disso, mas eu tinha um leve medo de altura. Quando se está no ar, a gente fica sem poder algum. Um deslize mínimo, e a gravidade nos leva ao chão. Reforcei minha confirmação lhe dando um sorriso, só para tranquilizá-lo.

Calvin me ofereceu as rédeas, e eu as segurei com força. Então pôs o pé no estribo de George, se agarrou ao pito da sela e se içou, impulsionando a perna de uma só vez. Ele fazia parecer fácil.

"Segure o pito", lembrou ele. Calvin havia me ensinado todas as partes da sela antes de eu montar. E também assegurou que eu ganhasse intimidade com Gretchen, me dando a oportunidade de escová-la antes que fosse selada. Ele disse que era importante estabelecer um vínculo antes de montar um animal. Agarrei o pito com uma das mãos.

"Preparada?" Ele sorriu.

"Tô."

"Vamos repassar alguns dos princípios básicos de novo. Para o cavalo virar, faço uma leve pressão com a perna esquerda ao mesmo tempo que puxo a rédea esquerda", ensinou ele. George fez curva para a esquerda. "Agora tente você."

Respirei fundo mais uma vez e fiz o mesmo com Gretchen. Ela virou a cabeça exatamente como Calvin disse que faria.

"Viu? Você entendeu." Ele sorriu orgulhoso. "Agora, como você faz o cavalo parar?"

"Puxe as rédeas e diga *uou*." Eu me ajeitei na sela.

"Isso mesmo. Pronta para começar a andar?"

Fiz que sim.

"Segure as rédeas com delicadeza. Faça uma leve pressão com as duas pernas nos flancos dela."

Obedeci, e a égua começou a andar. Calvin incitou George num ritmo lento, bem ao lado de Gretchen e eu. Eu estava fascinada com aquele negócio de domesticar animais selvagens. Eles acabavam por nos obedecer porque eram treinados para esquecer sua natureza, para desconsiderar quem de fato eram. Mas a natureza não pode ser apagada. Está sempre ali, adormecida, aguardando o momento de ressurgir. Nem Siegfried e Roy conseguiram manter o tigre na jaula.

"Como está aí?" Calvin se aprumava sobre George, um trecho da rédea em cada mão.

"Melhor do que eu imaginava."

"Você fica bem nesse cavalo, Grace." Ele deu uma piscadela.

"E você também não é tão ruim assim."

Ele corou e daí apontou para a frente.

"Vamos descer ao longo do rio."

Assenti, e assim fomos seguindo lentamente pelo pasto verdejante até chegarmos à beira da água. Meus pensamentos fluíam como o balbuciar da correnteza sobre as rochas.

O Wyoming não era tão ruim assim. Na verdade, era melhor do que imaginei que seria, apesar dos percalços aqui e ali. E Calvin... Bem, ele era um bom anfitrião. Minhas experiências com o Airbnb nem sempre foram boas assim.

"Você nunca me disse por que escolheu meu rancho", disse ele. "Sei que Dubois foi, de certa forma, obra do destino, mas por que eu?"

Olhei para Calvin, tentando decifrá-lo, mas seu rosto estava sério.

"Uma lista de motivos, na verdade. Gostei porque era isolado. Você sabe que não tenho esse tipo de coisa na cidade. E você parecia legal e atencioso, uma pessoa com quem eu não me importaria de conviver durante dez dias." Sorri por um momento e, depois, concentrei a atenção na minha montaria e no caminho adiante.

"Você deduziu tudo isso a partir do meu perfil no Airbnb?" Ele inclinou a cabeça.

"Não. Descobri tudo nas suas redes sociais. As pessoas basicamente publicam um diário on-line para o mundo inteiro ver", comentei, dando uma risada.

"Então pesquisou a minha vida?"

"Um pouco. A gente vive num mundo perigoso, eu precisava ter certeza de que você não era um doido ou um tarado."

Ele enfim sorriu.

"Você é esperta, Grace. Gosto disso em você."

"Por que você começou a usar o Airbnb, para início de conversa?", perguntei. "O rancho já não te deixa ocupado demais?"

"Deixa." Ele assentiu, continuando a manter o ritmo de George sincronizado ao de Gretchen.

Ele interrompeu a conversa por um instante e me incitou a virar Gretchen para iniciarmos o trajeto ao longo da margem do rio. Em meio aos sons dos pássaros cantando e do murmúrio das águas, finalmente me senti relaxada. Os raios solares aqueciam cada centímetro da minha pele exposta.

Quando Calvin se postou ao meu lado outra vez, continuou a conversa:

"É muito caro administrar um rancho, então o Airbnb ajuda a ter as contas em dia."

"Já pensou em desistir de tudo e recomeçar em outro lugar?", perguntei.

"Não." A resposta foi curta e grossa, e acho que estava relacionada aos pais dele.

Percebi que Calvin não tinha contado muita coisa a respeito deles, só que tinham falecido e que desejavam que ele assumisse o rancho. Toda vez que ele os mencionava, seus ombros se retesavam e seu corpo enrijecia brevemente. Dava para ver que carregava um fardo sombrio dentro de si. Mas acho que todos carregamos. A diferença é que Calvin não lidava bem com o dele.

"Preparada para trotar?", perguntou ele, mudando de assunto.

Criei um lembrete mental para, mais tarde, perguntar mais coisas sobre seu passado e sua família. A impressão que eu tinha era que ele estava escondendo alguma coisa, algo sinistro ou vergonhoso.

Olhei para Calvin e depois para Gretchen.

"Acho que sim."

"Muito bem, você vai precisar amolecer feito um fio de macarrão cozido para poder fluir com os movimentos de Gretchen." Ele, então, ondulou o tronco enfaticamente. "Acomode-se melhor na sela. Mantenha a delicadeza nas rédeas, e a dica é botar pressão nas pernas ou dar um toquezinho nos flancos do cavalo usando os calcanhares. Preparada?"

Segui todas as instruções, porém eu ainda estava rígida. Pouco a pouco, Gretchen foi passando de uma caminhada lenta a um trote, fazendo-me chacoalhar em sua corridinha. Eu estava levando trancos e me sentindo desconfortável, então procurei relaxar e fluir com ela, mas meu corpo simplesmente não obedecia. Calvin nos alcançou, trotando ao nosso lado. Ele trotava fluida e suavemente com George — bem diferente de mim. Agarrei o pito com força, tentando manter o equilíbrio e tornar o movimento mais delicado.

"Você consegue, Grace. Tem que se soltar um pouco mais. Você está indo bem." Ele sorriu.

O incentivo era legal, mas não estava dando certo. Eu não conseguia sincronizar meus movimentos aos do cavalo. Gretchen tremelicou as orelhas e começou a trotar mais depressa.

"Uou, menina!", exclamei.

De repente, ela explodiu em uma corrida. Puxei as rédeas, mas ela apenas continuou a avançar cada vez mais depressa. Era a natureza ressurgindo.

"Gretchen", berrou Calvin. "Opa, opa", eu o ouvi dizer ao mesmo tempo que ele tentava fazer George nos alcançar. Agora ele parecia um caubói daqueles filmes antigos do John Wayne que meu pai costumava assistir.

"Puxe as rédeas!"

"Estou puxando!" Minha voz estava em pânico.

"Puxe só um lado então", gritou ele.

Assim o fiz, e Gretchen empinou, levantando as patas dianteiras. Arregalei os olhos e gritei quando fui lançada longe. Meu corpo atingiu o chão com um baque, e, em seguida, minha nuca colidiu contra a terra dura e seca. Vi estrelinhas, e o mundo ao meu redor desapareceu de súbito. A última coisa que registrei antes de tudo escurecer foi Calvin em pé ao meu lado.

16

CALVIN

"Você está bem?" Ajoelhei-me ao lado de Grace, afastando mechas loiras e sedosas de seu rosto. Ela estava rígida feita uma tábua e coberta de terra. Suas pálpebras se abriram aos poucos, revelando aqueles olhos azuis, azuis — agora nublados pela confusão.

Ela estremeceu quando tentou se sentar.

"Devagar. Foi uma queda feia." Gentilmente, eu a ajudei a sentar, daí acariciei sua bochecha.

Ela se desvencilhou do meu carinho.

"Aiiiii!" Seus olhos lutavam para permanecer abertos.

"Vamos até a clínica da cidade, para o médico ver se você está bem. Pode ser que tenha sofrido uma concussão."

"Não, sério. Eu estou bem."

Segurei seu queixo, erguendo seu rosto para mim, e a encarei.

"Grace, vou levar você ao médico. Não faz sentido bancar a durona agora."

Ela não protestou, mas seus olhos falavam por si só. Grace era uma mulher teimosa, e este era um traço que também admirava nela. Eu gostava de ser desafiado. Fazia a vida valer a pena. Ajudei Grace a se levantar, e ela estremeceu de novo, colocando a mão na região da lombar e esfregando a bunda.

"Aiiiii!"

"Acho que você vai precisar de colo." Eu a peguei de uma só vez, antes que ela pudesse resistir.

"Pode me botar no chão. Eu consigo andar", argumentou, mas ao mesmo tempo exibiu um sorriso sutil, e ali eu soube que a reclamação era puro teatro.

"Agora não é hora de ser teimosa, Grace."

Olhei para George e Gretchen e estalei a língua para chamá-los. Eles começaram a nos acompanhar, um ao lado do outro.

Eram obedientes, então não sei por que Gretchen surtou daquele jeito. Retornamos ao longo da margem do rio, levando Grace nos meus braços. Ela era leve, e eu estava gostando bastante de tê-la tão pertinho e, por um instante, fiquei grato por Gretchen tê-la derrubado.

"Você não vai me carregar até em casa, né?" Ela levantou uma sobrancelha. O sol realçava seu nariz empinadinho.

"Com certeza, vou. Se precisar, vou carregar você pelos próximos seis dias."

Ela deixou escapar uma risadinha, daí apoiou a cabeça no meu ombro. Senti seu corpo finalmente relaxar em meus braços.

"Você está cheiroso, Calvin", elogiou ela, me olhando em meio aos longos cílios.

"Acho que a queda soltou algum parafuso e mexeu com o seu olfato", brinquei.

Quando chegamos à minha caminhonete, pousei Grace no chão com delicadeza e abri a porta do passageiro. Ela, então, se postou na minha frente, com as mãos no meu peito para se firmar.

"Vou guardar os cavalos rapidinho e depois levo você à clínica."

Seus dedos deslizaram pelo meu peito e barriga, e então os recolheu para si. Pensei que ela fosse protestar de novo, mas, em vez disso, apenas assentiu. Ela sabia que não tinha escolha.

Grace estava sentada na mesa de exames, brincando com os dedos e agitando as pernas. Parecia tensa, mas creio que um consultório médico não seja o lugar mais confortável para se estar, principalmente durante as férias. O dr. Reed levantou o dedo indicador e o movimentou na frente do rosto de Grace, pedindo-lhe que o acompanhasse com os olhos. Eu conhecia o médico desde sempre. Era um sujeito baixote, agora na casa dos 60 anos que repartia o cabelo ralo de modo a disfarçar a careca. Ele jurava que aquele truque dava certo, mas, a meu ver, parecia um ninho de passarinho empoleirado no alto da cabeça. Porém, eu jamais diria isso a ele. Afinal de contas, era o único médico decente num raio de aproximadamente 150 quilômetros.

"Sabe me dizer o que estava fazendo antes de bater a cabeça?", perguntou ele.

"Cavalgando."

O dr. Reed olhou para mim em busca de confirmação e assenti. Então pegou sua prancheta e fez algumas anotações.

"Sabe que dia da semana é hoje, Grace?"

Ela examinou ao redor da sala e de repente seu olhar ficou vago.

"Ela está de férias, doutor. Ninguém sabe que dia é quando se está de férias."

Ele riu.

"É verdade. É quinta-feira, caso você esteja se perguntando."

Grace sorriu, tensa.

"Qual é o seu nome completo?", perguntou ele.

Ela apertou os olhos como se estivesse tentando conjurar a resposta, e aí fui atingido por uma pontada de preocupação. O dr. Reed fez uma pausa em suas anotações e a avaliou.

"Você sabe o seu nome, não sabe?"

E então ele me lançou um olhar preocupado e sacou uma lanterna do bolso da frente. Mirou a luz sobre cada olho, do canto externo ao canto interno. Grace estreitou os olhos, mas procurou não fechá-los.

"Grace Evans", soltou ela como se tivesse acabado de acordar de um transe.

"Suas pupilas reagiram rapidamente à luz, isso é um bom sinal", comentou o médico, guardando a lanterna. "Onde você mora?"

Ela hesitou de novo, olhando para o teto, procurando a resposta certa. O dr. Reed rabiscou mais algumas anotações.

"Em Nova York."

"Muito bem, ótimo. Alguma tontura ou náusea?"

Ela fez que não com a cabeça.

"Ouve algum zumbido?"

"Não", respondeu.

O dr. Reed inclinou a cabeça.

"Consegue me dizer as três palavras que pedi para você memorizar assim que se sentou nesta mesa?"

"Vermelho, casa, peixe", disse Grace sem hesitar.

O médico assentiu.

"Muito bom."

"Vou ser sincero, doutor, eu mesmo já não me lembrava", brinquei.

"Bem, então acho que você vai precisar ser examinado", retrucou ele com uma risada.

Grace abriu um sorriso.

"Não fui eu quem bateu a cabeça."

"Eu te conheço desde sempre, Calvin. Não tenho dúvidas de que tem algum parafuso solto aí", brincou o dr. Reed. "Deixe-me dar uma olhadinha na região lombar", pediu ele a Grace.

Ela levantou a blusa apenas o suficiente para o médico examinar a região. Ele apertou ao longo da coluna e, em seguida, puxou a blusa de volta para baixo, postando-se diante dela outra vez.

"Suas costas estão um pouco inchadas e com hematomas, então recomendo compressas de gelo e Tylenol para a dor. Quanto à sua cabeça, você tem uma leve concussão. Estou um pouco preocupado devido ao atraso das suas respostas, então, por segurança, sugiro uma ressonância magnética para termos certeza de que não houve danos cerebrais." O dr. Reed franziu os lábios e tampou a caneta.

"Danos cerebrais?", questionou Grace. Seus olhos saltaram do dr. Reed para mim, e de volta ao dr. Reed outra vez.

"Embora improvável, prefiro pecar pelo excesso quando se trata de ferimentos na cabeça."

"Não, não precisa disso", respondeu ela. "Eu estou bem."

"Essa ressonância magnética é necessária mesmo, doutor?", perguntei.

Estava óbvio que Grace não estava disposta a fazê-la, então eu queria que ela soubesse que eu pretendia apoiá-la. Eu sempre ficaria do lado dela.

"É minha opinião profissional, mas a escolha é sua, Grace."

Ela saltou da mesa de exames.

"Obrigado, dr. Reed, mas sério, estou bem."

O dr. Reed ergueu uma sobrancelha.

"Tá bom. Pegue leve então. Como eu disse, Tylenol e gelo. Se sentir náusea, vômito, fadiga extrema ou qualquer coisa parecida, por favor, me ligue imediatamente."

"Pode deixar", disse ela.

"Acho que, em um ou dois dias, você vai se sentir nova em folha. Mas, enquanto isso, nada de dirigir."

Os olhos de Grace tremeram de preocupação, mas ela agradeceu ao médico mesmo assim.

"Ah, Calvin", recomeçou ele, olhando para mim.

"Sim, doutor."

"Uma boa massagem faria bem a ela." O dr. Reed piscou para Grace, que sorriu de volta.

Ele me deu um tapinha no ombro, acompanhado de um sorrisinho malicioso. O dr. Reed continuava tão sagaz e astuto quando era na casa dos 40 anos.

"Pode conversar com Patsy na recepção para resolver o pagamento." Ele gesticulou para a porta. "Foi um prazer conhecê-la, Grace, e espero que você aproveite o restante da sua estada aqui."

O dr. Reed olhou para mim.

"E é sempre um prazer vê-lo, Calvin." Ele apertou minha mão, firme. "Cuide bem dela."

"Vou cuidar, e obrigado, doutor."

Patsy, uma mulher pequenina na casa dos 60 anos, com lábios finos e cabelos cacheados, estava sentada junto ao balcão da recepção, tricotando algo com linha azul-marinho. Eu a conhecia desde criança, e afora os cabelos grisalhos, ela não tinha mudado nadinha.

"Oi, Calvin. Tudo bem?", perguntou Patsy, largando as agulhas de tricô. Ela olhou para mim e depois para Grace, que parecia um pouco avoada. Não sei se estava atordoada ou apenas preocupada com as ordens do médico para pegar leve nos próximos dias.

"Sim. Só uma leve concussão", expliquei.

"Que bom... quero dizer, não é bom. Mas é melhor do que... Ah, você entendeu", embolou-se Patsy, assentindo. "Só vou precisar da carteirinha do plano de saúde, querida." Ela sorriu calorosamente.

Grace olhou para os próprios pés e depois para Patsy.

"Eu não trouxe minha bolsa. Deixei no rancho."

"Bem, não tem problema. É só deixar seus dados e o número da sua carteirinha, aí posso entrar em contato com eles e registrar a consulta." Patsy estendeu um bloco de papel e uma caneta. Grace os pegou de bom grado e escreveu seu nome completo, então parou. Olhou para o teto.

"Você está bem?", sussurrei para ela. "Tem certeza de que não vai querer a ressonância magnética?"

Os olhos de Grace saltaram para mim e depois para o bloquinho em sua mão. Ela apertou a ponta da caneta no papel. A tinta vazou, formando um grande círculo. Toda vez que você segura alguma coisa por muito tempo, deixa marca. O mesmo valia para as pessoas.

"Não, só não consigo me lembrar do nome da minha operadora do plano de saúde", afirmou ela.

Patsy lançou um olhar preocupado para a gente e pegou o telefone.

"Talvez seja melhor chamar o dr. Reed."

"Não, estou bem, sério. É só que faz tempo que não uso." Grace estudou o papel. Daí bateu a ponta da caneta na mancha de tinta. "Acho que começa com *B*."

Peguei a caneta da mão dela e a coloquei sobre a mesa. Grace franziu a testa e olhou para mim.

"Vou pagar, pronto." Tirei minha carteira do bolso de trás da calça. "Quanto foi o estrago, Patsy?"

Ela digitou na calculadora.

"Não, Calvin. Eu cuido disso", insistiu Grace, pousando a mão no meu braço. Eu gostava de sentir o contato dela.

"Que bobagem. Meu cavalo, meu problema", falei.

"Duzentos e trinta e um."

"Não precisa, sério." Ela puxou meu braço com gentileza.

Eu poderia nadar naqueles olhos azuis, azuis dela.

"Precisa, sim, Grace." Sorri e entreguei o cartão de crédito a Patsy.

Os dedos de Grace acariciaram meu braço, causando um arrepio na minha espinha. Ela murmurou: *Obrigada*.

Eu cuidaria de Grace todos os dias da minha vida se assim ela permitisse. Aliás, eu o faria mesmo que não permitisse.

17
GRACE

"Não precisamos dessa coisarada toda", aleguei quando Calvin colocou uma bolsa de gelo e um frasco de Tylenol no carrinho. Até agora, a gente tinha comprado sorvete e chocolate (porque ele disse que tudo melhora com guloseimas), além de flores para melhorar meu humor, e canja — "para aquecer a alma", nas palavras dele —, ah, e hidratante para a massagem que o médico receitou.

"Precisamos, sim." Calvin sorriu, colocando também um ursinho de pelúcia no carrinho. "Já disse. Vou cuidar muito bem de você."

"E para que eu preciso de um ursinho de pelúcia?" Dei a Calvin um sorriso sem graça e peguei o bichinho. Era macio, tinha uma barrigona e uma manchinha marrom no torso.

"Para o seu conforto." Ele tomou o urso de mim e o colocou na cadeirinha de crianças do carrinho.

No caixa, jogou alguns pacotes de carne seca no balcão.

"Isto é para mim", afirmou, exibindo um sorriso cheio de dentes.

O caixa registrou tudo, e Calvin não hesitou em pagar, o que achei bem estranho. Mais cedo, ele tinha dito que a renda do rancho mal segurava as pontas. Mas ele arcou com a consulta ao médico e agora com todas as compras sem pestanejar. Ou era péssimo com finanças, ou tinha mais dinheiro do que deixava transparecer. Ele pegou as sacolas, sacou o ursinho de pelúcia de uma delas e me entregou.

"O conforto começa agora", anunciou.

Sorri, apertei o bichinho contra o peito e acompanhei Calvin para fora da loja.

No estacionamento, vi Charlotte usando o uniforme do Dubois Super Foods, de cabeça abaixada, focada no celular.

"Oi, Char!", saudou Calvin.

Ela olhou para cima, e seu rosto se iluminou no mesmo instante. Quando me viu, a luz sumiu um pouco, mas ela forçou um sorriso mesmo assim. Então a imitei.

"O que vocês fazem por aqui?" Charlotte parou bem na nossa frente.

Eu não tinha ânimo para responder. Meu cérebro parecia ter sido batido no liquidificador, e minhas costas estavam me matando. Mal podia esperar para me deitar.

"Só viemos pegar algumas coisas para Grace. A Gretchen não teve dó de derrubá-la."

Apertei um pouco mais o ursinho de pelúcia.

"Ai, Deus! Você está bem?" Charlotte pareceu preocupada, mas também soou meio falsa, como se estivesse se obrigando a ser legal comigo. Foi o tom que a delatou, quase como uma voz de atendimento ao cliente reservada apenas aos fregueses mais rudes.

"Tô. Só estou com dor de cabeça e meio dolorida", expliquei.

"Isso é tão esquisito, e não combina com o jeito da Gretchen. Ela é tão tranquila."

Não entendi bem o que ela estava querendo insinuar. Que eu era culpada por Gretchen ter empinado?

"Sim, é tranquila mesmo." Calvin assentiu. "Mas a gente estava perto do rio, e acho que ela se assustou com algum animal ou algo assim."

"Bem, lamento por isso ter acontecido." Charlotte me fitou brevemente. Seus olhos estavam semicerrados; e a testa, franzida. Ao voltar sua atenção para Calvin, ela relaxou. "Tenho que trabalhar, então é melhor eu ir. Mas vejo você no sábado." Ela roçou no braço dele ao passar.

"A gente se vê, Char."

"Sábado?" Olhei para Calvin.

"Ah, sim, esqueci de te contar. Na verdade, eu mesmo tinha me esquecido. Char planejou uma reunião com meus amigos e familiares para o meu aniversário. Você vem, não vem?" Ele me convidou de uma forma tão casual, mas seus olhos estavam arregalados à espera da minha resposta.

Não estava nem um pouco interessada em conhecer os amigos e familiares de Calvin. É o tipo de programa que uma namorada faria, e eu era só uma hóspede. Mas, pelo jeito como ele me olhava, sabia que não poderia negar o convite.

"Eu não perderia por nada." Sorri.

"Perfeito. Agora, de volta ao lar." Ele deu um sorrisinho e me conduziu pelo estacionamento.

Lar? Não era um lar para mim. Era uma casa, uma habitação, uma construção com quatro paredes e um telhado. Havia uma diferença entre uma casa e um lar — mas Calvin já havia decidido o que era para mim.

Abri os olhos de súbito e, por um segundo, esqueci onde estava e quem eu era. Pisquei várias vezes enquanto o ambiente ao redor retornava ao meu campo de visão. Nas paredes da sala, os animais mortos pairavam. Suas carcaças e olhos feito bolinhas de gude pretas me encaravam diretamente, como se estivessem me provocando. Acho que peguei no sono depois que voltamos do médico.

"Calvin!", chamei.

A casa estava em silêncio.

Chamei de novo, desta vez um pouco mais alto. Mais uma vez, fui recebida com silêncio. Ele não me largaria assim, não com uma concussão. Ou largaria? Ouvi um rosnado, como o de um felino imenso. Meu corpo doía, e me sentei no sofá, olhando para todos os lados, tentando descobrir de onde vinha aquele som. De canto de olho, notei alguma coisa se mexendo. A cabeça do alce na parede. Eu a vi se mexendo, virando o pescoço na minha direção. Passei a observá-la, na expectativa de que fosse se mexer de novo. Será que estava ficando maluca? Levantando-me do sofá, tropecei em direção à parede de criaturas, encarando todas elas. O rosnado ficou mais alto. Meus olhos miraram na cabeça da suçuarana pendurada no centro da parede oposta. A boca do bicho estava aberta, as presas permanentemente à mostra. A casa rangia e gemia.

"Calvin!", gritei.

Silêncio de novo.

A parede começou a rachar, partindo do teto ao chão. Dei um passo para trás, e tudo começou a tremer. Quase caí, mas dei um jeito de me firmar. De repente, os animais irromperam a parede. Deram um salto no ar, seus corpos agora totalmente intactos. Não eram mais cabeças empalhadas. As garras estavam expostas, os dentes à mostra, chifres e galhadas apontados, prontos para o ataque. Dei um grito e caí na mesinha de centro. *Crack*. Tentei proteger o rosto com os braços.

"Grace!"

Abri os olhos. Eu estava estapeando o ar. Calvin agarrou meus braços e os segurou.

"Grace, você estava tendo um pesadelo", explicou ele, tentando me acalmar. "Você pegou no sono."

Eu estava arfando, em pânico. Sentia meu coração latejando em cada pedacinho do meu corpo. Meu olhar disparou para as paredes da sala. Os animais permaneciam presos lá, empalhados, me encarando com os olhos frios e mortos.

"Você está bem?", perguntou Calvin. Olhei para ele, focando nas manchinhas acastanhadas que pontilhavam seus olhos verdes. Eu não tinha notado aqueles pontos escuros até então. Respirei fundo e assenti com veemência, repetidas vezes.

"Tô, desculpe."

"Está tudo bem." Ele afastou uma mecha de cabelo do meu rosto e a colocou atrás da minha orelha. "Todos nós temos pesadelos."

Ele estava certo. Todos temos pesadelos, mas sempre os enxerguei como avisos, uma tentativa desesperada do subconsciente de nos alertar de que tem algo errado em nosso mundo de vigília.

Calvin me ajudou a deitar e colocou uma bolsa de gelo nova sob minhas costas. Aí encaixou o ursinho debaixo do meu braço.

"Ele não estava aqui para proteger você, foi por isso", declarou Calvin com um sorriso.

Apoiei a mão na testa.

"Quanto tempo eu dormi?"

"Acho que não muito. Eu estava limpando as coisas depois de fazer o jantar." Ele apontou para a mesa de centro. "E trouxe isto para você." Uma taça de vinho tinto e uma barra de chocolate Lindt.

"Valeu."

"Não precisa agradecer. Já volto." Ele desapareceu rapidamente na cozinha.

Bebi um gole do vinho e coloquei um pedaço de chocolate na boca. O quadradinho derreteu na mesma hora e casou muito bem com a secura do Merlot. Calvin tinha passado quase o dia inteiro cuidando de mim, ficando praticamente o tempo todo ao meu lado — bem, exceto depois do jantar, pelo visto. O tempo todo ele trazia Tylenol, compressas de gelo e água. Mais cedo, perguntei-lhe se ele já havia sido responsável pelos cuidados de alguém, pois era eficiente demais nisso. Ele disse que não. Na minha opinião, era mentira. Talvez tivesse cuidado de seus pais.

Eu bebericava devagar, espiando por cima da borda da taça, de olho na taxidermia em exibição. Eu sabia que tinha sido só um sonho, mas pareceu bem realista, e a gente sabe que, às vezes, não dá para diferenciar um do outro.

Calvin voltou à sala de estar, trazendo mais uma taça de vinho e um frasco de hidratante.

"Você falou com seu irmão sobre o meu carro?", perguntei.

Minha mente continuava a retornar a esse assunto. Não tem nada pior do que se sentir enclausurada. Aqueles bichos empalhados me lembravam disso. Na verdade, eu não estava me *sentindo* presa ali — eu *estava* presa, assim como eles. Talvez esse tenha sido o aviso no meu sonho.

"Não, ainda não consegui falar com ele, mas acho que ele vai vir aqui amanhã", respondeu Calvin, botando sua taça de vinho na mesa de centro.

Mordi o lábio.

"Não se preocupe, Grace. Vamos pensar em outra coisa." Ele sorriu. "Massagem?" Calvin ergueu o hidratante com aroma de lavanda. Suas bochechas adquiriram o mesmo tom do Merlot que estávamos bebendo.

"Você prometeu." Minha voz saiu baixinha.

Calvin sorriu e se ajoelhou ao lado do sofá enquanto eu me posicionava de bruços e levantava a blusa para desnudar as costas. Notei o suspiro fundo que ele deu e, embora suas mãos ainda não estivessem em contato com a minha pele, eu as sentia como queimaduras. Puxei a roupa mais para cima, para além do fecho do sutiã. Ele engoliu em seco, emitindo som e tudo. Então, tirei a blusa sem pestanejar e a joguei de lado. Quase conseguia ouvir o coração de Calvin palpitando ruidosamente tal e qual os aplausos de uma plateia empolgadíssima. Enrijeci quando o hidratante frio fez contato com a minha pele. Depois, senti as mãos dele, primeiro com delicadeza, e então ele começou a fazer mais pressão, subindo e descendo pelas minhas costas. Estava claro que não era a primeira massagem que Calvin fazia. Os pelinhos da minha nuca se arrepiaram, e meu coração disparou. De repente, ele parou junto ao fecho do sutiã, e aí suas mãos voltaram a descer até a lombar. Optei por abrir o fecho do sutiã então, deixando as alças caírem pelos ombros. As mãos de Calvin abandonaram meu corpo por um instante e depois retornaram, massageando a pele, subindo e descendo, de um lado a outro.

Batidas vigorosas à porta da frente nos interromperam. Calvin se levantou, e eu logo me sentei e me vesti. Minha pele estava arrepiada, mas não tinha nada a ver com a temperatura do cômodo.

"Polícia do Condado de Fremont", avisou um homem do outro lado da porta. Sua voz era rouca, como a de um fumante.

Calvin abriu as cortinas parcialmente e olhou para fora. Luzes vermelhas e azuis piscantes dançavam no teto e nas paredes.

"O que houve?", sussurrei, mas minha voz falhou.

Ele abriu e fechou a boca duas vezes antes de enfim falar:

"Não sei."

Mais três batidas à porta. O sujeito do outro lado estava impaciente. Calvin passou a mão pelo rosto.

"Talvez os animais mortos. Você telefonou para avisar?", perguntei. Meus olhos se alternavam entre Calvin e as luzes bruxuleantes.

"Sim, sim. Deve ser por causa disso." Ele foi tomado por uma expressão de alívio. Pousando a mão na maçaneta, hesitou por um instante. Mais uma batida sacolejou a porta. Calvin se sobressaltou e, finalmente, a abriu.

"Boa noite, em que posso ajudar?" A voz de Calvin estava calma.

"Boa noite! Sou o xerife Almond, da Delegacia de Polícia de Fremont. Você é Calvin Wells?"

Desloquei-me um tiquinho para o lado para poder dar uma boa olhada no sujeito. Era um homem grande, com barba farta e pele maltratada pelo sol. Usava um chapéu de campanha, e a fivela de seu cinto tinha o mesmo volume de um baralho completo. Os olhos escuros do xerife se detiveram em mim por um momento. Ele deu um leve aceno e voltou a olhar para Calvin.

"Sim. Como posso ajudá-lo, senhor?" Calvin revezava o peso entre os pés.

"Estou acompanhando o caso de uma pessoa desaparecida, uma mulher chamada Briana Becker. A irmã dela, que mora em Michigan, registrou o desaparecimento no início desta tarde. Pelo visto, Briana estava viajando sozinha e já deveria ter voltado para casa três dias atrás, mas a família já estava sem notícias dela fazia mais de duas semanas." O xerife sacou um pedaço de papel do bolso da frente e o estendeu para Calvin. "Você viu esta mulher?"

Calvin pegou a foto. Seus olhos permaneceram nela por um tempo antes de ele balançar a cabeça e devolvê-la ao xerife.

"Não, ela não me parece familiar."

"E você, senhorita?" O xerife estendeu o papel para mim.

Aproximei-me um pouco e olhei a foto. A mulher era lindíssima. Cabelo loiro comprido e ondulado. Olhos azuis. Um sorriso branco perolado. E covinhas tão fundas que daria para esconder uma moedinha nelas. Olhei para o sujeito e balancei a cabeça.

"Não, nunca a vi."

Ele dobrou a foto, decepcionado, e a enfiou de volta no bolso. Seu olhar retornou para mim.

"E você é...?"

"Grace Evans."

"Você administra um Airbnb, Calvin?" O xerife tocou uma mecha grossa do próprio bigode e enrolou a pontinha.

Agora que ele já não prestava mais atenção em mim, recuei alguns passos. O sujeito não tinha vindo para falar comigo. Tinha vindo para falar com Calvin.

"Isso mesmo."

"De acordo com a conta do Airbnb da srta. Becker, ela deveria ter chegado aqui duas semanas atrás e ficado hospedada por alguns dias. Procede?" O xerife arqueou uma sobrancelha.

Queria muito ver o rosto de Calvin, no entanto eu estava numa posição desfavorável. Concentrei-me, então, em suas costas, tentando avaliar o movimento de expansão dos pulmões. Ele não se contorcia nem nada, nem sequer estava tenso.

"Acho que ela não apareceu. De vez em quando, acontece. Alguém reserva um quarto e aí não dá notícias. E de fato tive uma ausência registrada há duas semanas."

O xerife inclinou a cabeça.

"Sim, conseguimos acessar a conta dela e vimos que ela fez check-in e check-out em outro local, em Sioux Falls, Dakota do Sul, só que ela não chegou a fazer o check-in aqui."

Calvin assentiu.

"Vai ver ela nem chegou aqui. A distância é longa, e é fácil se perder."

Se a mulher não tinha feito check-in, por que o xerife estava aqui então? Talvez a investigação estivesse sem rumo, e esta fosse uma tentativa desesperada de conseguir uma pista.

O xerife arrastou os pés daquele mesmo jeito perdido que Calvin faz, analisando a longa varanda, olhando de um lado a outro, para cima e para baixo.

"Belo lugar este aqui."

"Obrigado." Calvin cruzou os braços. "Era dos meus pais. Eu assumi a administração há mais ou menos um ano e meio."

"Seus pais também alugavam quartos?" O xerife coçou o queixo.

"Ah, não. Comecei há cerca de um ano, quando percebi que as finanças não estavam indo muito bem. É uma renda extra que ajuda a fechar as contas do rancho."

Eu ainda não estava acreditando nessa história e aí lembrei a mim mesma de perguntar a respeito disso mais tarde.

O xerife assentiu.

"E você, senhorita?" Ele dirigiu sua atenção a mim. "Mora aqui também?"

Fiz que não com a cabeça.

"Não, sou hóspede aqui. Cheguei há alguns dias."

"Está viajando sozinha?"

"Estou", respondi.

"Hum." Ele mudou de posição. "De onde?"

"Nova York."

O xerife soltou um assobio baixo.

"Você está bem longe de casa."

Assenti.

Seu olhar, então, saltou de mim para Calvin.

"Bem, está certo." Ele sacou um cartão do bolso da frente e o entregou a Calvin. "Sr. Wells, caso se lembre de mais alguma coisa, por favor, me ligue. De um modo ou de outro, entrarei em contato se tiver mais perguntas."

Calvin enfiou o cartão no bolso.

"Pode deixar, xerife. Espero que você encontre a moça."

Ele tocou a aba do chapéu numa despedida, e seus olhos se demoraram em mim um pouco além da conta.

"Desculpem pelo incômodo. Cuidem-se e fiquem bem." O sujeito deu meia-volta e retornou à viatura muito lentamente. Durante o tempo todo, manteve a cabeça erguida e examinou a propriedade antes de entrar na viatura.

Calvin deu um leve aceno e fechou a porta. Sua mão se demorou na maçaneta, e notei que ele tombou a cabeça para a frente por um instante antes de se recompor.

Então se virou para mim com um sorriso.

"Onde estávamos mesmo?"

Esfreguei minha região lombar. A dor irradiava, se estendendo quase até o meio das costas.

"Tudo bem se eu for para a cama cedo? Só preciso de uma boa noite de descanso. Aquele tombo acabou comigo." Minha voz saiu baixa e levei a palma da mão à testa, apertando-a.

Calvin fez uma careta breve e depois relaxou.

"Sim, sim, claro. Precisa de mais alguma coisa?"

Dei um sorriso tenso.

"Não, você já fez bastante por mim", respondi, me preparando para sair.

"Boa noite, Grace", desejou ele enquanto eu seguia pelo corredor.

A tal porta com cadeado, que supostamente dava para o porão, me fez parar no meio do caminho. Olhei para ela, imaginando o que haveria do outro lado.

Um arrepio percorreu minha espinha quando um pensamento me passou pela cabeça. A mulher desaparecida. O grito que ouvi na outra noite. As roupas femininas na cômoda. Talvez não fossem da ex dele. Talvez fossem de Briana. Continuei pelo corredor e fechei a porta do quarto. Quando fui trancá-la, percebi que não tinha tranca.

DIA CINCO

18

CALVIN

Bati à porta de Grace usando os nós dos dedos. Normalmente, eu a aguardaria na cozinha até que acordasse, mas queria ter certeza de que ela estava bem, ainda mais depois da concussão. Nossa noite não terminou do jeito que eu pretendia. Depois que o xerife deu as caras por aqui, Grace pareceu construir um muro entre a gente. De qualquer forma, a visita dele não fez o menor sentido. Aquela tal garota não chegou a fazer check-in aqui. Ele mesmo atestou isso, aliás. Fiquei feliz por não ter se demorado, mesmo assim, acho que o estrago já estava feito. Ele assustou Grace. Ela já estava tensa por causa do acidente a cavalo e do problema com o carro. Agora, sabe-se lá o que estaria se passando pela cabeça dela. Passei a noite quase toda insone, pensando nela e, quando finalmente peguei no sono, sonhei com ela.

Passos ecoaram lá dentro do quarto, algo deslizou no piso, e a porta foi aberta. O cabelo de Grace estava bagunçado, e ela usava um minúsculo robe de seda.

"Oi! Desculpe por acordar você. Só queria ter certeza de que estava bem. Como está se sentindo?"

"Um pouco sonolenta e confusa."

Botei a mão na testa dela.

"Sem febre." Sorri.

Ela balançou a cabeça.

"Não estou doente."

"Só quis confirmar. Vai que algum inseto te picou quando você caiu na terra", provoquei, recolhendo a mão. "Fiz um bule de café fresquinho e tem mingau de aveia na panela elétrica. E tem açúcar mascavo."

"Obrigada."

"Bem, preciso cortar a grama e verificar algumas coisas. Fico feliz por ver que você está se sentindo melhor." Toquei a aba de um chapéu imaginário.

Grace abriu a porta um pouco mais, e foi inevitável sorvê-la inteira: suas pernas bronzeadas e lisas e o robe meio aberto revelando a clavícula esculpida. Aquela visão fez meu sorriso crescer. Tão logo notou o passeio dos meus olhos, ela sorriu também. Grace sabia exatamente o que causava em mim.

"Precisa de ajuda?"

"De jeito nenhum. Você está de férias, senhorita. Tem uma rede lá perto do rio. É o lugar perfeito para se deitar e ler, e insisto que você faça isso."

"Isso é uma ordem?", brincou ela.

"Pode apostar seu lombo que sim", falei, dando uma risada e uma piscadela. Meu flerte estava ficando completamente ridículo. Eu, simplesmente, não sabia como agir quando estava perto dela. Por sorte, Grace também riu, e eu esperava que estivesse rindo para mim, e não de mim, mas eu não a culparia se fosse o caso.

"Seu desejo é uma ordem." Ela sorriu e fechou a porta devagar.

Mas que diabo, aquela mulher ia acabar comigo.

19

GRACE

Deitada na rede, fechei o livro e o aninhei contra o peito. Os galhos acima eram como mãos e braços balançando para todas as direções. As nuvens brancas fofas além pareciam emboladas nas árvores, mas eu sabia que não era bem isso. Eis aí a questão do ponto de vista: a gente vê as coisas da maneira como elas se apresentam, mas isso não faz delas genuínas. Eu me perguntava se o rancho seria tal como aquelas nuvens emaranhadas.

Desde que cheguei, eu vinha sendo acompanhada por essa sensação de pavor. Este lugar era diferente. Mas será que eu estava sendo paranoica, ou realmente havia motivos para me preocupar? Foram tantas coincidências. Tantas coisas dando errado ou simplesmente divergentes demais do que imaginei que seriam. Eu deveria estar completamente relaxada, e não tão à flor da pele, com os pensamentos correndo pelo meu cérebro feito uma máquina de contar cédulas descontrolada. O grito na outra noite. A ausência de wi-fi e de sinal de celular. Meu carro dando problema. E a garota desaparecida. O xerife disse que ela nunca chegou a fazer check-in. Ele mesmo verificou. Mas, então, por que veio fazer perguntas para as quais já tinha as respostas? A menos que não acreditasse nas respostas.

Levantando-me da rede, resolvi procurar Calvin. Eu precisava ao menos perguntar sobre o carro. Já fazia três dias, e o irmão dele ainda não tinha vindo resolver. E eu pressentia que talvez houvesse um motivo para isso. Sabia que não dava para simplesmente chegar esperneando, exigindo que ele consertasse meu carro. Era necessário ter tato e, apesar de tudo, eu gostava de Calvin. Ele me atraía como um rato atraía um gato.

Eu ia falar sobre o almoço, um pretexto perfeito para abordá-lo. Antes de entrar correndo em casa, dei uma olhada no campo, notando um trator parado, mas nenhum sinal de Calvin. Procurei na região do celeiro, do viveiro, do pasto. Ele devia estar por ali, em algum lugar. Dentro de casa, preparei rapidamente dois sanduíches de geleia e manteiga de amendoim e peguei cervejas geladas na geladeira.

Caminhando para o pasto, flagrei Calvin pilotando o trator John Deere com um cortador de grama acoplado na traseira. Fiquei me perguntando onde ele tinha estado quando o procurei minutos antes. Naquele momento, ele aparava o pasto onde as ovelhas e vacas não chegavam, onde a grama era mais longa do que o restante do campo. Assim que ele pôs os olhos em mim, eu percebi que seu rosto migrou da inexpressividade para a animação. O sorriso estava imenso, e ele se sentou um pouco mais ereto. Usava botas de caubói e calça jeans rasgada e já bem gasta devido à labuta no campo. Exibi as cervejas e o prato com os sanduíches assim que parou com o trator na minha frente. Ele desligou o motor de pronto.

"O que está fazendo aqui, senhorita?" Calvin ergueu uma sobrancelha e deu um sorrisinho de canto de boca.

"Imaginei que você quisesse uma bebida e um lanchinho."

"Ora, suba aqui."

Entreguei as cervejas e o prato com os sanduíches. Ele os colocou ao seu lado e pegou minha mão, içando-me para o seu colo. Sua pele estava úmida, cálida ao toque.

"O que você trouxe?", perguntou ele, segurando o prato. A geleia escorria pelas beiradas e parte do pão rasgara durante minha tentativa de espalhar a manteiga de amendoim espessa.

"Geleia com manteiga de amendoim", expliquei.

Calvin pegou um dos pães e me entregou.

"Meu favorito." Ele sorriu e mordeu o outro sanduíche. Só voltamos a falar depois que terminamos de comer. Calvin limpou as mãos e abriu as cervejas na lateral do trator. Tilintei minha garrafa na dele, brindando.

"Obrigado, Grace", agradeceu ele pouco antes de tomar um gole.

"Presumi que você estivesse precisando de cuidados também." Virei a cerveja e bebi com gosto.

A admiração transformou o rosto dele, como se eu tivesse apertado um botãozinho ali. Presumi que ninguém cuidava dele fazia muito tempo. Minhas costas ainda doíam, ainda que não tanto quanto ontem, e minha cabeça estava meio pesada, mas talvez fosse só um reflexo do meu estado de espírito, pois eu estava explodindo de preocupação.

"Vamos dar uma voltinha?", perguntou ele.

"Eu topo."

O trator ganhou vida e deu um solavanco quando Calvin o colocou em movimento. Ele dirigia devagarinho e com firmeza ao longo do pasto enquanto o cortador picotava e cuspia a grama à nossa traseira.

"Calvin, eu queria perguntar sobre o carro. Já se passaram alguns dias." Tentei me manter inexpressiva, escondendo com cuidado meu temor devido à sensação de estar aprisionada.

"Liguei para o meu irmão, Joe, ontem à noite depois que você foi dormir, para lembrá-lo, e liguei de novo nesta manhã. Ele vai vir hoje para dar uma olhada."

Assenti.

Calvin então me fitou, inclinando a cabeça um pouco.

"Joe, às vezes, se esquece das coisas. Por isso, ele não vem aqui com tanta frequência quanto antes. Mas ele vai vir. Você confia em mim, certo, Grace?"

Hesitei, mas obriguei minha cabeça a fazer que sim.

"Confio."

"Que bom." Ele acelerou um pouco mais.

A mudança na velocidade me fez tombar em cima dele. Calvin me apanhou e firmou meu corpo. Nossos rostos estavam separados somente por alguns centímetros. Achei que fosse me beijar ali mesmo, mas ele não o fez. Só ajeitou uma mecha de cabelo atrás da minha orelha e, depois, voltou a se concentrar no trajeto adiante, permitindo, assim, que meus olhos admirassem demoradamente seu perfil — um queixo marcante, uma linha do maxilar bem esculpida e ornamentada pela barba por fazer, e lábios carnudos que, eu tinha certeza, estavam contando um monte de mentiras.

20

CALVIN

A água gelada resvalava pela minha pele quente, mas não estava sendo de grande ajuda para me refrescar. Era como se o calor irradiasse das minhas entranhas. Eu tinha ferrado tudo de novo. Grace, praticamente, me deu abertura, mas alguma coisa me impediu. Acho que tem a ver com o jeito como ela tem me olhado. Em um momento, era como se ela estivesse apaixonada por mim e, no outro, como se estivesse com medo. Talvez sentisse as duas coisas. Eu não sabia por quê. Não tinha feito nada para deixá-la com medo, ora.

Fechei a torneira e olhei pela janelinha mal posicionada junto ao chuveiro. Pelo visto, quando esta casa fora construída, a privacidade não era um fator muito importante. Grace passou lá fora usando um biquíni vermelho minúsculo, carregando uma toalha e um livro. Não percebeu que eu a observava. Cada pedacinho dela era perfeição pura, até mesmo o hematoma na lombar. A parte de baixo do biquíni só cobria o bumbum parcialmente. A de cima parecia feito de poucos fiozinhos de barbante. As garotas daqui não usavam essas coisas. Fiquei olhando até ela desaparecer, contornando a casa, e então liguei o chuveiro de novo, deixando a água fria correr pela minha pele outra vez. Era isso, ou esfregar bastante até tirar Grace de mim.

Abrindo a cortina, saí do chuveiro e me sequei. O rugido de uma caminhonete e de um cano de descarga engasgado me fizeram acelerar o passo. Eu sabia exatamente quem estava chegando. Vesti a roupa e corri lá para fora antes que meu irmão pudesse se apresentar a Grace.

Ele sempre era amigável depressa demais porque tinha extrema necessidade de aceitação. Acho que ficou assim porque cresceu à minha sombra. Era comum que as pessoas se encantassem imediatamente comigo, mas o mesmo não ocorria com Joe. Até nosso pai tinha sido mais próximo de mim do que dele. Meu irmão fez de tudo para conquistar o amor do nosso pai, para ser alvo do orgulho dele — por isso, hoje ele sabia consertar carros, e eu não. Joe aprendeu tudo com nosso pai, achando que isso os tornaria mais íntimos, que criaria um vínculo entre ambos. Mas papai era um espinho. Se você se aproximasse demais, terminava espetado. O que mais magoou meu irmão foi o fato de nossos pais terem deixado o rancho para mim, pois, enquanto fiquei anos fora, ele permaneceu ali trabalhando todos os dias. Eu sabia que ele se ressentia imensamente por causa disso.

Joe saltou de sua Dodge Ram com suspensão elevada assim que apareci lá fora. Cheguei a falar com ele para não alterar a suspensão porque isso o faria parecer um idiota. Ele ficava gastando dinheiro nessas besteiras como se fossem fazê-lo feliz. Mas nunca faziam. Acho que ele só seria feliz depois que eu morresse.

"E aí, mano?", gritou Joe.

Ele estufou o peito e empinou os ombros ao vir em minha direção. Apertamos as mãos e meio que nos abraçamos, pontuando os cumprimentos com tapinhas firmes nas costas um do outro. Joe era mais baixo do que eu, com cerca de um metro e setenta e sete, porém era musculoso. Ele malhara bastante para conquistar aquele corpo, e acho que tinha um pouco de complexo por ser o mais baixo — então, tentou compensar ganhando massa muscular.

"*Tamo* na mesma", falei, olhando o pasto.

"Desculpe não ter vindo esta semana para ajudar. Eu tô saindo com uma menina aí", contou ele com um sorrisinho. Eu não conseguia me lembrar da última vez que o vira sorrir. Talvez se sentisse culpado por demonstrar felicidade perto de mim.

Levantei as sobrancelhas e dei-lhe um tapinha no braço.

"Ah, fala sério. Vou conhecer essa moça em breve?"

"Provavelmente não. Ainda não posso trazê-la para o garanhão. Preciso fazer ela se apaixonar por mim primeiro." Ele riu, mas eu sabia que não estava brincando. "Uau!" Joe deu um passinho para o lado e olhou para além de mim. "Quem é aquela?"

Eu me virei e flagrei Grace estendendo uma toalha no chão. Ela estava curvada, deixando a bunda inteirinha à vista, colocando um livro no chão. Então ajeitou a toalha e se deitou de costas.

Os olhos de Joe passearam pelo corpo de Grace. Não gostei nem um pouco do jeito como olhou para ela.

"Ei." Dei um leve tapinha na cara dele. "Ela é minha hóspede. Te falei dela ontem à noite. É ela que está com problemas no carro."

Joe soltou um assobio agudo.

"Puxa, não fazem iguais a essa por aqui."

Mudei de posição e me postei na frente dele, tapando sua visão.

"Pode parar. Ela é uma dama."

"Ela é uma porrada." Ele tentou dar outra olhadinha nela, mas bloqueei seu campo de visão.

Cruzei os braços.

"Porrada vai ser o que você vai levar se não parar de olhar para ela."

Joe ficou sério.

"Ih, está a fim dela?", perguntou ele, sussurrando.

"Ela só vai ficar aqui até quarta-feira."

"Você não respondeu à minha pergunta."

Dei de ombros.

"Talvez."

Joe deu um tapinha no meu ombro, e seus olhos brilharam.

"Que bom que você está seguindo em frente."

Preferi não falar nada e apenas assenti. Eu sabia que Joe queria que eu voltasse a namorar. Provavelmente, mais para o bem dele do que para o meu.

Ele inclinou a cabeça.

"Me apresenta aí, assim posso ver o problema no carro dela."

"Tá certo, mas vê se não fala bobagem", alertei.

Ele passou os dedos pelos cabelos e ajeitou a fivela do cinto.

"Tô de boa na lagoa, mano."

"Tô falando sério." Estreitei os olhos para ele. "Não quero que você a assuste."

"Não vou assustar."

Relaxei o rosto e levei Joe até Grace. Os olhos dela estavam encobertos por um par de óculos escuros enormes, e seu nariz estava enfiado em um livro. Era óbvio que ela malhava, pois seu corpo era inteirinho tonificado.

"Grace!", chamei.

Ela ergueu o rosto e tirou os óculos, revelando aqueles olhos azuis, azuis.

"Este aqui é o meu irmão, Joe." Apontei para ele.

Ele se abaixou, estendendo a mão.

"Prazer em conhecê-lo." Grace apertou a mão dele.

"O prazer é todo meu", retrucou ele, enfatizando a palavra *prazer*. Às vezes, ele fazia isso — enfatizava a palavra errada quando falava.

Ela me deu um olhar estranho. *Desculpe*, fiz com os lábios.

"Você veio ver meu carro?", perguntou Grace.

Joe juntou as mãos diante do corpo, e os bíceps flexionaram. Seu complexo de vira-lata estava em ação.

"Claro. O Calvinzinho aqui não saberia fazer isso sem mim", disparou.

Revirei os olhos.

"Vamos dar uma olhada no carro."

Joe voltou sua atenção para Grace.

"Me conta o que houve com ele."

Ela suspirou. "Estava tudo certo até eu chegar aqui, e olhe que rodei um bocado. Mas, quando saí da Betty's Boutique, a luz do motor acendeu. E aí o carro começou a tremer, principalmente na hora de acelerar", explicou Grace. A preocupação no rosto dela era nítida.

Joe assentiu.

"Muito bem, vou dar uma olhada."

"Valeu", agradeceu Grace. "As chaves estão na mesa da cozinha."

"Não se preocupe. Vou resolver, e você não vai ficar presa aqui com meu irmãozão." Ele riu.

Os olhos de Grace ficaram pulando de mim para Joe, e vice-versa, feito um pêndulo. Cerrei a mandíbula, mas sorri mesmo assim e conduzi meu irmão até a casa. Quanto menos ele falasse com ela, melhor.

21
GRACE

Fiquei vendo os dois se afastarem. Joe era quase quinze centímetros mais baixo do que Calvin, mas eles eram diferentes em mais aspectos do que somente a estatura. Um nó se formou na boca do meu estômago. Esse nozinho já estava ali fazia alguns dias e vinha crescendo mais e mais a cada momento. Era como um tumor; talvez benigno, talvez maligno. De qualquer forma, eu ia descobrir em breve. A presença de Joe foi tipo um fertilizante para o caroço. Ele era meio esquisito. Parecia um sujeito com a consciência pesada. Só sei que me deu uma sensação estranha, tipo quando você pressente que algo ruim está prestes a acontecer, um instinto primitivo ante a desgraça iminente. Tipo quando você sua frio. Sente os pelos arrepiados. Sente a pele arrepiada.

Mas não era só Joe. Era o rancho. E Calvin também. Ele parecia apreensivo com a presença do irmão, como um zelador diante de um animal selvagem, sempre mantendo a guarda alta e tentando antever a ferocidade da criatura. Os dois seguiram caminhando lado a lado, empurrando um ao outro de brincadeira e gargalhando, como dois irmãos fariam.

Só que as aparências enganam. Tenho certeza de que Abel amou Caim até o final.

22

CALVIN

Joe estava remexendo sob o capô enquanto eu estava no banco do motorista, esperando suas instruções para dar a partida, pisar no acelerador ou desligar o motor. Agora eu bem que gostaria de ter tido tempo para aprender mais sobre carros. Pelo visto, a única coisa que eu sabia fazer era destruí-los.

"Ligue", gritou ele.

Girei a chave na ignição. O motor engasgou algumas vezes antes de pegar.

"Acelere um pouco."

Pisei lentamente no pedal, fazendo o motor rugir e o veículo tremer.

"Muito bem, desligue", gritou ele de novo, enfiando a cabeça pelo capô. A seguir tirou a camisa, enxugou o rosto suado e jogou a peça na entrada da garagem.

"Qual é o problema no carro?"

"Mais uma vez. Pode dar a partida."

Desta vez, quando virei a chave, o motor não ligou. O carro deu uns estalos. A ignição começou a estalar também, várias vezes.

"Merda", exclamei, batendo no volante.

Juntei-me ao meu irmão lá na frente. Ele ainda estava até os cotovelos sob o capô, mexendo nas fiações e válvulas. Não sei muito bem o que estaria avaliando ali.

"A carcaça do alternador está rachada e a bateria morreu." Ele apontou para diferentes partes do motor. "Dá para consertar em alguns dias."

Vou ter que encomendar algumas peças." Joe coçou o queixo. "Deve dar umas seiscentas pratas." Ele fechou o capô.

"Beleza, pode fazer. Eu assumo os custos." Limpei a testa suada com as costas do braço. Grace, provavelmente, não ia ficar feliz se eu pagasse, mas eu precisava que ela soubesse que me importava e que faria qualquer coisa por ela.

Joe ergueu uma sobrancelha grossa.

"Você vai pagar para consertar o carro dela? Deve gostar muito dessa mulher."

Chutei um pouco de cascalho solto.

"Só quero que ela se sinta à vontade."

"Se você diz", comentou meu irmão, pegando a caixa de ferramentas. Então foi até a traseira de sua caminhonete, guardou as coisas e fechou a porta.

"Vamos tomar uma?"

Fazia muito tempo que a gente não tomava uma cerveja junto. Acho que a presença de Grace o fez pensar que poderíamos voltar a fazer programas fraternais, que daria pra seguir em frente de boa, deixar o passado para trás, como dizem. Mas *passado* é só uma palavra. As lembranças que carregamos são responsáveis por manter o passado vivo, e as lembranças são só meras histórias que contamos a nós mesmos. Joe e eu tínhamos duas histórias muito diferentes. Ele havia enterrado a dele, mas eu não havia enterrado a minha.

"Vamos. Vai cair bem. Vou avisar a Grace que terminamos aqui."

Joe balançou a cabeça e deu uma risadinha.

"Ela já te botou de quatro."

"Não, só estou sendo gentil."

"Então tá bom." Joe imitou um chicote estalando assim que saí para falar com Grace.

Ela não estava mais deitada perto do rio. Examinei os arredores, mas ela não estava à vista. Verifiquei o deque no fundo. Também não. Joe me encontrou perto da lateral da casa.

"Cadê sua mulher?"

"Ela não é minha mulher", ralhei. Era mentira, porque obviamente parecia que era.

Ele deu um tapinha no meu ombro.

"Só estou te zoando."

Grace voltou à vista quando contornamos a frente da casa. Estava usando saia jeans azul e blusa branca, e de rosto sério. Eu sentia meu jeans apertar na virilha só de olhar para ela.

Porém, não estava gostando nem um pouco do jeito como Joe a encarava, então dei um soco no ombro dele.

"Que porra foi essa?" Ele esfregou o braço.

"Pare de olhar para ela desse jeito."

"Que jeito?"

"Você sabe", falei enquanto caminhávamos até a varanda. Os olhões azuis de Grace estavam quase abrindo um buraco em mim.

"Consertaram meu carro?", perguntou ela.

"Ainda não." Joe revezou o peso entre os pés. "O alternador está com problema, e a bateria descarregou. Consigo consertar dentro de alguns dias."

Grace mordeu o lábio e esfregou o próprio braço. Sua expressão era de pura derrota.

"Não se preocupe. Meu irmãozinho aqui vai deixar o carro novinho pra você ir embora no prazo, prometo", afirmei, tentando abrandar suas preocupações.

Ela hesitou. Seus olhos migraram da gente para a lata-velha.

"Alguns dias." Ela assentiu. "Tá bom."

"Quer tomar uma cerveja com a gente?", convidou Joe. "Assim você não precisa lembrar que está presa neste rancho com meu irmão." Ele riu, todo engraçadinho.

Resmunguei. Minha vontade era bater nele outra vez, mas resisti. Só queria que Grace viesse com a gente para que eu pudesse passar mais tempo com ela. Mas também não queria Joe a rondando, e foi por isso que até concordei em sair para beber com ele.

"Claro. Eu adoraria."

Dei um sorriso forçado, e torci para que a extensão do convite a Grace não fosse um erro daqueles.

• • •

Joe estacionou a caminhonete em frente ao Rustic Pine Tavern. Grace estava sentada bem entre a gente, porém mais inclinada para o meu lado. Não sei dizer se era porque eu a deixava confortável ou porque Joe a incomodava. Grace avaliou o velho botequim. Era o maior bar da cidade — um dos únicos, na verdade. Era famoso pelas mesas de sinuca, cerveja barata e música boa. Todo mundo sempre vinha para cá, dos velhos aos jovens, dos bons aos maus.

"É aqui?", perguntou ela.

"Sim, senhora", respondi, descendo do carro. Peguei a mão de Grace enquanto ela saltava da caminhonete suspensa.

"Você deve estar acostumada com bares mais chiques." Joe espiou por sobre o capô da caminhonete. "Tenho certeza de que eles podem fazer uns drinques bacanas para você."

Grace lhe lançou um olhar desafiador, com os olhos estreitados e um sorriso tenso.

"Cerveja já está bom para mim."

Havia alguns fazendeiros locais fumando em frente ao bar e, quando avistaram Grace, silenciaram suas conversas mundanas. Eles observaram enquanto ela passava, e, quando ela notou os olhares, simplesmente deu um aceno, balançando os dedinhos. Isso fez com que eles retornassem ao papo. Ela era boa mesmo em lidar com pessoas.

"Ela estava acenando para mim", disse um deles.

"Não, era para mim", argumentou outro.

"Ela é muito jovem para vocês dois."

"Ah, cala a boca. Meu corpo pode estar fraco, mas minha mente ainda tá forte."

"Ei, Calvin e Joe", gritou um deles, meneando a cabeça.

"Quem é a garota, Calvin?"

"É a hóspede do Airbnb dele", respondeu Joe.

"Airbnb?" O velho pareceu confuso.

"É tipo um hotel em casa", explicou Joe.

"Eu devia abrir um desses", zombou o velho com uma risada safada. "Só pra mulher bonita."

O papo-furado continuou enquanto desaparecíamos bar adentro. Quando entramos, Grace já estava junto ao balcão pedindo três cervejas. Ainda não estava muito cheio, tinha umas dez pessoas ao balcão e mais algumas jogando uma partida de sinuca. Quase todos notaram a presença de Grace, até as mulheres. Não recebíamos muitos visitantes aqui, então qualquer pessoa nova sempre deixava o povo intrigado. Vários clientes acenaram para Joe e para mim. Muitos pareceram surpresos por ver nós dois juntos. Maxie, a bartender, sorriu. Ela era praticamente o alicerce do Rustic Pine Tavern, que tinha toda a estética de um boteco norte-americano: máquinas caça-níqueis, letreiros em neon, mesas de sinuca, dardos e velhos barrigudos colados ao balcão.

Joe acelerou para ajudar Grace com as bebidas.

"Aqui, Calvin", disse ela, me entregando uma caneca. "A primeira rodada é por minha conta."

"Obrigado." Virei a caneca, bebendo quase metade numa golada só. Nada mais gostoso do que um chope recém-servido.

Joe se postou entre nós, sempre atravancando o caminho.

"Vocês dois topam um 301?"

"O que é 301?", quis saber Grace.

"Dardos. É fácil. Deixa eu mostrar como é." Joe pegou a mão dela e a conduziu até o alvo de dardos nos fundos. Não gostei. Ele estava sendo amigável demais. *Típico.*

Fui logo atrás deles e peguei um jogo de dardos com Maxie, a cinquentona magrinha que cuidava do bar desde que tinha idade para beber.

"Fico feliz em ver você e Joe aqui", sussurrou ela. Assenti, mas não falei nada e fui até Grace.

"Você já jogou dardo?", perguntou Joe.

Grace olhou para mim e sorriu antes de responder.

"Meio que já. Foi o que me trouxe até aqui."

Ele lhe deu um olhar confuso.

"Bom, tudo bem. Vamos ver como você se sai."

Grace se posicionou e se concentrou, segurando o dardo e semicerrando os olhos. Quando estava pronta, jogou. Bem no centro do alvo.

"Puta merda", exclamou Joe. "Temos uma especialista aqui."

Grace deu pulinhos para comemorar e agarrou meu pescoço num abraço. Eu a abracei também por um instante, inspirando seu doce perfume. Talvez não tenha sido o destino o responsável por trazê-la para cá. Talvez tenha sido mera habilidade. Quando ela se afastou, meus olhos permaneceram em seus lábios por um momento longo demais.

Joe estendeu outro dardo para ela.

"Vamos ver se você faz de novo."

"Beleza."

Grace se preparou mais uma vez. Seus dedos pinçaram o corpo do dardo. Depois, ela o posicionou bem diante dos olhos, se concentrando por um segundo antes de arremessá-lo. No alvo! Aí se virou para a gente, com os olhos arregalados.

Joe balançou a cabeça, sem acreditar no que via.

"Ah, desgraça. Depois dessa, vamos tomar umas doses." Ele bateu palmas e caminhou em direção ao balcão.

"Ih, eu feri o ego do seu irmão?", brincou Grace.

"Ele vai ficar bem", eu ri. "Ele é competitivo, então pode pegar pesado com ele."

Ela levantou uma sobrancelha.

"Ah, já estou pegando."

Grace bebeu o restinho de sua cerveja de um só gole e limpou a boca com as costas da mão. A garota que conheci cinco dias atrás não era a mesma que eu via agora. Ela era um camaleão, se encaixava bem em qualquer cenário. E eu estava gostando daquilo, mas, ao mesmo tempo, me perguntava quem seria a verdadeira Grace.

"Aqui." Joe entregou um copinho com uma dose a cada um de nós.

"O que tem aí?" Ela espiou o líquido de cor âmbar cheio até a borda.

"Meu amigão Jack." Joe piscou. Então tilintou o copo no meu e no dela para brindar, bateu o copo no tampo da mesa e virou num gole só. "Saúde", exclamou ele, pondo o copo de cabeça para baixo sobre a mesa. Joe bebia Jack Daniel's como se fosse água, o que ficou evidente porque ele nem sequer fez careta depois de tomar o trago.

Grace olhou para mim. Juntos, viramos nossos copos também. Ela balançou a cabeça e engoliu convictamente quando o bourbon atingiu sua língua. Uísque, assim como a maioria das pessoas, precisava de um pouco de esforço para ser bem aceito.

"Não é fã de bourbon, garota da cidade?", brincou Joe.

"Sou mais fã de vodca, garoto do campo", rebateu Grace com um sorrisinho.

"Sua vez, mano", falei, dando um tapinha nas costas dele. Joe sorriu, assentiu e se postou diante do alvo de dardos.

"Está se divertindo?", perguntei.

"Sempre." Grace piscou graciosamente.

"Imaginei isso, já que você consegue se divertir até lendo e praticando corrida." Abri um sorriso.

"Ah, pare com isso." Ela deu um tapinha brincalhão no meu ombro.

Eu ri e peguei nossas canecas vazias.

"Querem mais cerveja?"

Grace fez que sim, e eu me afastei. Depois de pedir mais uma rodada, me virei e vi Joe recostado na mesa, ao lado de Grace.

"Aqui está, Calvin", disse Maxie, colocando as canecas cheias no balcão.

"Obrigado. Pode botar na minha conta."

"Você conseguiu uma gata, hein?!" Ela apontou para Grace. Segui seu dedo e percebi que Joe estava colando nela um pouquinho mais. "Fico feliz de ver você de volta ao jogo." Ela inclinou a cabeça. "Mas pode ser que você queira tirar o Joe da jogada", advertiu Maxie.

"Foi um acidente", falei baixinho.

"Tem gente aqui que não acredita nisso."

Neguei com a cabeça.

"Pare de acreditar nesses boatos."

Ela estreitou os olhos, e ali eu soube que iria receber um de seus famosos conselhos. Maxie era mais do que a bartender local; era a terapeuta da cidade toda também. Extraoficialmente, é claro. Ela não tinha formação na área. Maxie, simplesmente, conhecia os problemas de todo mundo aqui e tinha o dom de sacar o que a gente precisava ouvir.

"O que uma pessoa chama de boato, outra chama de verdade. Eu não me precipitaria em decidir qual é qual." Ela deu um tapa no balcão, pegou um pano molhado e começou a passá-lo pela madeira.

"Ele é meu irmão, Maxie." Inclinei a cabeça.

"Ted Bundy também tinha um irmão", brincou ela.

"Meio-irmão." Voltei-me para Grace e Joe, observando-o com atenção. Maxie tinha razão. Maxie sempre tinha razão.

Quando retornei à nossa mesa, me embrenhei entre os dois.

"Ei, mano", protestou Joe enquanto recuava um passo ou dois.

"Não te vi aí, carinha", disparei.

Entreguei-lhe a cerveja, mas seus olhos ficaram me encarando por uns bons segundos. O líquido dourado enfim o distraiu, e ele levou a caneca aos lábios.

"Aqui, Grace."

"Tem mais um desses aí?", chamou uma voz aguda atrás de mim. Eu me virei e flagrei Charlotte. Seu cabelo castanho longo e sedoso pendia livremente, e as sardas estavam bem destacadas. Ela deve ter tomado sol hoje.

"Oi, Char!", cumprimentei, puxando-a para um meio abraço.

"Vi a caminhonete do Joe quando passei e resolvi parar. Não achei que fosse te encontrar aqui também." Ela inclinou a cabeça.

"Também não achei que fosse me encontrar aqui", brinquei.

"E aí, Char-Char? Quanto tempo!" Assim que me afastei dela, Joe se aproximou e lhe deu um abraço.

"É, verdade. Você fugiu das funções do rancho. Eu estou compensando sua preguiça", zombou ela.

"Desculpe por isso." Meu irmão olhou para mim brevemente e engoliu em seco. "Ando meio enrolado."

Joe apontou para Grace e Charlotte.

"Vocês duas já se conhecem?"

"Já, sim", esclareceu Grace. "Bom te ver, Charlotte."

"Sim, digo o mesmo."

"Deixe-me pegar uma cerveja para você", ofereci.

"Deixa comigo", interrompeu Joe, caminhando na mesma hora até o balcão. Ele tinha uma necessidade louca de ser amado. Em geral, as pessoas que não gostam de si mesmas sempre buscam avidamente a aprovação alheia. E eu sabia que Joe odiava cada fibra do próprio ser. E a culpa faz isso: ela te apodrece de dentro para fora.

Charlotte escolheu um lugar à nossa mesa alta bem diante de Grace, daí pigarreou.

"Você melhorou depois do tombo?"

"Sim, estou muito melhor. Calvin cuidou bem de mim." Grace sorriu, e seus olhos azuis quase pareceram cintilar ao encontrar os meus.

"É, ele com certeza sabe cuidar de todo tipo de animal", provocou Charlotte.

Se Grace sacou a piada, não demonstrou. Ela simplesmente roçou a mão na minha ao pegar sua caneca de cerveja. Daí a levou aos lábios e tomou um gole vagaroso.

"Você vai embora em breve, não é?", perguntou Charlotte como se estivesse de conversa fiada, mas com certeza suas intenções eram bem mais profundas.

"Mais cinco dias, mas quem sabe? Talvez eu prolongue minhas férias." Grace sorriu, embora eu tenha achado que estava mais para um meio-sorriso. Não sei dizer se ela estava falando sério ou se só estava sendo maliciosa com Char.

Antes que qualquer um de nós pudesse responder, Joe botou na mesa a caneca de Charlotte e uma bandeja de doses.

"Bora festejar", exclamou ele.

Sem dizer nada, Grace pegou uma dose de uísque e virou. Desta vez, seu rosto ficou inexpressivo. Char estreitou os olhos, pegou um copo, virou e fez um som de contentamento refrescante quando terminou. Grace pegou outro. As duas iam acabar se matando naquela competição de quem bebia mais.

"Opa, calma aí." Peguei o copo da mão de Grace antes que ela pudesse bebê-lo e virei-o.

Joe fez o mesmo com a dose que sobrou.

"Só estou tentando acompanhar", alegou Grace com uma voz fofa.

Char revirou os olhos.

"Não tente acompanhar ninguém. Defina seu próprio ritmo. Esse é o segredo da vida."

Inclinei a cabeça.

"Vamos jogar sinuca", chamou Joe. "Vamos formar duplas. Grace, você pode ficar comigo."

"Beleza. Calvin e eu estamos invictos. Não é, Calv?" Charlotte sorriu. Levei a caneca aos lábios e dei um grande gole.

"Estamos mesmo."

Algumas horas depois, já estávamos na terceira partida. Char e eu vencemos a primeira, mas Grace surpreendeu a todos ao encaçapar seis bolas em uma única rodada. Fiquei com a sensação de que ela segurou o jogo na primeira rodada, a mulher era fera. Na terceira partida, estávamos cabeça a cabeça, e dali sairia o time vencedor. Joe já estava com a fala arrastada e um olhar de peixe morto.

"Sua vez, Charlotte", disse Grace, tomando um gole de cerveja. Seus olhos estavam embaçados.

"Eu sei." Char se aproximou da mesa.

Quando foi fazer sua jogada, o taco escorregou e ela bateu na bola branca, fazendo-a se movimentar uns poucos centímetros.

"Droga." Charlotte já tinha bebido um pouco além da conta. Fui o único a pegar leve na bebida porque sabia que ia precisar levar Joe e Grace inteiros para casa.

Meu irmão posicionou o taco atrás da bola branca.

"Deixe-me mostrar como se faz." E esbarrou numa bola colorida.

"Acertando a bola do adversário? É assim que se faz?", provocou Grace.

"Merda." Joe esfregou a testa.

Charlotte riu e meio que tombou em cima de mim, mas consegui apará-la.

"Segura a onda aí", falei. Ela pousou a mão no meu peito e me olhou, dando um sorrisinho.

A música que estava tocando no jukebox, "Save a Horse (Ride a Cowboy)", terminou, e o rosto de Char se iluminou quando ela registrou a canção seguinte: "Amazed", da banda Lonestar.

"Eu amo essa música. Vem dançar comigo." Antes que eu conseguisse responder, Char estava me puxando para a pista de dança, onde vários casais já se encontravam. Fiz menção de protestar porque não queria que Grace interpretasse aquilo de um jeito errado. A gente era só amigo. Mas, antes que eu pudesse dizer qualquer coisa, Joe já estava convidando Grace para dançar.

Em questão de segundos, estávamos todos na pista. Apoiei uma das mãos acima do quadril de Char e segurei sua outra mão, numa pose de valsa, nada além de uma dancinha camarada. Mas eu sabia que ela tinha segundas intenções. Sempre pensei ter deixado evidente para ela que não havia nada entre nós, mas era óbvio que entrava por um ouvido e saía pelo outro. Meu olhar saltou para Joe e Grace. Eles estavam posicionados do mesmo jeito que a gente. Grace parecia estar se divertindo. Ela sorria e gargalhava enquanto Joe tropeçava desajeitadamente nos próprios pés e nos dela. Lá estava ele fazendo papel de bobo.

"Ei, senhor!", exclamou Char.

"O senhor está no céu", respondi.

Ela me puxou um pouco mais para si.

"Isso é gostoso."

"Sim, a noite está sendo divertida." Olhei para ela e depois para Grace.

"Não, estou falando disto aqui", disse Char, acariciando meu ombro.

Ergui uma sobrancelha. Charlotte estava nitidamente bêbada. Seus olhos estavam embaçados, e eu tinha certeza de que ela estava enxergando dois de mim. Um movimento súbito no canto do meu olho chamou a atenção. Virei-me e notei Grace se afastando de Joe e lhe dando um empurrão. A música estava alta, não consegui entender o que eles diziam. Meu irmão parecia atordoado e cambaleou de volta para ela, tentando se reaproximar. Grace, então, deu um tapa no rosto dele, deixando uma marca vermelha onde a mão encontrou a pele. Larguei a mão de Char e, dando três grandes passos, me postei na frente de Joe.

Eu o empurrei com tanta força que ele quase caiu.

"Que diabos você está fazendo?", gritei. Meu irmão se aprumou, cambaleando em nossa direção. A raiva me dominava feito um vulcão em erupção, transbordando de uma só vez. Então, tomei impulso com o punho e o soquei, acertando em cheio a mandíbula. Ouvi algo rachando, e desta vez Joe desabou no chão feito uma pilha de tijolos.

"Saiam!", berrou Maxie de lá do balcão. "Não vou tolerar isso aqui."

Voltei-me para ela e murmurei um *me desculpe*. Cochichos se seguiram ao redor, e de repente todos os olhares estavam em cima da gente.

Eu me virei para Grace.

"Você está bem?"

Seus olhos estavam nublados de ódio, algo que eu ainda não tinha visto nela. Se um olhar fosse capaz de matar, bem, o de Grace teria explodido o bar inteiro. Era como se estivesse em transe.

"Estou bem. Foi só um mal-entendido", disse ela por fim, balançando a cabeça de leve e massageando a mão que estapeara Joe. Também sacudi minha mão. Os nós dos meus dedos estavam ralados e corados feito uma beterraba.

Joe cuspiu sangue no chão ao se levantar. Nem sempre os laços de sangue são mais fortes do que os laços que construímos. Ele esfregou a mandíbula inchada.

"Você está bêbado, Joe. Vou te levar para casa." Tentei guiá-lo até a saída, mas ele me empurrou.

"Tira a mão de mim, porra", rebateu meu irmão e saiu do bar abruptamente. Todos os olhos o acompanharam. Maxie balançou a cabeça e jogou um pano no balcão. Ela estava certa. Eu não devia ter deixado Joe se aproximar de Grace.

23
GRACE

Os faróis da caminhonete iluminavam a sinuosa estrada escura. A lua clareava o cenário montanhoso, brilhando em parte do rio Wind. Tudo ao meu redor era um borrão escuro. Na verdade, tudo era um borrão desde que cheguei aqui. Eu estava no banco do carona enquanto Charlotte estava no banco de trás, calada. Ninguém tinha dito uma única palavra desde que entramos no carro. Eu sabia que Calvin estava doido para me perguntar o que Joe tinha feito para me irritar, mas permanecia quieto. Ele estacionou em uma entrada de cascalho. Pelo que dava para ver pelo brilho da luz fraca da varanda, Charlotte cuidava bem de sua propriedade. Os arbustos eram bem podados, os canteiros de flores, coloridos e a variedade de árvores disfarçava a singeleza da casa — nitidamente um lugar carente de reformas.

"Vou levar Charlotte até lá dentro de casa", avisou Calvin.

Eu não disse nada.

Ele foi acompanhando Charlotte pela estradinha. A mão dele pairava na região lombar dela. Ela estava tropeçando um pouco, mas ele se assegurava que ela não caísse. À porta, Charlotte se enrolou um pouco com as chaves e acabou por deixá-las cair. Calvin se abaixou, pegou o chaveiro e destrancou a porta. A casa foi se iluminando pouco a pouco enquanto eles seguiam de um cômodo a outro.

Tinha algo de estranho na dinâmica entre os dois. Era nítido que Charlotte estava apaixonada por Calvin, mas estaria Calvin apaixonado por ela? Os contornos de suas silhuetas voltaram à vista através da imensa janela da sala. O corpo de Charlotte se inclinou para Calvin, e ele a abraçou. Em seguida, desapareceram de novo. Outra luz se acendeu e depois se apagou. Acho que, em algum momento, rolou alguma coisa entre eles.

Olhei para o meu celular. Tinha uma barrinha de sinal, mas, assim que digitei a senha, a barra desapareceu, e as palavras "Sem serviço" voltaram. *Mas é claro*. Eu só queria verificar alguns e-mails, mas nem isso dava para fazer. No início da viagem, até gostei do isolamento. Mas agora estava meio confusa quanto a isso. Dez minutos tinham se passado desde que Calvin entrara com Charlotte. Assim que me preparei para buzinar para chamá-lo, ele saiu da casa, fechando com delicadeza a porta da frente. Depois veio correndo para a caminhonete e entrou.

"Desculpe pela demora." Calvin enfiou a chave na ignição e ligou o carro. "Ela estava muito bêbada, e eu queria ter certeza de que ela ia ficar bem. Nunca a vi desse jeito." O veículo recuou suavemente para a estrada principal.

"Beleza. Ela está bem?"

"Tá. Peguei um pouco de água e uma cartela de Tylenol e deixei ao lado da cama." Calvin pisou no acelerador com cuidado.

Eu não respondi. Em vez disso, fiquei olhando, pela janela do passageiro, para o nada. Era tudo um borrão escuro.

Após alguns minutos ao longo do trajeto, Calvin perguntou:

"O que o Joe disse para você?"

Olhei para ele.

"Não importa. Já falei, foi só um mal-entendido."

Mesmo sob a penumbra, notei que Calvin cerrou a mandíbula. Ele engoliu em seco com tanto afinco que o pomo de Adão subiu e desceu visivelmente. Por fim, balançou a cabeça.

"Sabia que não devia ter deixado ele se aproximar de você."

"Como assim? Ele fez alguma coisa?"

Agora os olhos dele estavam tão tensos quanto a mandíbula.

Eu sabia que estava passando dos limites, mas precisava saber. Será que Joe era perigoso? Eu estava mesmo segura naquele rancho? Olhei meu celular de novo. *Sem serviço*.

"Eu realmente não quero falar de Joe", afirmou Calvin com veemência. Meus olhos se demoraram nele. Calvin, então, se concentrou na direção, como se estivesse estudando para uma prova. Dirigir numa estrada deserta no meio da noite de fato exigia muito foco. Suas mãos agarravam o volante com um pouco de força demais. Até então, não tinha notado como suas mãos eram grandes e fortes. Os nós dos dedos da mão direita estavam vermelhos por causa do soco no irmão. Eu já tinha sacado que Joe tinha algum problema. Ele era como um pêssego cujo miolo foi carcomido pelos insetos, ainda macio e atraente por fora, porém sem substância por dentro. E o jeito como Calvin ficava perto dele — tenso, ansioso, preocupado — só confirmava minhas suspeitas. O que será que Joe tinha feito? E por que Calvin estava escondendo isso de mim?

DIA SEIS

24

CALVIN

Era pouco mais de nove da manhã quando abri a porta de tela e entrei de novo na casa. Todas as tarefas matinais já estavam prontas, eu já tinha dado comida e água a todos os animais, ordenhado as vacas, cuidado do galinheiro e iniciado parte da faxina de primavera. Levantei-me às quatro da manhã, mal havia pregado o olho. Minha mente continuava retornando à conversa com Grace na caminhonete. Por que eu reagi daquele jeito? Por que não me abri com ela? Acho que acabei conseguindo chatear Grace mais do que Joe, afinal de contas, ela confiava em mim. Quando voltamos ontem à noite, Grace saiu da caminhonete e foi direto para a cama sem dizer nada. Fiquei plantado diante da porta do quarto dela, só tentando ouvir o que se passava lá dentro. Por fim, segui para o meu quarto depois de um tempo — podem ter sido minutos, talvez horas.

Examinando a cozinha, vi que a caneca que deixei para Grace tomar café ainda estava lá, intocada. Ou ela ainda não tinha acordado, ou estava me evitando. Tirando as botas, caminhei pelo corredor e parei em frente ao seu quarto. Aquele cômodo me atraía como ímã a um metal, me puxando. Fiquei encarando a porta por uns instantes, então encostei o ouvido ali, prestando atenção. Silêncio total.

"O que você está fazendo?"

Levei um susto, daí me afastei da porta e vi Grace. Ela tirou um AirPod da orelha e me encarou com aqueles imensos olhos azuis. Estava usando um top esportivo, shorts curtos de elastano e tênis Nike de corrida, assim como exibia uma expressão de preocupação. O cabelo estava preso em um rabo de cavalo alto, e o peito, barriga e rosto brilhavam de suor.

"Desculpe. Só queria saber se você já estava acordada. Coei um bule de café e queria ver se você estava com fome", gaguejei, me sentindo um idiota e talvez meio repugnante.

"Não estou com fome." Grace foi sucinta enquanto se aproximava com um olhar vazio.

"Você deve estar se sentindo melhor, afinal saiu para correr", comentei.

"É." Ela pôs a mão na maçaneta da porta do quarto e a abriu. "Precisa de mais alguma coisa?"

Hesitei, olhando para os meus pés e depois para ela de novo.

"Olha, me desculpe por ontem à noite. Eu não deveria ter te cortado. É só que..." Fiz uma pausa, metendo os polegares nos passantes do jeans.

"É só que o quê?", quis saber ela. Aqueles olhos azuis imensos se transformaram em fendas graças a suas pálpebras carnudas que agora os estreitavam.

"É só o Joe. Lido com as besteiras dele desde que me entendo por gente e não gosto de falar das coisas que ele faz. Desculpe por isso, e entendo se você quiser ir embora antes. Vou reembolsar você por toda a estadia."

Fixei meu olhar ao dela, tentando transmitir a seriedade e sinceridade das minhas palavras. Se ela quisesse ir embora, creio que eu deveria respeitar isso. Lá no fundo, eu achava que ela deveria ir embora logo mesmo. Minha família só servia para gerar problemas. Coisas ruins sempre aconteciam com a gente e com as pessoas de quem mais gostávamos. Éramos amaldiçoados. Nosso rancho era amaldiçoado, e nossa terra era amaldiçoada.

"Não posso simplesmente ir embora, Calvin, e você sabe disso. Meu carro está quebrado." Ela inclinou a cabeça, em sinal de desafio.

"Eu sei. Eu sei." Levantei as mãos em redenção. "Vou chamar alguém para vir resolver isso. Alguém da oficina, assim você não vai precisar lidar com o babaca do meu irmão."

Grace enxugou a testa com as costas da mão.

"Muito bem", disse ela. "Vou tomar um banho. Se tiver ovos com bacon quando eu sair, eu encaro." Seu rosto ainda estava severo, mas o tom de voz agora trazia algo de leveza.

Assenti assim que Grace fechou a porta do quarto. Depois, corri para a cozinha para preparar o café da manhã. Era de se esperar que ela quisesse ir embora, mas eu estava feliz por ter cogitado ficar, ou pelo menos parte de mim estava — meu lado egoísta e ganancioso.

Uma hora depois, Grace saiu do banheiro usando shorts jeans e um top curto que mostrava bem mais do que uma lasquinha da barriga. O cabelo estava partido de lado, ainda parcialmente úmido. As bochechas estavam rosadas, os cílios escuros e longos, e os lábios com um brilho molhado. Era nítido que estava se esforçando para parecer bonita para mim. Bom sinal. E Grace era mesmo um deleite para os olhos. Servi depressa um omelete de queijo e algumas fatias de bacon em um prato e coloquei na mesa junto a uma xícara de café fresco. Grace se sentou e começou a remexer no prato enquanto eu me servia. Sentei bem em frente a ela e tomei uma golada de café.

"Como estava o banho?", perguntei, sem saber o que dizer. Foi uma pergunta meio esquisita, e estremeci tão logo as palavras saíram da minha boca.

Ela mastigou um pedaço de bacon.

"Tava bom."

"Como está a comida?", perguntei, ainda sem saber o que dizer. Ao menos, era melhor do que a pergunta do banho.

"Tá boa", respondeu ela.

Assenti e enfiei na boca uma garfada de omelete de queijo, ruminando cuidadosamente as palavras que Grace disse — e também as que não disse. Ela não falou em ir embora antes do prazo, e eu estava com medo de perguntar, com medo de descobrir se iria mesmo. Grace bebeu um gole de café e depois mais outro. Pousou a caneca e começou a girar o garfo no prato.

"Posso cancelar o churrasco de hoje, se você quiser", ofereci.

Ela balançou a cabeça.

"Não, não precisa." Então engoliu em seco, e sua expressão ficou mais suave quando seus olhos encontraram os meus. "Feliz aniversário, Calvin."

Era quase como se ela não quisesse dizê-lo, mas graças a Deus era meu aniversário. É proibido ser malvado com o aniversariante, e é proibido abandoná-lo neste dia também.

"Obrigado." Eu sorri.

Grace pegou um pedaço de bacon e mordeu. Durante alguns minutos, ficamos comendo em silêncio. Sabia que ela estava chateada comigo por eu ter me recusado a contar mais coisas a meu respeito, mas não era o momento. Além disso, eu não sabia o que dizer ou até mesmo como dizer. É simplesmente difícil contar certas histórias, seja pelo motivo que for. Quando terminei de comer, levei o prato para a pia. Meus olhos se voltaram para Grace. Ela estava remexendo na comida e tomou um gole de café. Lavei a louça, botei no escorredor e comecei a limpar a cozinha. Eu tinha feito uma bagunça danada na pressa para preparar o café da manhã. Tinha ovo seco nos queimadores do fogão e gordura de bacon no balcão e nas trempes. Quando me virei, dei uma trombada em Grace e quase a derrubei. Ela estava bem atrás de mim, segurando o prato e o garfo. Não ouvi quando se levantou da mesa nem quando veio até mim. Ela estava tão silenciosa quanto os alvoreceres do Wyoming, antes de o sol nascer e os pássaros acordarem.

"Não quis assustar você", afirmou Grace, me olhando.

"Pode deixar que eu cuido disso." Peguei os pratos dela.

Ficamos parados ali por um momento, a centímetros de distância um do outro, congelados como se estivéssemos em um impasse. Ela baixou o queixo e olhou para mim.

"Calvin!"

"Oi!"

"Eu vou ficar aqui por enquanto."

Dei um sorriso enorme.

"Sério?"

Grace assentiu.

"Sim. Mas me prometa uma coisa."

"Qualquer coisa."

"Chega de segredos."

Engoli em seco e então fiz que sim com a cabeça com um pouco de convicção demais. Não sei se o gestual pareceu sincero ou forçado, e também nem sei especificar qual era a minha intenção ali. Bem, na verdade, sei, sim.

"Ótimo", exclamou ela, colocando a mão no meu peito como se estivesse tentando sentir as batidas do meu coração. Não tenho certeza se as sentiu mesmo, porque eu mesmo acho que meu coração falhou naquele instante.

"Quer ir fazer compras comigo?", perguntei.

Grace olhou ao redor e depois para mim, comprimindo os lábios como se estivesse pensando no que dizer.

"Claro", disse ela enfim. Não foi uma resposta empolgada, mas por mim já bastava. Eu não precisava da empolgação dela. Só precisava dela... aqui comigo.

25

GRACE

Dobramos em um corredor no Dubois Super Foods. O carrinho de compras estava abarrotado de comida e bebida para o churrasco, e Calvin estava extremamente atencioso, quase atencioso demais. Sabia que ele estava preocupado com a possibilidade de eu ir embora mais cedo — que Joe, o fosso de carcaças, as galinhas abatidas, as patadas de Gretchen, o isolamento do rancho e o xerife querendo saber da mulher desaparecida fossem me assustar. Felizmente para ele, eu não me assustava tão fácil assim. E realmente não queria ir embora, pelo menos não ainda. Não estava preparada para voltar à minha vida. Apesar dos problemas ali, estava gostando muito de Dubois, e isso incluía Calvin. Gostava do jeito como ele me olhava, como se eu fosse a única pessoa do mundo. Mas isso também era esquisito porque eu só estava no mundo dele fazia seis dias.

"Você gosta de Oreo?", perguntou Calvin, segurando um pacote da versão com recheio em dobro.

"Cavalos gostam de feno?"

"Perfeito." Ele sorriu e jogou o pacote no carrinho.

"Você acha que Joe vai aparecer hoje?"

Calvin deu de ombros.

"Não sei. Ele não deu notícias, mas estou com a caminhonete dele... então meu irmão vai aparecer em algum momento."

Ele deve ter notado meu olhar preocupado, pois se aproximou e ajeitou uma mecha do meu cabelo atrás da orelha, me encarando com afinco.

"Não se preocupe com Joe. Nem deve se lembrar do que fez ontem, o que obviamente não é desculpa para o comportamento dele. Mas vou ficar de olho caso ele apareça". Calvin despejou a frase de um fôlego só, como se não fosse a primeira vez que tivesse de dizer aquele tipo de coisa.

"Tá bom", respondi.

Calvin assentiu e deu uma olhada geral na loja, depois se voltou para o carrinho.

"Acho que pegamos tudo. Tem mais alguma coisa que você queira?"

Balancei a cabeça e comecei a empurrar o carrinho. Calvin pegou um buquê de rosas e botou em meio às compras.

"Para quem são?"

"Ah, só para uma hóspede minha no Airbnb."

"Eu deveria estar comprando um presente para você. É seu aniversário."

"Você é meu presente, Grace." Calvin sorriu largamente.

Sabia que ele estava querendo ser gentil, mas achei aquilo meio melancólico. De qualquer forma, retribuí o sorriso.

Só tinha um caixa disponível, exatamente aquele onde Charlotte estava. Seu cabelo estava preso para trás, a pele estava opaca; e os olhos, vermelhos. Era visível que estava amargando uma ressaca, pois, ao lado da caixa registradora, havia uma garrafa de Gatorade já pela metade e uma embalagem de ibuprofeno. Eu estava bem, afinal de contas, nunca tive ressaca. Era uma daquelas pessoas sortudas. Genética, dizem. Fui tirando os itens do carrinho e colocando na esteira enquanto ficava de olho em Charlotte.

"Oi, Calv, feliz aniversário!", exclamou Char. Sua voz subiu uma oitava.

"Obrigado. Como você está?"

"Com um pouco de dor de cabeça, mas ansiosa pela festa. Vou precisar de mais umas doses pra rebater." Ela riu.

"Aposto que sim", concordou ele.

Charlotte passou o buquê de rosas pelo scanner de preços e o enfiou em uma bolsa sem nenhum cuidado com as pétalas delicadas. Daí examinou Calvin e as compras, e então finalmente pousou o olhar em mim. Deu um sorrisinho insincero.

"Não vi você aí, Grace." Não foi uma saudação, só um reconhecimento de que eu estava viva e presente.

Charlotte voltou sua atenção para Calvin.

"Eu não passei vergonha ontem à noite, né?" Sua voz tinha tom de flerte.

"Não, de jeito nenhum. Acho que todo mundo bebeu um pouco demais." Ele comprimiu os lábios.

"Joe deu as caras hoje?", quis saber ela.

Calvin balançou a cabeça.

"Não. Não tive notícias."

"Ah, bem, ele esteve aqui mais cedo. Comprou dois fardos de cerveja para o churrasco." Ela continuava a escanear e a embalar as compras.

"Ele ainda vai?", perguntou Calvin.

Charlotte assentiu.

"Vou ser sincera, não me lembro de muita coisa da noite passada." Ela esfregou a cabeça, tentando evocar lembranças há muito perdidas. "O que rolou exatamente?"

"É melhor a gente esquecer esse assunto."

Nesse ínterim em que estive em Dubois, notei que as coisas eram frequentemente varridas para debaixo do tapete. Mas o problema de varrer as coisas para debaixo do tapete é que, em algum momento, a sujeira se espalha. O que mais estaria escondido por aqui?

"Muito bem", disse Charlotte. Ela apertou algumas teclas do caixa.

"Deu cento e noventa e seis e vinte."

Calvin botou o cartão na máquina sem hesitar. Alguém com problemas financeiros hesitaria.

"Imaginei que fosse você, Grace", gritou uma voz atrás de mim. Virei-me e flagrei Betty, a mulher que conheci na loja de roupas no início da semana. Ela estava usando um vestido estampado floral de gola alta e mangas que iam até os cotovelos.

"Ah, oi! Como vai?" Não sabia por que ela estava sendo tão amigável. Lá na loja, Betty pareceu um tanto desconfiada da minha presença.

"Tô bem. As roupas deram certo para você, querida?"

"Estão quebrando o galho. Calvin me levou para cavalgar e pescar com elas."

Calvin botou o cartão de volta na carteira e a enfiou no bolso. Ele deu um abraço em Betty e sussurrou:

"Senti saudade."

"Feliz aniversário, lindinho. Sei que hoje é um dia complicado, mas aproveite ao máximo", sussurrou ela de volta.

Um dia complicado? Por quê? Por causa dos pais dele?

"Obrigado, Betty. A dona Grace aqui tem alegrado meus dias." Ele sorriu e deu um passo para trás para poder passar o braço em volta dos meus ombros. "Não sei bem o que eu faria sem ela."

Betty pegou uns itens na própria cestinha e colocou na esteira do caixa.

"Veja só vocês dois se dando tão bem. Assim você não vai querer ir embora, Grace." Ela me olhou com um sorriso tenso.

Charlotte tossiu meio deliberadamente.

"Mas você *vai* embora... né? Daqui a quatro dias?"

Eu a ignorei.

"Enfim", falou Betty, reconduzindo a conversa. "Só passei aqui para pegar uns ingredientes para o meu famoso bolo de mel, não quero prender vocês dois. Vejo vocês mais tarde."

"Mal posso esperar. Seu bolo de mel é o paraíso", comentou Calvin.

"Ah, Calv. Você, sem dúvida, sabe lisonjear uma velha solitária." Betty corou.

"Você não é velha, e estou aqui para o que der e vier", respondeu ele, dando-lhe um meio abraço. "Te vejo mais tarde."

"Não se eu vir você primeiro", brincou ela, dando um aceno e uma risadinha.

A dinâmica entre Betty e Calvin era tipo de mãe e filho, mas Betty não era a mãe dele. A mãe e o pai dele estavam mortos. E Calvin não tinha me contado como morreram. O que teria acontecido a eles, e seriam eles o motivo pelo qual o aniversário de Calvin era, como dissera Betty, complicado?

26

CALVIN

Entrei na cozinha com uma toalha enrolada na cintura, depois de ter acabado de tomar um banho quente. Grace estava junto ao fogão, segurando uma colher de pau. O cheiro de bacon e alho invadiu meu nariz e respirei fundo, tentando sorver mais dos melhores aromas que uma cozinha poderia oferecer. Mas eu sabia que logo, logo ela ia estragar tudo com aquelas couves-de-bruxelas idiotas.

"O que está fazendo aí?", perguntei.

Grace olhou para trás, e tive a impressão de que ficou boquiaberta. Seus olhos examinaram meu corpo pingando água. Eu tinha me secado mal.

"Aquelas couves-de-bruxelas que você tanto ama", anunciou ela com um sorriso sedutor.

Daí continuou a mexer a colher de pau lentamente, refogando o bacon e o alho, porém não tirou os olhos de mim. Eu gostava de sentir aqueles olhos em cima de mim. Era o lugar deles.

Dei alguns passos, adentrando na cozinha.

"Quer beber alguma coisa?"

"Uma cerveja cairia bem."

"É para já." Peguei duas geladas e destampei. "Aqui."

Ela pegou uma das garrafas da minha mão, e nós dois botamos a boca no gargalo e viramos — sem jamais quebrar o contato visual.

"Precisa de ajuda?", ofereci.

"Não, Calvin. É seu aniversário. Deixe que eu me preocupe com as coisas."

Grace sorriu, e foi um sorriso bem convidativo.

Dei um passo para mais perto dela, fingindo estar tentando espiar a comida que ela preparava, mas o que eu queria mesmo era mais um bocadinho de Grace. Ela recuou um pouco para colar em mim e virou a cabeça, me encarando. Quando não se afastou nem se desculpou, eu soube que era o momento — o nosso momento. Inclinei-me alguns centímetros e a beijei. Meus lábios encostaram nos dela, e, de repente, ela estava retribuindo o beijo. Seu corpo se virou para mim. Suas mãos começaram a passear pelas minhas costas, meu peito, minha barriga. Sua boca se abriu, e minha língua adentrou, explorando. Agora Grace estava praticamente gemendo. Então a abracei, puxando-a para mim o máximo possível. Eu seria capaz de abraçá-la até reduzi-la a pó — esse era o tamanho do meu desejo. Minhas mãos se puseram a correr por seus cabelos e por suas costas, sossegando em seu bumbum firme. Grace me empurrou com força, e eu permiti, até me flagrar encurralado contra a parede da cozinha. Senti a folha de gesso do revestimento rachando atrás de mim, mas não me importei. Eu poderia consertar depois, ou talvez deixasse daquele jeito mesmo, como uma lembrança do nosso momento. O momento em que Grace se tornou minha. Uma das minhas mãos migrou do bumbum dela para o seio, agarrando-o, acariciando-o. Ela gemeu de novo. Em seguida, sua mão desceu pelo meu peito, meu abdome, pela abertura da toalha, e eu gemi de prazer quando ela me agarrou de jeito. Deslizei a boca pela sua bochecha, depois pelo pescoço, pela orelha — chupando e beijando — ao mesmo tempo que a mão dela me acariciava e me puxava.

Grace era tudo o que eu queria e tudo de que eu precisava. Ela era tudo entre o nascer e o pôr do sol. Era aquela sensação quando sentimos o tranco na vara de pescar (literalmente). Era o cheiro de café e a ardência de uísque. Era um dia de labuta e um merecido domingo preguiçoso. Era uma horta repleta de vegetais maduros e um pasto com a grama alta demais. Era tudo e nada, o que fazia dela a quantidade perfeita. Eu jamais me cansaria dela.

Grace começou a me acariciar com um pouco mais de intensidade, praticamente em sincronia comigo. Minha toalha caiu no chão. Então eu trouxe seus lábios de volta à minha boca, e ela passou a me beijar com mais ardor. Sua língua se enredava à minha feito arame farpado, me fisgando. E, nos pontos onde a língua era incapaz de enredar, sua boca sugava e seus dentes mordiam, criando uma dor sutil, porém prazerosa. Os sons que me escaparam eram novidade, mas jamais seriam esquecidos, pois marcavam um momento da minha vida, um divisor de tudo o que eu conhecia: um início e um fim. Grace era o meio, a parte boa: o creme branco entre os biscoitos Oreo, o cerne de um bife mal passado, o recheio cremoso de um pirulito. Ela era tudo isso e muito mais. Minha mão então se enfiou pelo seu short jeans, por dentro da calcinha, meus dedos descendo ao longo do osso pélvico. E, assim que a tocaram bem ali no ponto certo, a porta de tela se abriu.

"Feliz aniversário, mano!", gritou Joe.

Grace se afastou de mim rapidamente, ao mesmo tempo que me abaixei para pegar a toalha. Joe tapou os olhos com as mãos.

"Desculpe", exclamou ele enquanto Grace corria para o fogão e eu me cobria.

Depois que me enrolei na toalha de novo e Grace remexeu a panela algumas vezes, Joe foi para a cozinha.

"Você não sabe bater?" Eu estava fervilhando de ódio.

"Desculpe", disse ele de novo.

Balancei a cabeça, tentando ignorar a raiva. Não queria assustar Grace metendo a porrada no meu irmão.

"O quanto você se lembra da noite passada?", perguntei sem rodeios, mudando depressa de assunto.

Ele deu de ombros.

"Não muita coisa."

"Tá certo."

"Não sei bem o que aconteceu. Nem bebi tanto assim. Foi esquisito. Como se eu estivesse num transe." Meu irmão esfregou a testa. "Como se eu tivesse sido drogado ou algo assim."

"Acho que você bebeu mais do que acha que bebeu, Joe." Estreitei os olhos. "Você deve um pedido de desculpas a Grace", acrescentei.

"Eu sei." Ele assentiu. "Grace", chamou ele.

Ela se virou, fingindo interesse. Tinha a sensação de que ela já havia formado a própria opinião a respeito de Joe e não a culpava por isso. Eu também deveria ter uma opinião muito bem formada a respeito dele, mas ele era meu irmão. Não importava o que ele fizesse ou o que eu achasse, meu cérebro estava programado para sempre, sempre, sempre lhe dar o benefício da dúvida, quer ele merecesse ou não.

"Sim, Joe?"

"Desculpe por ontem à noite. Não consigo me lembrar do que eu fiz ou falei, mas sei que fui um babaca e sei que não nos conhecemos há muito tempo, mas lamento por ter que pedir desculpas e por ter dado motivo para pedir desculpas."

Grace assentiu e olhou para mim por um breve momento.

"Tá bom, Joe. Aceito suas desculpas."

Eu sabia o que significava o *tá bom* dela. Significava que não estava nada bom, mas que estava bom por enquanto. Grace fez uma pausa e apertou os olhos.

"Na verdade, fica tudo bom se você consertar meu carro dentro dos próximos três dias."

E aí seria o fim, o fim do que quer que fosse aquilo entre nós. Senti o rosto se retesando e obriguei meus músculos a relaxarem, mantendo uma expressão neutra.

"Trato feito", afirmou meu irmão. "E realmente espero que minha atitude ontem à noite não tenha causado problemas entre você e Calvin." Ele gesticulou na minha direção. "Acho que vocês dois combinam muito juntos."

Grace simplesmente assentiu, e Joe se virou para mim.

"Calvin, desculpe aí pelo jeito como agi ontem à noite. Passei do limite e não vai acontecer de novo."

Queria perguntar que limite foi esse e que comportamento era esse que não voltaria a se repetir, mas ele nem sequer se lembrava do que havia feito, e Grace também se recusava a me contar. O que afinal ele teria feito ou dito a ponto de ganhar um tapa na cara? O que foi que irritara Grace? Eu realmente queria saber.

"Tá tudo bem, mano. Estamos de boa."

Joe estava se desculpando só por se desculpar, só para não estragar o clima. Ele era meu irmão, então o perdão fazia parte do nosso vínculo.

"Você está bem hoje?", sussurrou Joe. Ele olhou para as próprias botas, e depois de volta para mim, e depois para suas botas mais uma vez. A vergonha e a culpa faziam com que ele tivesse dificuldade para fazer contato visual. Grace olhou para trás, para nós dois.

"Sim, estou legal", respondi. "Por que você não liga as chapas da churrasqueira?"

"Claro, mano." Ele assentiu, apertando os lábios com firmeza. "Vou pegar os isopores na caminhonete do Wyatt rapidinho."

"Wyatt está aqui?", perguntei.

"Tá. Senão, como é que eu teria vindo...? Você está com minha caminhonete", retrucou Joe, olhando para trás, pouco antes de desaparecer lá fora.

Grace se virou para mim.

"Quem é Wyatt?"

"O ex da Charlotte."

E, se eu fosse ser honesto, diria a Grace que ela tecnicamente era minha ex também... se casinhos de uma noite entrassem no placar oficial.

27

GRACE

Voltei a mexer as couves-de-bruxelas, que acabaram queimando parcialmente por causa da nossa pegação. Mas acho que ainda dava para recuperá-las. A maioria das coisas é recuperável se você tem disposição para botar um esforcinho extra nelas. O leve queimadinho daria a elas um sabor chamuscado delicinha. Meus lábios estavam inchados, e meu coração ainda estava acelerado desde o nosso momento a sós. Eu queria mais. Queria cancelar todo esse lance de churrasco e passar o dia explorando o corpo de Calvin, em vez de lidar com os meandros de sua família e com a dinâmica de suas amizades. Todos os alarmes em meu interior estavam disparando, dizendo para *não deixar eu me envolver* — mas parte de mim precisava dele do mesmo jeito que alguém necessita de água, comida ou abrigo.

Calvin beijou minha orelha e pescoço.

"Continua no próximo episódio...", sussurrou ele.

Tinha me esquecido de que ele ainda estava na cozinha. Eu não disse nada, e ele seguiu pelo corredor em direção ao seu quarto. Desliguei o fogo e acrescentei uma mistura de mel e vinagre balsâmico à panela. A porta de correr da varanda se abriu com um rangido.

"Oi!", saudou Joe atrás de mim.

Respirei fundo antes de me virar.

"Quer uma?" Ele estava segurando duas cervejas, uma estendida para mim.

Aceitei e tomei um gole, voltando-me para o fogão para continuar mexendo as couves-de-bruxelas. Daquele ângulo, eu não via os olhos de Joe, mas podia senti-los. Coloquei a cerveja no balcão e virei a comida da panela numa tigela, fingindo não notar a presença dele.

"O que você está fazendo aí?", quis saber ele.

"Couve-de-bruxelas." Finalmente, olhei para ele. Seus olhos estavam exatamente onde pensei que estariam: grudados em mim.

"Que esquisito", comentou Joe. Ele deu um gole na cerveja.

"Por quê?"

"Porque Calvin odeia couve-de-bruxelas."

Abri a boca, mas fechei de novo depressa.

"Oh! Eu não sabia."

Calvin mentiu para mim sobre uma bobeira tipo gostar de couve-de-bruxelas. Tenho certeza de que foi para não me chatear. Mas foi inevitável me perguntar sobre o que mais ele estaria mentindo.

"Tem algo que eu deva saber sobre o dia de hoje, Joe?" Empinei o queixo.

"Como assim?" Ele se recostou no balcão e encolheu os ombros, como se estivesse tentando parecer menor. Talvez ele se sentisse exatamente assim, pequeno.

"Percebi que as pessoas estão cheias de dedos com Calvin hoje, como se ele fosse um cristalzinho, com se fosse se espatifar em um milhão de pedacinhos a qualquer momento. Por quê?"

Joe engoliu em seco. Seus olhos passearam ao redor do cômodo, decidindo o que merecia ser partilhado, e o que não merecia.

"Joe!" Pronunciei seu nome com austeridade, provavelmente do mesmo jeito que o pai dele costumava fazer.

Seus olhos agora tinham um resplendor.

"Hoje faz um ano que Lisa, a namorada de Calvin, morreu. É por isso que todos nós estamos tratando ele feito um cristalzinho, como você mesma disse."

Respirei fundo e assenti.

"Sinto muito por isso."

Eu sabia do lance com a Lisa, mas não que tinha sido no mesmo dia do aniversário dele. Deve ter sido complicado. Porém, uma coisa se destacava nessa história: a escolha de palavras de Joe e de Calvin. Joe se referira a Lisa como namorada, enquanto Calvin se referira como sua ex. Bom, talvez fosse um jeito de facilitar o luto.

Joe bebeu mais um gole de cerveja.

"Estou feliz porque hoje ele está com você, mas eu tomaria cuidado se..."

Antes que ele pudesse terminar a frase, Calvin surgiu na cozinha usando jeans e camiseta.

"Do que vocês dois estão falando?"

Joe se aprumou e pigarreou.

Eu sorri para Calvin.

"A gente só estava decidindo quem vai puxar o 'Parabéns para você'."

Ele nos fitou por um momento, mas então abriu um sorriso.

"Por favor, por favor, sem cantoria."

"Se você quiser que a gente não cante, acho vai ter que gastar seu pedido na hora de soprar as velinhas", provoquei.

"Tá ótimo. Não preciso de mais nada mesmo. Já tenho tudo o que quero." Calvin piscou para mim, então se virou para Joe. "Você ligou as chapas?"

"Ainda não", respondeu ele.

Calvin lhe deu um tapinha nas costas.

"Vai lá resolver isso", convocou, conduzindo-o para fora. Calvin era um cão pastor com o irmão, sempre o afastando de mim.

Joe me lançou um olhar demorado, mas não disse mais nada e saiu da cozinha pela porta de correr.

"Precisa de ajuda aqui?" Calvin me deu um beijo na bochecha.

Botei três couves-de-bruxelas em uma colher e a estendi para ele.

"Só para você provar e me dizer se está gostoso", sugeri, dando um sorriso recatado e pensando: *o castigo tem que ser do tamanho do crime*.

Ele olhou para as couves-de-bruxelas e depois para mim.

"Beleza." E engoliu em seco. Assim que ele abriu a boca, enfiei a colher sem dó. Calvin mastigou depressa e engoliu com certo esforço. "Delícia", mentiu.

Daí plantou um beijo breve na minha bochecha.

"Venha se juntar a nós lá fora quando terminar", gritou ele enquanto acelerava para a varanda e fechava a porta atrás de si.

Quando terminei as coisas na cozinha, minha mente se voltou para Joe. Por que ele ficou tão apreensivo ao responder à minha pergunta? *Eu tomaria cuidado se...* Se o quê? Aquelas palavras agora estavam em looping no meu cérebro.

O som de risadas acabou me arrancando dos meus pensamentos e dos afazeres na cozinha. Peguei uma cerveja e fui para o deque nos fundos.

Joe e Calvin estavam lado a lado, preparando a grelha. Outro sujeito, que presumi ser o tal do Wyatt, estava parado lá fora, de pé, com as pernas ligeiramente afastadas e de costas para mim. Um jato de líquido atingiu o trecho de grama à frente dele. Era tão alto quanto Calvin, mas tinha ombros muito mais largos. Calvin olhou feio para o amigo.

"Porra, Wyatt. Tem banheiro nesta casa. Pare de mijar na grama."

O sujeito deu de ombros e fechou o zíper aos trancos e barrancos. Depois de se endireitar, se abaixou e pegou a cerveja que estava no gramado, ao lado dele.

"Foi mal, Calv. A cerveja está praticamente passando direto." Sua voz era densa como melaço. Wyatt tomou um longo gole e então se virou, ficando de frente para mim.

"Ai, merda. Desculpa, não sabia que você tava aí." Ele corou.

Sua barba era espessa, e o cabelo era desgrenhado, uma moita apontando para todos os lados. Wyatt vestia camisa de flanela desbotada, jeans rasgados e botas de caubói imundas. Em geral, era desleixado tanto na aparência quanto nos modos.

"E aí? Sou o subxerife Wyatt Miller", apresentou-se ele, dando alguns passos em minha direção e estendendo a mão. Hesitei. Não queria apertá-la, afinal de contas, ele tinha acabado de urinar, mas, para não ser mal-educada, cedi. Eu já havia tocado em coisas mais nojentas.

"Sou a Grace." Estremeci de leve. Sua pele era bronzeada e grosseira, feito couro deixado ao sol para secar. "Subxerife?"

"Isso, o melhor de Dubois", retrucou ele com uma risada.

"Nestas bandas, dão um distintivo e uma arma pra qualquer um", brincou Joe.

"Exceto para você, nanico." Wyatt soltou uma risada rouca.

Joe flexionou o bíceps.

"Eu venho completo de fábrica", afirmou ele, girando o pulso para dentro e para fora. As veias nos braços saltaram.

Percebi que Joe e Wyatt agiam mais como irmãos do que Calvin e Joe.

"Guarde isso antes que você se machuque", ordenou Wyatt. Aí redirecionou a atenção de volta para mim. "O Calvin aqui me disse que você é hóspede dele no Airbnb?"

"Isso mesmo." Olhei para Calvin, que estava ocupado substituindo o botijão de propano na churrasqueira a gás.

A curiosidade tomou conta de mim e perguntei:

"Vocês já encontraram aquela garota desaparecida? O xerife esteve aqui na outra noite."

"Não." Wyatt balançou a cabeça. "Mas ontem encontramos o carro dela, quebrado, em uma estrada vicinal a alguns quilômetros da cidade. O carro estava normal... Exceto pelo celular dela embaixo do banco do motorista, por isso que a irmã dela não conseguiu entrar em contato. Estamos achando que ela pegou carona com alguém e temos a esperança de que só esteja com dificuldade para voltar para casa porque está sem carro e sem celular." Ele tomou um gole de cerveja e enfiou a mão no bolso.

Calvin botou de lado o botijão vazio e limpou as mãos.

"Espero que vocês encontrem a moça, mas não sei por que o xerife veio aqui me fazer perguntas, já que ele sabia que ela nem sequer fez o check-in no Airbnb."

"Ah, o xerife é novo por aqui." Wyatt assentiu. "Ele faz as coisas de um jeito um pouco diferente. Mas eu não levaria para o lado pessoal, Calv. Antes de acharmos o carro dela, a gente não tinha nenhuma pista de onde partir."

Calvin deu de ombros e ligou a chapa da churrasqueira.

"É, imaginei algo assim."

"Só agora que encontraram o carro dela?" Inclinei a cabeça, fazendo contato visual com Wyatt. "Que esquisito, afinal de contas, ela está desaparecida já faz algumas semanas, não é?"

Wyatt fez menção de responder, mas de repente virou a cabeça em direção à casa. Virei a minha também para ver o que roubou sua atenção. Era Charlote chegando.

"Feliz aniversário", berrou ela.

Seu rosto estava reluzente, o sorriso era largo e a maquiagem era nítida, diferente das outras ocasiões em que a vi de cara limpa. Na verdade, espere aí. A maquiagem dela estava exatamente como a minha: cílios longos e escuros, lábios com gloss e bochechas rosadas. Além disso, estava usando o mesmo estilo de roupa que eu, short jeans azul e um cropped preto.

"Oi, Char, pegue uma cerveja", convidou Calvin, apontando para os isopores.

"Não precisa mandar duas vezes", respondeu ela com uma risada. "Betty entrou pela frente com seu bolo de mel", acrescentou enquanto pegava uma garrafa.

"Oi, C, estava com saudade", declarou Wyatt.

O rosto de Charlotte ficou azedo quando ela pôs os olhos nele.

"Não me chame de C, isso é uma letra, não um nome."

"Mas que saco, Charlotte. Você trouxe mais alguma coisa além da sua chatice?", rebateu Wyatt.

Charlotte simplesmente o ignorou, balançando a cabeça, então presumi que não fosse a primeira vez que tivesse ouvido algo assim dele. Ela tirou a tampa da cerveja e bebeu um gole. Seus olhos dispararam para mim.

"Já começou a arrumar as malas, Grace?"

Pelo visto, a chatice não era reservada apenas para Wyatt. Ganhei meu bocado também.

Mas, antes que eu pudesse retrucar, Joe interrompeu:

"Grace vai ficar aqui por mais quatro noites. Por que arrumar as malas agora?" Ele deu a ela um olhar um tanto peculiar e balançou a cabeça.

Joe, evidentemente, não tinha entendido que Charlotte queria que eu saísse da casa de Calvin. A porta de correr se abriu, e Betty apareceu, usando um traje completo de apicultora.

"O que é isso?" Joe riu.

"Bem, imaginei que, já que eu viria aqui, poderia dar uma olhadinha nas minhas abelhas."

"Betty, você está sempre trabalhando. Seja rápida, estou prestes a botar a carne na grelha." Calvin jogou uma espátula no ar e a pegou novamente.

"Volto em um instante." Betty desceu os degraus do deque com cuidado e se dirigiu ao apiário bem em frente ao bosque.

Sentei-me e fiquei observando Calvin diante da churrasqueira enquanto Charlotte o encarava ansiosamente. Como é que ele não percebia os sentimentos dela? Aquela garota estava mais do que apaixonada. Estava obcecada. Talvez ele soubesse disso. E talvez gostasse da atenção. Mas por que diabos ela estava vestida como eu? Olhei para minhas roupas, depois para as dela, e cogitei trocar o que eu estava usando. Mas, ora, a imitação é a forma mais sincera de elogio. Joe e Wyatt resolveram brincar com uma bola. Toda vez que Wyatt jogava ou pegava a bola, ele olhava para Charlotte. Era tipo uma criança buscando a atenção dos pais para demonstrar seus talentos, só que ela não estava prestando a menor atenção nele.

Charlotte foi até Calvin e o envolveu em uma conversa cheia de cochichos. Ela ficava tocando o antebraço dele de brincadeira e rindo como uma adolescente.

Wyatt, percebendo que não estava ganhando a atenção desejada, cessou a brincadeira e se acomodou no sofá na minha frente. Joe se sentou bem ao lado dele, botando os pés na mesinha de centro. Eu estava prestes a perguntar de novo sobre a garota desaparecida, mas daí Wyatt falou primeiro:

"Então, você tem algum cara especial em casa?", quis saber ele.

Neguei com a cabeça.

"Não."

Wyatt deu um sorriso e acotovelou Joe.

"Você está a fim do meu irmão?", perguntou Joe.

Pigarreei e olhei para Calvin, que ainda estava aos cochichos com Charlotte.

"Acho que sim."

Joe deu um sorrisinho.

"Bem, como eu estava tentando dizer, eu tomaria cuidado com Calvin. Ele tende a pular de cabeça nos relacionamentos."

Inclinei a cabeça de lado.

"Qual é a altura desse pulo?" Eu não estava buscando nada sério.

Joe estreitou os olhos de leve e logo olhou para o irmão.

"Joe, o que você está falando aí para Grace?", berrou Calvin de lá da churrasqueira.

Ele limpou a garganta e relaxou o olhar.

"Só estava dizendo que você é um grande molenga."

O rosto de Calvin ficou um pouco vermelho.

"Venha cá cuidar deste negócio."

Joe se levantou.

"Se eu não zoar com a cara dele, o Calvin vai ficar naquela churrasqueira a noite toda, e você não vai ter tempo com ele. Não há de quê." Ele me deu uma piscadela, pegou a espátula e a pinça de Calvin e ocupou seu lugar na frente da grelha. Era como se Joe tivesse algum tipo de dívida para com Calvin, mas eu não entendia bem qual era.

Calvin pegou duas cervejas e se sentou ao meu lado, me entregando uma garrafa. Charlotte estava apenas alguns passos atrás dele, feito um cachorrinho seguindo seu humano. Ela ocupou o lugar vago ao lado de Wyatt, que se aprumou um pouco mais. Charlotte lançou a Wyatt um olhar desafiador, mas ele apenas sorriu de volta.

"Vem mais alguém?", perguntou Wyatt.

Calvin pousou a mão no meu joelho e deu um tapinha gentil. Eu me inclinei um pouco mais para perto dele.

"Sim, o dr. Reed e a Patsy."

Olhei para Wyatt e Charlotte.

"Então... vocês dois são ex-namorados?"

"Não me lembre disso", zombou ela.

"Não somos ex. Só estamos dando um tempo", arriscou Wyatt.

Ela ergueu o queixo.

"A gente não vai reatar, Wyatt. Isso significa que somos ex-namorados."

"Não vou desistir da gente." Ele se remexeu no assento, se inclinando para Charlotte. "Você terminou comigo do nada, sem um bom motivo."

"Vocês dois são muito fofos juntos", comentei, dando um sorriso. Às vezes, a gente só precisa dar uma forcinha.

"Viu, C? Somos fofos juntos."

Charlotte deu uma cotovelada na cintura dele e bebeu um gole de cerveja. Percebi que Wyatt estava encarando a atitude dela como flerte, porque ele apenas sorriu e deu um tapinha no joelho dela do mesmo jeito que Calvin tinha feito comigo. O sujeito provavelmente estava vendo uma centelha reacender entre os dois. Mas eu mesma sabia que não tinha nenhum tom de paquera ali. Era uma centelha... de violência. Charlotte não queria flertar com Wyatt. Queria machucá-lo. Fiquei me perguntando o que exatamente tinha desandado no relacionamento deles. Wyatt parecia um cara legal, meio bronco, mas algo que eu já esperaria de um sujeito do interior. Talvez não tenha acontecido nada de errado. Talvez tenha havido algo de certo entre Charlotte e outra pessoa.

"Por que vocês dois terminaram?", perguntei, disposta a continuar cutucando a fera chamada Charlotte.

"Sei lá." Wyatt balançou a cabeça. "Um dia, estávamos bem e, no outro, ela estava terminando."

"Nós não formávamos um bom par", esbravejou ela.

Wyatt estreitou os olhos.

"Formávamos, sim."

Betty soltou um grito.

"As abelhas estão tão agitadas!" Sua voz estava em pânico.

Calvin se levantou depressa, ajudando-a a tirar o capacete de apicultor, as luvas e o macacão.

Notei manchas vermelhas nas mãos e pescoço. As abelhas tinham entrado no traje. É irônico como aqueles que você mais estima são os que têm mais facilidade para entrar e fazer um estrago.

"O que aconteceu?", quis saber Calvin.

"Acho que alguém mexeu com elas. Estavam zunindo feito doidas, tentando me picar, e geralmente elas não são assim."

"Betty, são abelhas. Elas não são adestradas. O que você esperava?" Joe franziu o rosto e virou um hambúrguer na grelha.

Betty coçou o pescoço e lançou a ele um olhar furioso, porém logo se acalmou.

"Você não entenderia, Joe. Seu cachorro nem sequer reconhece o próprio nome."

Joe balançou a cabeça e riu, virando as linguiças.

Charlotte pousou a cerveja na mesa e se levantou.

"Deixa eu ajudar a passar alguma coisa nessas picadas."

Betty assentiu, e Charlotte entrou na casa com ela, fechando a porta de correr.

"Qual é o problema da Betty?", perguntou Joe.

Calvin enfiou os polegares nos passantes da calça como costumava fazer sempre que estava apreensivo ou não sabia o que falar. Eu o conhecia há apenas seis dias e já tinha captado aquele hábito sutil dele. Jamais se daria bem no pôquer. Ele se entregava demais.

"Não conte a mais ninguém." Ele baixou a voz. "Mas, quando levei Grace ao dr. Reed, depois que ela caiu do cavalo, ele mencionou que fazia dois meses que Betty não aparecia para pegar a receita da medicação."

Joe arregalou os olhos.

"Você falou com ela?"

"Claro que não. O dr. Reed nem deveria ter me contado isso, para começo de conversa. É antiético, ele pode perder até o registro." Calvin esfregou a testa.

"Mulher é tudo doida, não acha?", disse Wyatt, balançando sua cerveja.

Calvin revirou os olhos.

Joe deu de ombros.

"A cidade é pequena. Quem de fato tem registro profissional aqui?"

"Eu esperaria que um médico tivesse. O dr. Reed retirou meu apêndice." Calvin lançou um olhar de consternação.

"Sim, e desde então você nunca mais conseguiu fazer um abdominal completo." Wyatt soltou uma risada.

Calvin revirou os olhos e acenou despretensiosamente para ele.

"Todo mundo sabe que os abdominais curtos são mais eficazes."

"Disse o sujeito com um tanquinho mal-acabado."

Joe se afastou um pouco e espiou pela porta do pátio antes de retornar ao seu lugar à churrasqueira.

"O que você vai fazer quanto a isso?"

"Vou conversar com ela, mas não hoje."

Joe balançou a cabeça e se endireitou, voltando a virar um hambúrguer na chapa.

"Grace... você gosta de carne?", perguntou ele assim que a porta de correr foi aberta. Betty surgiu, seguida por Charlotte. Ficou nítido que pretendia perguntar outra coisa, mas precisou mudar de assunto.

"Como você está?", perguntou Calvin.

O pescoço e as mãos de Betty estavam cobertos de manchas vermelhas. Havia um leve brilho gelatinoso sobre cada marca, onde Charlotte havia passado Neosporin. Parecia que a cidade inteira tinha recebido uma camada de Neosporin — algo para disfarçá-la, para fazê-la se sentir melhor, ficar com um aspecto melhor —, mas, sob o brilho gelatinoso, havia irritação, dor, talvez até veneno.

"É, muito melhor, querido." Os olhos de Betty ficaram saltitando sobre cada um de nós como uma bola de pinball na máquina.

"Olá!", chamou uma voz de um dos cantos externos da casa.

"Olá!", gritaram de volta Calvin, Wyatt e Joe.

Era o dr. Reed chegando. Ele contornou a casa, trazendo um pacote imenso embrulhado em papel branco. Patsy, sua secretária, vinha bem ao lado dele, segurando uma garrafa de Sauvignon Blanc.

"O que você tem aí, doutor?", perguntou Calvin.

"Uma dúzia de bifes de contrafilé. Feliz aniversário", disse ele com um sorriso.

"Obrigado, doutor. Não precisava."

O dr. Reed deu um tapinha nas costas dele.

"Não precisava mesmo, mas isso não significa que vou deixar de fazer." Ele, então, cumprimentou cada um de nós.

"Prazer em ver você", falei quando seus olhos pousaram em mim.

O dr. Reed se aproximou e me deu um meio abraço, me olhando de um jeito médico.

"Você está se sentindo bem?"

"Novinha em folha, graças a você." Assenti e sorri para ele.

"E Calvin está cuidando bem de você?"

"Só não tão bem quanto você."

O médico sorriu e olhou para os rapazes.

"Calvin, você não me disse que minha paciente predileta estaria aqui." O dr. Reed passou um braço ao meu redor.

"Puxa, doutor. Achei que fôssemos íntimos." Joe agarrou o próprio peito, cheio de cena.

"Ah, nós somos... um pouco íntimos *demais*." O dr. Reed arregalou os olhos e então soltou uma risada vigorosa.

"Ha, ha." Joe abriu uma cerveja e a entregou ao médico.

O dr. Reed bebeu um gole, e seus olhos encontraram Betty.

"Ah, não, o que houve com você?"

Ela balançou a cabeça e olhou para as próprias mãos cheias de vergões.

"As abelhas me picaram. Bem atípico da parte delas."

O dr. Reed lançou a ela um olhar atento.

"Você passou alguma coisa aí?" Era visível que estava preocupado com o bem-estar de Betty, e isso ia além das picadas de abelha.

"Claro", respondeu ela.

O médico a puxou de lado, e os dois continuaram uma conversa aos cochichos. Os rapazes ficaram gracejando diante da cena enquanto Charlotte só observava.

Fui até Patsy, que ainda estava segurando a garrafa de vinho.

"Você parece muito melhor do que da última vez que a vi", afirmou ela.

"Obrigada." Eu sorri. "Quer que eu abra a garrafa?"

"Ah, sim, por favor. O dr. Reed escolheu este vinho." Seu sorriso se expandiu. "Ele é tão bom para mim."

"Parece ser bom para todos."

"Ele cuida da cidade toda. Sem ele, estaríamos todos mortos", gracejou Patsy.

Dei um sorrisinho encabulado e avisei que já, já eu voltaria com o vinho.

Avistei uma taça na prateleira de cima de um dos armários da cozinha. Ficando na pontinha dos pés, estendi a mão para pegá-la, mas mal consegui tocá-la com as pontas dos dedos. A taça, então, escorregou da minha mão e caiu no chão com um estrondo, espatifando-se.

Deixei escapar um suspiro pesado.

"Merda."

"Não é horrível quando coisas assim acontecem em locais onde você é visita?" A voz de Charlotte soou como uma faca sendo arrastada no concreto.

Eu me virei e lá estava ela de pé, com uma das mãos no quadril e um sorriso na cara. E nitidamente orgulhosa do próprio comentário.

Ignorei suas palavras e perguntei onde ficavam os produtos de limpeza.

"Eu sei onde fica tudo nesta casa", afirmou ela, indo até a geladeira e pegando uma vassoura e uma pá de lixo que estavam encostadas na lateral do eletrodoméstico.

Quando estendi a mão para pegá-las, ela fez que não com a cabeça.

"Deixa que eu faço. Não quero que você se machuque."

Revirei os olhos e saí na ponta dos pés, abrindo uma gaveta em busca de um saca-rolhas. Charlotte agia como se o rancho fosse seu território. Mas a pergunta era: até onde ela iria para protegê-lo, e o que faria caso falhasse em sua empreitada?

Ela pegou o saca-rolhas numa gaveta que eu ainda não tinha vasculhado.

"Aqui", exclamou, entregando-o para mim.

Então abriu o armário e pegou outra taça de vinho, a colocou no balcão e voltou a varrer. Levei a taça e o saca-rolhas até a mesa da cozinha para abrir a garrafa. Meus olhos ficaram passeando entre Charlotte e a tarefa que eu tinha à mão. Eu não confiava nela.

"Estou curiosa", recomeçou Charlotte, parando de varrer. "Por que uma garota de Nova York passaria as férias sozinha neste fim de mundo?"

Olhei de volta para ela.

Charlotte ergueu as sobrancelhas e me encarou, bem nos olhos.

"E por que este rancho? Por que Calvin?"

Inclinei a cabeça.

"As pessoas querem o que não têm. Eu tenho a cidade de concreto movimentada e barulhenta. Não tenho a paz do campo. O restante foi aleatório... ou destino, como diriam alguns."

A rolha fez um *plop* quando a tirei da garrafa, então servi uma taça caprichada para Patsy.

Charlotte se inclinou e varreu o vidro quebrado para a pá.

"Não acredito em destino."

"Nem eu."

Daí ela foi até a lata de lixo, pisou no pedal para abrir a tampa, fazendo toda uma cena, e olhou para mim.

"É engraçado como algo que já teve um propósito pode terminar no lixo." Daí virou a pá, deixando os cacos caírem dentro da lixeira.

Não sei se estava me ameaçando ou só tentando ser teatral. Na minha experiência, mulheres inseguras sempre são as maiores inimigas de outras mulheres, porque são capazes de qualquer coisa para mascarar ainda mais as próprias inseguranças. Isso era evidente no caso de Charlotte. Estava claro que ela queria Calvin, mas não podia tê-lo. Talvez tivesse se convencido de que Calvin simplesmente não nutria interesse por ninguém, mas agora, comigo ali, suas percepções se provaram falsas.

"Rolou alguma coisa entre você e Calvin?", perguntei.

Ela estreitou os olhos e franziu os lábios.

"Por quê? Ele falou alguma coisa?"

Se eu dissesse que sim, com certeza Charlotte me contaria mais coisas. Se eu dissesse que não, ela ficaria furiosa. Será que eu queria saber mais, ou só estava querendo irritá-la? Estava de saco cheio da presença dela e não sabia por quanto tempo mais ia ser capaz de segurar a língua.

"Não, ele não fala de você."

Os olhos de Charlotte ficaram igual a vidro. Então ela inspirou e soltou o ar com veemência. Sua mão formou um punho junto ao corpo.

"Quer saber... Daqui a quatro dias, você vai embora e eu ainda estarei aqui." Ela empinou o queixo e sorriu com malícia.

"Eu não teria tanta certeza disso."

Charlotte bufou e devolveu a vassoura e a pá de lixo ao devido lugar. Então atravessou a cozinha e abriu a porta de correr. Antes de sair, porém, se virou e olhou para mim.

"Espero que Joe mantenha você aqui pra sempre."

Franzi a testa. Mas, antes que eu pudesse perguntar o que ela queria dizer, Charlotte bateu a porta e saiu.

28

CALVIN

Grace chegou ao deque com uma taça cheia de vinho e a entregou a Patsy. Ela ostentava um olhar preocupado, e fiquei me perguntando qual seria a razão de seu incômodo. Talvez fosse por estar passando a tarde com meus amigos e familiares. Mas, ora, ela estava se encaixando tão bem ali. Bebi uma golada da minha cerveja enquanto a observava. Ela estava conversando direitinho com todos. Algumas pessoas entram na nossa vida e é como se sempre tivessem feito parte dela. Grace era assim, e eu esperava que fosse fazer parte da minha vida para sempre.

Betty deu um tapinha no meu ombro.

"Você tá afogando o ganso com a Grace?"

Tossi e engasguei com a cerveja, que desceu quadrada.

"Como é?", perguntei. Minha voz pareceu um coaxar.

Betty deu alguns tapas nas minhas costas.

"Você me ouviu, Calvin. Tá afogando o ganso com a Grace?"

Olhei para Grace, que, naquele momento, estava se abaixando e pegando duas cervejas do isopor. Minha atenção se voltou para Betty.

"Por que essa pergunta?"

"Só quero ter certeza de que você está se cuidando. Ela vai embora daqui a — o quê? — quatro, cinco dias, então não vá se apaixonar, Calvin. Ela não é daqui." Betsy falava com igual delicadeza e austeridade.

"Eu sei que você tem boas intenções. Mas já sou crescidinho, e você não precisa mais cuidar de mim."

"Eu sempre vou cuidar de você, Calvin, como se você fosse meu", declarou ela, levantando uma sobrancelha. "E isso nunca vai mudar."

"Achei que você gostaria de mais uma", interrompeu Grace, entregando-me uma cerveja. Ela sorriu para Betty, que retribuiu com um sorriso meio torto, forçado.

Betty começou a se afastar.

"Vou aprontar a comida."

"Deixe-me ajudá-la", ofereceu Grace, dando um passo até ela. Betty ergueu a mão em protesto, mas logo a abaixou. "Pensando bem, eu adoraria a ajuda." Aquele sorriso meio torto de novo.

Não estava entendendo muito bem qual era a dela, mas Betty com certeza estava tramando alguma coisa. Como ela não vinha se medicando adequadamente, seu comportamento poderia ser bastante imprevisível.

"Char, venha nos ajudar com a comida", gritou Betty, acenando para ela.

Charlotte assentiu e as acompanhou até dentro de casa.

"Mas que diacho, Calvin. Você olha para ela como se o sol não fosse nascer amanhã", disparou Wyatt com uma risada.

Joe lhe deu um soquinho no braço.

"Desde quando você é poético assim?"

"Desde que estou tentando reconquistar Charlotte." Wyatt revidou o soco no ombro de Joe. "Tenho lido muitos romances de Colleen Hoover durante as vigílias nos radares de trânsito. Ninguém está sendo multado, mas, em compensação, estou aprendendo muita coisa." Ele deu um gole na cerveja. "E aquela moça sabe mesmo como me fazer chorar", confessou Wyatt, balançando a cabeça.

Eu ri e me voltei para a churrasqueira, levantando a tampa. A carne estava pronta, então comecei a retirá-la e a servi-la em uma travessa.

"O que aconteceu entre vocês dois, afinal?", perguntou Joe.

"Não sei. Um dia, ela simplesmente disse que não queria mais ficar comigo. Não deu motivo." Wyatt suspirou.

"Acha que ela tava te chifrando?", sugeriu Joe.

Olhei para eles nessa hora.

Wyatt franziu a testa.

"Bem, *não* pensei nisso no dia. Mas agora estou pensando."

"Por que isso agora, Joe?" Olhei feio para o meu irmão por ter plantado essa ideia na cabeça de Wyatt.

Joe deu de ombros.

"Mulheres não rompem a relação sem motivo."

Virei os filés mais uma vez, certificando-me de que estivessem bem grelhados de ambos os lados.

"Chega de falar de mim e da C, senão vou começar a chorar. E você e a Grace, o que está rolando?" Wyatt deu um tapinha no meu ombro.

Meti um polegar num passante do meu jeans e comecei a mexer o corpo para a frente e para trás, me firmando nos calcanhares.

"Isso aí eu não sei."

"Você tá de sacanagem?" Joe riu. "Eu flagrei vocês dois. Você tava pelado."

Wyatt sorriu com malícia.

"Seu cachorro safado."

Tirei o restante dos filés da churrasqueira e senti meu rosto esquentar. Com certeza, eu estava corando.

Meus olhos miraram na casa depois que fechei a churrasqueira. Eu não estava vendo Grace, mas sabia que estava lá dentro — provavelmente esquentando suas couves-de-bruxelas nojentas ou ajudando Betty com o bolo de mel. Ela estava na minha casa, e eu gostava de saber que ela estava ali. Aquele era o lugar dela, não importava o que Betty ou qualquer pessoa nesta cidade achasse, e eu estava determinado a mantê-la por perto.

"Olha só você. Meu irmão está se apaixonando por uma moça da cidade."

"Essa moça vai estraçalhar seu coração", alertou Wyatt. "Confie em mim. Charlotte fez a mesma coisa comigo."

"Odeio dizer isso, mas Wyatt tem razão." Joe abaixou o queixo. "Ela vai embora daqui a quatro dias."

"Não quero falar um clichê, mas acho que sou capaz de convencê-la a ficar." Imediatamente, me arrependi daquelas palavras.

Wyatt e Joe se entreolharam e depois me encararam, perplexos.

Sabia que Grace me desejava. E eu a desejava. E, no final das contas, tudo isso era bem simples.

"O que você vai fazer? Trancafiá-la no porão?" Joe riu.

"Eu tenho um par extra de algemas", brincou Wyatt.

Balançando a cabeça, gargalhei com os dois, mas foi uma gargalhada um tanto forçada, pois eu estava falando seriamente. Tomei um gole da minha cerveja, imaginando uma vida ao lado da srta. Grace Evans. Eu esperava poder sair logo do mundo da imaginação.

29

GRACE

Enquanto fatiava o bolo de mel, Betty cantarolava "Tiptoe Through the Tulips", de Tiny Tim; que irritante. Charlotte pegou a salada de repolho, a salada de batata e os condimentos na geladeira, sempre me olhando a cada vinte segundos, como se fosse uma deixa. Eu queria perguntar sobre aquilo que ela falou antes, mas não na frente de Betty. Betty me parecia uma pessoa bem intrometida, e essa era a última coisa da qual eu precisava agora. Virei a frigideira escaldante cheia de couves-de-bruxelas em uma tigela grande. Era a segunda porção que eu aquecia, e era demais para um churrasco com tão poucas pessoas, principalmente porque Calvin odiava o prato.

"Então, Grace... Acha que encontrou o que estava procurando nestas férias?" Betty deslizou uma faca no bolo. A lâmina bateu na tábua de corte, pontuando a pergunta pretensamente inocente, mas eu sabia ser tudo, menos isso.

Charlotte fez uma pausa e olhou para mim, aguardando a resposta.

"Ainda não. Ainda tenho muita coisa para fazer." Levei a panela até a pia e abri a torneira. A frigideira quente chiou sob a água ao mesmo tempo que uma nuvem de vapor invadiu o ar ao meu redor. Ao que parecia, eu estava em algum tipo de impasse com aquelas duas — como se elas fossem as protetoras de Calvin. Charlotte, a aspirante a amante, e Betty, a mãe substituta. Eu entendo esse desejo de proteger as pessoas que você ama, só que ambas estavam passando dos limites. Devia ser tudo por causa da história da ex e dos pais dele. A morte deixa as pessoas paranoicas e cautelosas ao extremo.

Betty assentiu de leve enquanto Charlotte voltava a tirar os lacres dos frascos de condimento.

Decidi que era hora de descobrir mais a respeito de Calvin, afinal de contas, ele não vinha sendo exatamente acessível.

"O que aconteceu com os pais do Calvin?", perguntei.

Betty apertou os olhos com força, e Charlotte balançou a cabeça num gesto de reprovação. Devo ter atingido um nervo ali. Algo muito ruim havia acontecido com eles, disso eu tinha certeza. Isso ficava muito nítido no olhar de Calvin e na bebedeira de Joe.

Betty abriu os olhos, se voltando para mim.

"Esse é um assunto que não estou nem um pouco interessada em discutir."

Tive a sensação de que ela não iria me contar a verdade sobre os fatos. Esse pessoal era cheio de segredos, e aparentemente todos pretendiam manter as coisas assim. Fechei a torneira e botei a panela no escorredor.

"Desculpa", murmurei.

"Não precisa se desculpar. Apenas saiba o seu lugar", afirmou Betty com naturalidade.

A porta de correr foi aberta, e Calvin apareceu.

"A carne está pronta, senhoritas." Ele foi até o balcão e se inclinou sobre o bolo de mel. "Parece estar tão gostoso quanto cheiroso, Betty."

"Obrigada, Calvin. O aniversariante merece apenas o melhor." Ela sorriu.

Então, ele veio até mim e passou um braço em volta do meu ombro.

"Seu prato também parece ótimo", sussurrou, plantando um beijo na minha testa. Eu sabia que ele estava mentindo.

Os olhos de Charlotte ficaram sombrios.

"Calvin, você pode me ajudar a carregar isto aqui?" Ela pegou as vasilhas com salada de batata e salada de repolho.

E aí seus olhos brilharam quando Calvin se voltou para ela; eles mudavam de cor feito um anel do humor. Calvin não percebia isso, mas eu sim. Eu sabia o que ela estava fazendo. Charlotte era o tipo de mulher que toparia qualquer coisa para alcançar seus objetivos. E seu objetivo era conquistar Calvin. Só que eu estava bem no meio do caminho.

30
CALVIN

Carregando tigelas vazias e um saco de lixo, flagrei Grace à pia lavando pratos, de costas para mim. O churrasco tinha corrido bem e, na verdade, acabou sendo bem legal reunir todo mundo. Acho que Grace também se divertiu, e era isso o que importava. Parei nos meus afazeres e me pus a observá-la. Eu seria capaz de ficar olhando para ela o dia inteiro. O corpo dela tinha curvas em todos os lugares certinhos. Os longos cabelos loiros estavam presos em um rabo de cavalo alto, dando-me um vislumbre de seu pescoço esguio. Queria botar meus lábios ali, em cada pedacinho dela, tocando cada centímetro de pele ou marcando-o devidamente como meu. Grace deve ter percebido que eu estava ali, pois virou a cabeça na minha direção. Seus ombros ficaram tensos.

"Oi!", cumprimentei. "Não foi minha intenção te assustar."

"Sem problema." Ela relaxou o rosto e suspirou profundamente. "Só estou um pouco assustadiça."

Não perdi tempo e fui até ela, envolvendo sua cintura num abraço, deixando um rastro de beijos ao longo do pescoço e da mandíbula.

Grace se aninhou no meu corpo e riu.

"Todo mundo já foi embora?"

"Já."

Ela se virou, ficando de frente para mim. Seus dentes afundaram no lábio inferior.

"Ótimo." Aqueles olhos azuis, azuis pareceram dobrar de tamanho.

Eu me inclinei e a beijei de novo. Mãos molhadas e ensaboadas envolveram meu pescoço, mas não me importei. Grace retribuiu o beijo como se estivesse faminta.

O som de um pigarro nos interrompeu. *Que droga.* Grace e eu, imediatamente, nos afastamos um do outro. Char estava à entrada, segurando uma cesta aramada que não devia ter nem dez ovos. Grace se voltou para a pia e mergulhou as mãos na água da louça.

"Oi, Char, pensei que você já tivesse ido embora", comentei sem muita pretensão.

Ela parecia furiosa. Na verdade, parecia mais magoada do que qualquer outra coisa. Seus olhos estavam brilhantes e vermelhos, podendo muito bem ser por causa da cerveja consumida a tarde toda, embora não estivessem assim ao final da festa.

"Sim, eu cheguei a sair, mas resolvi pegar uns ovos antes de ir embora." Ela jogou a cesta no chão. Alguns ovos caíram e se espatifaram no ladrilho.

"Meu deus, Charlotte." Joguei as mãos para o alto.

Sem dizer mais uma palavra, Charlotte saiu pela porta dos fundos. Grace olhou para trás e ergueu as sobrancelhas.

"Já volto", falei, soltando um suspiro.

Alcancei Charlotte bem quando ela estava entrando no carro. Impedi que fechasse a porta, agarrando a maçaneta, e a abri num puxão. Lágrimas escorriam por suas bochechas enquanto ela se atrapalhava com as chaves.

"Qual é o seu problema?"

Char olhou para cima, olhos semicerrados, e saltou do banco, partindo para cima de mim.

"Meu problema? Meu? Qual é o *seu* problema?" Ela meteu um dedo no meu peito.

"Nenhum." Dei um passo para trás, erguendo as mãos num gesto de redenção.

"O que você está fazendo com Grace?", rebateu ela.

"Isso não é da sua conta." Balancei a cabeça e flagrei o sol, que já estava se pondo. Meus sentimentos tinham estado exatamente como o sol. Metade aqui, metade indo embora. Passei muito tempo me sentindo desse jeito.

"É da minha conta, sim." Sua voz falhou. Mais lágrimas escapuliram de seus olhos.

"Char, você está bêbada? Eu posso te levar para casa."

"Não, eu não estou bêbada porra nenhuma, Calvin!" Ela chutou o cascalho e me olhou. "Você não percebe?"

Meu olhar foi de incompreensão.

"Percebo o quê?"

"Grace. Tem algo errado com ela." Os olhos de Char se arregalavam enquanto ela falava. "Por que ela está aqui? Não faz o menor sentido."

"Ela está de férias. Quantas vezes vou ter que dizer isso?"

"Um milhão, porque não faz o menor sentido." Ela deu um passinho na minha direção e pôs a mão no meu antebraço. "Por favor, diga que percebeu isso."

Suspirei.

"Não percebi nada."

Char recolheu a mão e cruzou os braços.

"Então é assim? Você está com ela agora?"

"Se eu disser que sim, você vai parar com isso?" Fiz um gesto apontando as coisas de modo geral. Estava cansado de Charlotte. Ela estava numa linha tênue.

"E quanto a nós dois?"

"Não existe nós dois."

Seu lábio inferior tremeu.

"Mas... Nós dormimos juntos."

"Uma vez. Desculpe, Charlotte, mas para mim foi só isso... uma vez." Ela simplesmente não entendia, por mais que eu explicasse. Até terminou com Wyatt, achando que teria chance comigo. Eu me arrependi de ter dormido com ela logo em seguida. Foi um momento de fraqueza, só que meu único momento de fraqueza a deixou permanentemente vulnerável. Eu sabia que precisava ser babaca para fazer Charlotte entender que nós dois nunca seríamos nada além de amigos. Deixei escapar um suspiro e a encarei.

"Charlotte, com Grace eu quero todas as noites, mas, com você, uma noite foi o suficiente."

Já um tanto vulnerável, ela desabou de vez. Seu rosto se contorceu, e as lágrimas jorraram como se alguém tivesse aberto uma torneira em seu cérebro. Quando um animal sofre, a coisa mais humana que podemos fazer é acabar com seu sofrimento. Eu esperava que aquilo bastasse no caso de Charlotte.

Sem dizer mais uma palavra, ela voltou a entrar no carro, ligou o motor e pisou fundo no acelerador. Os pneus falaram por si só enquanto cuspiam terra e cascalho.

Deixei escapar um suspiro de alívio enquanto via o carro dela desaparecendo na estrada. Eu não ia ficar me culpando por gostar de Grace. Ainda tinha quatro dias com ela e queria torná-los os melhores quatro dias da existência dela. Não estava nem aí para o que Char pensava, ou Joe, ou Betty, ou quem quer que fosse. Esta cidade não era legal com forasteiros. Ninguém aqui gostava de pessoas que eram diferentes. Mas eu gostava. Sempre fui muito mais receptivo com desconhecidos. Talvez porque soubesse o que era ser diferente e, às vezes, eu mesmo me sentisse um pária.

Dentro de casa, Grace estava terminando de limpar os balcões. Ela havia cuidado de tudo, e agora era a minha vez de cuidar dela.

"Como foi?", perguntou ela, torcendo o pano de prato sobre a pia. Depois me fitou, esperando que eu falasse, mas eu estava maravilhado demais com ela.

Dei de ombros e olhei para os meus pés.

"Nós dois dissemos algumas coisas que não deveríamos ter dito."

Grace secou as mãos com uma toalha.

"Provavelmente, vai ser melhor se a Charlotte não vier aqui por um tempo", afirmou ela, inclinando a cabeça.

Assenti e me aproximei, levantando seu queixo com a mão.

"Não vamos falar de mais ninguém. Só quero me concentrar em você." Selei a proposta com um beijo.

"Gostei dessa ideia." Ela sorriu.

"Ah, tenho uma surpresa para você. Venha comigo." Peguei Grace pela mão e a levei lá para fora. Na varanda, peguei uma cesta de piquenique que eu tinha montado no início do dia.

"O que é isto?", indagou ela.

"Xiiiuu... É uma surpresa."

Seguimos pasto afora, guiados apenas pela luz das estrelas. Estávamos em um período de estiagem, então a grama estalava sob nossos pés. A noite estaria completamente silenciosa se não fosse pelo canto das cigarras. Nunca entendi como criaturas tão pequeninas eram capazes de fazer tanto estardalhaço. Fiquei segurando a mão de Grace com força a fim de lhe dar firmeza ao longo do terreno irregular. Ela apoiou o ombro mim enquanto caminhávamos até o local que eu tinha deixado preparado com antecedência.

"Fique bem aqui", instruí, soltando a mão dela. Da cesta de piquenique, tirei um isqueiro e acendi um círculo de dez tochas tiki. Grace arquejou quando o perímetro se iluminou. Sorri e saquei um cobertor da cesta, estirando-o no centro das tochas. Seus olhos azuis, azuis agora pareciam cristais.

"Sente-se", pedi enquanto desembrulhava um prato com uvas e fatias de queijo e pegava duas taças e uma garrafa de vinho tinto.

Grace sorriu, tirou os sapatos e se acomodou enquanto eu abria o vinho e o servia.

"Aqui está, srta. Grace Evans", falei, estendendo uma taça para ela.

"Obrigada, sr. Calvin Wells."

Tirei os sapatos e me sentei ao lado dela.

"Saúde a você, Grace. Obrigado por ser não apenas uma hóspede em minha casa, mas também uma hóspede em meu coração." Foi um brinde cafona e me arrependi assim que as palavras saíram, mas ela não pareceu se importar.

Grace bateu sua taça na minha e sorriu.

"Talvez eu acabe fixando residência em ambos."

Talvez eu não precisasse convencê-la a ficar. Talvez ela já tivesse se convencido a não ir embora. Ambos bebericamos lentamente.

Grace, então, afastou a taça dos lábios e olhou ao redor do pasto.

"Isso é muito legal."

"Que bom que você gostou."

Ela se aproximou um pouco mais, apoiando a cabeça no meu ombro. Um assobio alto veio das montanhas. Grace se sobressaltou, e seus olhos saltitaram em todas as direções.

"O que foi isso?"

Passei um braço em volta dela e a puxei para mim, aninhando-a na curva do meu ombro.

"É só uma suçuarana."

"*Só* uma suçuarana? Estamos seguros?" Sua voz saiu mais aguda do que o normal.

"Estamos. Elas não vêm até aqui, é muito longe", expliquei, dando uma risada. "Mas, mesmo que viessem, eu protegeria você."

Seu corpo relaxou um pouco, e ela tomou outro gole de vinho.

"Ah, mais uma coisa. Quase me esqueci." Tirei o ursinho de pelúcia da cesta. "Para o seu conforto."

Grace bateu o ombro no meu.

"Sr. Aconchego." Ela segurou o bichinho contra o peito.

"Você botou nome nele."

"Claro que sim."

"É fofo." Dei-lhe um beijo na bochecha, e ela afundou ainda mais em mim.

Ficamos bebendo o vinho, ouvindo as melodias noturnas. Grilos estridulando. Coiotes uivando. E suçuaranas assobiando. Enchi as taças mais uma vez, e fizemos um novo brinde. Minha pele pulsava só de estar tão próximo dela, feito uma abelha zumbindo na presença de uma flor. Eu desejava Grace mais do que jamais quis qualquer coisa. Na verdade, eu não a queria. Eu a necessitava.

"Eu realmente amo isto aqui", declarou ela.

"E eu amo você aqui."

Ela levantou uma sobrancelha, mas não disse nada.

Deixei escapar uma tosse e virei o restinho do meu vinho tinto.

"Você entendeu", corrigi com uma risadinha.

Grace também terminou sua bebida de uma golada só.

"Acho que entendi exatamente o que você quer dizer", disse ela e, em seguida, não hesitou ao colar seus lábios aos meus.

Eu a beijei, de novo e de novo. Então ela me abraçou e me puxou para cima dela. Afastei algumas mechas de cabelo loiro de seu rosto e contornei seus lábios carnudos com o dedo. Seus olhos refletiam a chama da tocha tiki mais próxima da gente. Olhos ardentes. Olhei para ela, imaginando o que estaria se passando por sua cabeça. A chama dançava em suas íris, mas Grace logo a extinguiu ao fechar os olhos e me puxar para si.

Assim como da última vez que a beijei, sua língua se enredou à minha, e seus dentes afundaram no meu lábio inferior, entregando aquela sensação sutil de dor que encontra o prazer. Soltei uns gemidos, e ela mordeu com um pouco mais de força. Daí começou a acariciar meu cabelo enquanto me beijava. Descolei a boca da dela e me pus a beijar seu pescoço e orelha, mordiscando e lambendo. Ela ergueu os quadris para mim, dando o sinal verde.

"Eu quero você, Grace." Sussurrei meu hálito quente ao seu ouvido.

Uma brisa suave apagou seis tochas, deixando apenas luz suficiente para que eu enxergasse o rosto de Grace parcialmente. Ela agarrou a barra da minha camisa e a puxou pela minha cabeça. Correndo as unhas pelo meu pescoço, peito e abdome, ela sorriu.

Imitei o gesto, pegando sua blusa. Ela logo levantou os braços, permitindo que eu retirasse a peça. Não estava usando nada por baixo. Minhas mãos foram aos seios de pronto, agarrando-os, apertando-os.

Grace, então, me empurrou e me incitou a deitar de costas. Montou em mim e aí se inclinou para continuar a me beijar, mas aquilo durou só um instante. Logo seus lábios abandonaram os meus e começaram a desenhar uma trilha úmida corpo abaixo. Ela desabotoou minha calça e desnudou parte do meu quadril. Lá estava eu, deitado sob as estrelas enquanto a mulher mais linda do mundo me devorava. Como é que eu podia ser tão sortudo assim?

Mas tive de impedi-la antes que eu chegasse lá. Não queria que a minha primeira vez com Grace acabasse tão depressa. Queria que durasse para sempre. Queria que nós dois durássemos para sempre. Se eu tivesse Grace, nunca mais ia precisar de outra mulher, era o que eu dizia a mim mesmo naquele momento. Então a puxei de volta para mim e voltei a beijá-la. Agora Grace se deitava de costas, e eu me acomodava entre suas pernas, deslizando sua calcinha para baixo. Ajoelhado diante dela, me dediquei a admirá-la. Ela era uma obra de arte. Implorava para ser admirada, analisada, estudada. E sorriu para mim. Seus lábios estavam inchados de nossos beijos. Agora o ardor voltava aos olhos dela. Separei suas pernas um pouco mais e posicionei o rosto bem ali no cerne. Eu queria provar tudo. Ela gemeu quando meus lábios roçaram a pele mais sensível. E arfou quando entrei em ação. Grace era doce como morango. Ela arqueou as costas, e passei uma das minhas mãos pela sua barriga, parando em um seio. Quando minha língua acelerou, ela agarrou um punhado dos meus cabelos.

"Calvin", exclamou, sem fôlego. "Eu também quero você inteiro."

Isso me excitou mais, e me vi ávido para que ela perdesse o controle. Eu queria que seu corpo tremesse e convulsionasse. Queria que seu coração disparasse. Queria que sua pele suasse, que as pernas bambeassem. Queria que ela explodisse, gritasse, me implorasse para parar. Apertei seu seio com força. Eu queria tudo; e ela cedeu. E gemeu tão alto que foi como o uivo de um animal selvagem. Seu corpo inteiro se contraiu, e ela agarrou meus cabelos, puxando-os. E então quase desmaiou.

"É coisa demais", engasgou.

Demorei-me um pouco mais, para garantir que, nesta noite, ela experimentasse um prazer maior do que aquele já sentido em toda sua vida.

Grace abriu os olhos ao mesmo tempo que eu me posicionava em cima dela. Ela ofegava enquanto eu beijava seu pescoço e orelha. Quando se sentiu preparada, abriu as pernas, convidando-me a entrar.

Peguei uma camisinha na cesta de piquenique e a ostentei com um sorriso.

"Vim preparado, só para garantir."

"Ótimo", sussurrou ela.

Levei alguns segundos para abrir a embalagem e colocá-la.

"Tem certeza?", perguntei.

Grace assentiu. Eu a beijei mais uma vez e então me acomodei entre suas pernas. Encarei aqueles olhos azuis, azuis onde o fogo dançava, e fui pousando lentamente dentro dela. Tão logo entrei, ela gemeu e eu também. Suas mãos agarraram minhas costas, as unhas vermelho escarlate cravaram na minha pele enquanto eu impulsionava, entrando e saindo. Gritei quando ela tirou sangue das minhas costas, mas continuei. Às vezes, a dor é tão gostosa quanto o prazer.

"Não para", pediu ela.

"Jamais."

Enredei os dedos em uma mecha de seus cabelos loiros e puxei. Senti que Grace me apertava entre as pernas e quase gozei ali mesmo.

Grace era deliciosa, era como estar numa cama quente em uma noite fria, ou deitar no lado frio do travesseiro em uma noite quente. Soltei os cabelos dela e percorri seu corpo com as mãos. Ela chegou ao orgasmo mais de uma vez. Senti isso como se fosse um choque elétrico. Meu corpo se retesou. E foi isso. Grace era gostosa demais, não dava para segurar, e então desmoronei de uma só vez. Ela continuou a pressionar a pélvis contra a minha, nossos corpos suados, deslizando, um de encontro ao outro. Estávamos sensíveis além da conta, então me retirei totalmente de dentro dela.

"Você é incrível para cacete, Grace", falei entre um fôlego e outro. Rolei de lado para encará-la.

Grace deitou de costas e ficou admirando as estrelas. Para mim, não fazia sentido olhar para elas agora. Não eram nada em comparação a Grace.

"Foi incrível."

Ela continuou calada. Só assentiu.

Eu nunca tinha sentido aquilo com mais ninguém. Estávamos em sintonia. Nossos corpos ansiavam pelo mesmo toque, pela mesma energia. Éramos como animais rasgando um ao outro. Grace foi a melhor com quem já estive. E, ao pensar nisso, me perguntei se ela sentia a mesma coisa em relação a mim.

"No que você está pensando?", indaguei, me arrependendo na mesma hora da pergunta. Era o tipo de coisa que uma colegial perguntaria ao namoradinho. Mas não consegui evitar. Eu queria saber.

Grace virou a cabeça para mim. A chama se intensificou em seus olhos azuis.

"Estou pensando..." Ela mordeu o lábio. "Que não quero que isto acabe."

Dei um sorriso.

"Eu estava pensando a mesma coisa."

"Calvin!"

"Diga, Grace."

"Não tem segredos entre nós."

Não sei bem se foi uma pergunta ou uma afirmação, mas assenti.

"Sem segredos", confirmei. Mas me perguntei o que de fato constituía um segredo. Seria deter informações que você ainda não havia compartilhado com terceiros, ou mentir e reter informações intencionalmente? Se ela não perguntasse, seria segredo?

"O que aconteceu com seus pais?"

Deixei escapar um suspiro. Eu não gostava de falar desse assunto, mas tinha concordado em não guardar segredos, e ela estava perguntando.

"Eles morreram em um incêndio."

Ela ficou boquiaberta.

"Lamento muito, Calvin."

Ficamos sentados em silêncio por um tempinho. Eu não sabia o que dizer. O passado pertencia ao passado, e não fazia sentido falar dele.

"Posso te contar uma coisa?"

Me aproximei dela um pouco mais.

"Você pode me contar qualquer coisa, Grace."

"Hoje mais cedo, Charlotte falou uma coisa que não entendi, mas que me deixou desconfortável." O queixo dela se contraiu.

"O que ela falou para você?"

"Ela disse que esperava que Joe me mantivesse aqui pra sempre." Grace franziu a testa.

Olhei para o céu e berrei por dentro. Char e Joe iam acabar estragando tudo.

"O que ela quis dizer com isso?", insistiu.

"Sei lá."

"Você disse que não haveria mais segredos entre a gente."

Suspirei mais uma vez.

"Eu te falei da minha ex, Lisa."

Grace assentiu.

"Sim, ela morreu em um acidente de carro."

"Hoje está fazendo um ano. Naquela noite, era Joe quem estava ao volante."

Ela arregalou os olhos.

"A gente tinha saído para comemorar meu aniversário. Ele veio dirigindo porque Lisa e eu bebemos um pouco além da conta. Ele estava em alta velocidade e atropelou um alce, não muito longe daqui. Lisa foi empalada pelo chifre do alce. Morreu antes mesmo de os paramédicos chegarem. Eu tive ferimentos leves, cortes e hematomas. Joe sofreu uma lesão cerebral traumática. Passou uma semana em coma. Ele não se lembra de nada da noite do acidente. Os médicos disseram que ele provavelmente jamais se lembrará." Olhei para Grace, avaliando sua reação.

"Que coisa horrível. Mas por que Charlotte diria uma coisa dessas?"

"Algumas pessoas acham que Joe atropelou o alce de propósito."

"O quê? Como é que elas podem pensar uma coisa dessas?"

"Porque a polícia não encontrou nenhuma marca de pneu no asfalto, o que significa que ele não freou em momento algum." Comprimi os lábios.

"Não entendi. Por que ele faria isso?"

"Joe sempre se ressentiu de mim. Mas eu não o culpo. Nosso pai sempre foi mais duro com meu irmão, mesmo com Joe fazendo tudo o que ele pedia. Ele ficou aqui trabalhando enquanto eu fui embora. E, mesmo assim, eles deixaram o rancho de herança para mim." Deixei escapar outro suspiro.

Grace apertou o ursinho de pelúcia junto ao peito.

"Você se lembra de alguma coisa? Acha mesmo que ele faria uma coisa assim de propósito?"

Deitei-me de costas e fiquei olhando o céu cheio de estrelas.

"Só me lembro do carro indo bem rápido, e depois tudo parado. Eu estava no banco de trás, meio sonolento, então não vi nada. Gostaria muito de poder dizer que meu irmão jamais teria feito aquilo de propósito, mas a verdade é que eu não sei mesmo."

"E ele não foi preso por homicídio culposo?"

"Ele pegou um ano de detenção, mas foi solto depois de seis meses. Como o acidente foi causado por um animal na pista, pegaram leve com ele. E, se ele não estivesse cinco vezes acima do limite de velocidade, não teria pegado nada."

"Não sei nem o que dizer, Calvin." Grace se deitou ao meu lado, olhando para o céu também.

"Aquela noite mudou o Joe." Olhei para Grace. "Quando ele saiu do coma, não era mais o mesmo cara."

"Como assim?", perguntou ela.

"Ele virou um cara zangado, imprudente, impulsivo. É como se uma escuridão o tivesse dominado, como se estivesse apodrecendo. Não sei do que ele é capaz agora. Acho que, quando você mata uma pessoa, isso acaba mudando você."

Ela engoliu em seco.

Joe tinha seus demônios. No fundo, todos nós temos. Sempre terminamos fazendo aquilo que pensamos ser menos capazes de fazer, e isso acaba por nos definir. A cidade redefiniu Joe naquela noite. Para alguns, ele foi uma vítima. Para outros, um assassino.

"Queria mesmo que Charlotte não tivesse dito aquilo para você."

Grace olhou para mim.

"Eu também, mas estou feliz por saber a verdade", respondeu ela, pegando a minha mão.

Apertei a mão dela com força.

"Eu não deixaria nada acontecer com você. Você está a salvo aqui comigo. Prometo." Eu tinha toda a intenção o mundo de manter aquela promessa, mas as intenções sempre eram apenas planos parcialmente traçados e estavam sujeitas a mudanças.

DIA SETE

31
GRACE

Não fui despertada pelo canto dos passarinhos ou pelo sol ardente em minha pele nua. Acho que, na verdade, a responsável por me acordar foi aquela estrutura amendoada no meu cérebro, a amígdala. A parte da percepção do medo. Meus olhos se abriram feito uma explosão estelar e me sentei rapidamente, descobrindo que estava sozinha no pasto, nua, coberta apenas pela manta do piquenique. Virei a cabeça para a direita; nada. Para a esquerda; nada. Olhei na direção do rancho, a mão protegendo os olhos do sol, e não vi nada também. Onde Calvin estava?

Atrás de mim, soou um ronronar alto e rouco — o som de um gato doméstico superdesenvolvido. Devagar, virei a cabeça e lá estava, a coisa com a qual eu não precisaria me preocupar, de acordo com Calvin, a criatura que jamais viria tão longe. Sua pelagem era marrom com manchas pretas decorando as pontas das orelhas e focinho. A cabeça estava abaixada; e os ombros, erguidos, como se estivesse pronta para dar o bote na presa. Seus olhos eram amarelos como a chama recém-acesa de uma vela. Uns dez metros me separavam da suçuarana. Levantei-me deliberadamente, segurando a manta em volta do corpo, tentando parecer maior. O bicho nem se mexeu. Na verdade, só fez se aproximar ainda mais de mim, dando alguns passos. Sem tirar os olhos dele, abaixei-me e peguei a travessa de queijos e uvas. Joguei no animal como se estivesse jogando um frisbee, esperando que aquilo o distraísse ou o assustasse. Mas só serviu para aproximá-lo. A criatura cheirou a comida, mas perdeu o interesse de pronto. Agora estava a uns oito metros de distância. Voltou seu olhar para mim, baixando a cabeça, chegando mais perto. Sem jamais interromper o contato visual com a fera, peguei uma garrafa de vinho vazia e joguei com toda a força possível. Quando atingiu o chão, bem na frente das patas imensas, a suçuarana saltou para trás e parou por um momento, como se estivesse cogitando recuar, porém não o fez. Continuou a vir na minha direção, pata ante pata. Peguei a outra garrafa de vinho, cheia, que Calvin e eu não tínhamos bebido. Dando impulso com o braço, joguei essa também. Deve ter batido em uma pedra porque, assim que tocou o chão, se estilhaçou, espalhando vinho tinto para todo lado. O animal recuou um pouco, mas a curiosidade levou a melhor. Ele foi até onde a garrafa tinha caído, a uns cinco metros ou mais. Comecei a recuar enquanto o bicho cheirava e lambia o vinho derramado, esperando ganhar tempo para fugir. Onde diabos estava Calvin?

Recuei mais alguns passos antes que a suçuarana olhasse para cima mais uma vez, perdendo o interesse no vinho derramado e recobrando o interesse por mim. Olhei ao redor em busca de uma pedra ou de alguma outra coisa para jogar, mas não achei nada.

"Calvin!", gritei o mais alto que consegui. Minha voz falhou, meu coração estava disparado, e minha pele transpirava. Então é assim que uma presa caçada se sente?

Continuei a recuar enquanto o bicho persistia em minha direção. Ele já estava convencido do que deveria fazer.

"Calvin!", berrei ainda mais alto.

Como é que ele pôde me largar sozinha ali? Então, tudo o que ele me disse era mentira?

Minha frequência cardíaca aumentou quando os passos da criatura suplantaram os meus. Tentei fazer movimentos cada vez mais amplos. Eu me recusava a lhe dar as costas e correr. Sabia que a suçuarana poderia me alcançar com facilidade, então, se ela fosse atacar, eu, pelo menos, queria estar ciente do momento. Meu calcanhar bateu em algo grande e duro, e caí no chão — só percebi ser uma pedra depois que atingi o solo com um baque. Vendo-me na horizontal, a suçuarana passou de uma caminhada para uma corrida, uma corrida completa, sabendo que eu estava no meu ponto mais fraco, uma presa fácil.

Obriguei-me a manter os olhos abertos, na expectativa. O bicho deve ter saltado ou corrido ou o que quer que os grandes felinos façam num ataque, porque de repente estava no ar, voando na minha direção. Os olhos amarelos grudados em sua presa. As garras completamente expostas. O tempo desacelerou. Acho que o tempo desacelera nos momentos derradeiros de todo mundo.

Então, houve uma explosão de vermelho seguida por um *bangue* alto e ecoante.

A suçuarana bateu nas minhas pernas. O sangue vermelho e grudento espirrou em mim. O cheiro ferroso invadiu meu nariz. Afastei-me, trêmula, empurrando o cadáver enquanto tentava segurar a manta em volta do meu corpo. Minha respiração estava rápida e descontrolada enquanto eu me afastava como um caranguejo, cravando os calcanhares no chão, impulsionando-me cada vez mais para longe do bicho morto.

Virando a cabeça, flagrei Calvin. Estava a uns vinte metros de mim, olhando pela mira de um rifle de caça, usando somente jeans e botas de fazenda desamarradas. Ele baixou a arma e correu em minha direção, gritando meu nome.

"Desculpe, desculpe. Você está bem, Grace?", perguntou, se ajoelhando ao meu lado. Passou as mãos no sangue que cobria minha pele com a intenção de limpá-la, mas tenho certeza de que só fez espalhá-lo.

Cerrei os dentes.

"Você disse que as suçuaranas não vinham para cá."

"Elas geralmente não vêm." Ele balançou a cabeça, olhando para o bicho morto e então de volta para mim. "O churrasco ou a comida deve tê-la atraído, ou talvez ela tenha contraído raiva." Ele se inclinou e beijou minha testa. O sangue manchou seus lábios.

"Você está bem?"

"Tô", respondi, mas ainda estava tremendo. Eu não estava bem. Como é que ele foi capaz de me largar ali fora? "Onde você estava?" Semicerrei os olhos, que migraram da fera caída para Calvin.

"Eu estava dentro de casa fazendo o café da manhã. Eu ia trazer para você." Ele afastou do meu rosto o cabelo encharcado de sangue. "Desculpe."

Me desvencilhei dele e me levantei, limpando a pele com a ponta da manta branca.

"Vou tomar um banho." Enrolei o tecido com mais firmeza em volta do busto e comecei a caminhar em direção ao rancho.

"Eu realmente lamento muito, Grace", gritou ele. As palavras soaram vazias.

Quando cheguei à entrada da garagem, uma viatura da polícia estava entrando na propriedade. Percebi que fui notada de imediato porque o carro passou de dez para cinquenta quilômetros por hora em poucos segundos. *Merda.*

O motorista pisou no freio bem na minha frente e saltou do veículo. Eu o reconheci de cara: xerife Almond.

"Deus do céu! Moça, você tá bem?" Ele sacou a arma e examinou as redondezas, seus olhos se movendo feito pêndulos.

Eu sabia o que a cena dava a entender. Aquele sujeito estava procurando uma mulher desaparecida, e lá estava eu, coberta de sangue e praticamente nua.

"Mãos para cima!", berrou o xerife, apontando a arma para além de mim.

Virei-me e flagrei Calvin atravessando o pasto com o rifle pendurado no ombro. Ele arregalou os olhos, e seu rosto empalideceu como um fantasma. Daí largou o rifle no chão e ergueu as mãos.

"Fique atrás de mim", instruiu o xerife enquanto se colocava entre mim e Calvin. "No chão", gritou ele para Calvin.

Calvin ficou de joelhos.

"Senhor, não é o que parece!", gritei eu mesma. A última coisa da qual eu precisava era ficar no meio do fogo cruzado. "Uma suçuarana me atacou."

O xerife Almond olhou para mim e depois para Calvin. Não pareceu nem um pouco convencido.

"É verdade", reforçou Calvin. "O corpo do bicho está no pasto. Eu posso te mostrar."

Ele hesitou, mantendo a arma apontada para Calvin.

"Ele está dizendo a verdade", acrescentei.

O xerife Almond soltou um suspiro e baixou a arma.

"Tudo bem, mostre o bicho." Ele gesticulou com a mão.

Calvin fez menção de pegar o rifle.

"Deixe isso aí por enquanto", ordenou o xerife.

Calvin, então, se aprumou e foi caminhando devagar, em direção ao animal morto. O xerife Almond e eu seguimos em seu encalço. Eu tinha certeza de que ele não estava acreditando na gente. Provavelmente, achava que Calvin era meu sequestrador e que eu estava sofrendo de síndrome de Estocolmo.

As moscas já haviam chegado à suçuarana. Elas não perdiam tempo quando o assunto era morte. Um enxame zumbia ao redor do cadáver, pousando no sangue pegajoso. Os olhos do bicho estavam negros, bolinhas de gude estáticas, e a língua pendia da boca.

"Bem, que merda. Esta coisa deve pesar mais de cem quilos", comentou o xerife enquanto contornava a carcaça, analisando a cena toda. "Você disse que ela atacou você?" Ele olhou para mim.

Assenti.

"Sim, Calvin atirou bem na hora que o bicho saltou."

Um arrepio percorreu minha espinha. Se não fosse por ele, eu estaria morta ali naquele pasto. Nunca tinha visto a morte tão de perto. O mais próximo que cheguei dela foi quando quase fui atropelada por um táxi na cidade. Agora, eu entendia a cabeça das pessoas que tinham lidado com a morte tão de perto.

"É bom entrar em contato com o Departamento de Meio Ambiente e Recursos Naturais, já que não estamos na temporada de caça, e informar o ocorrido", orientou o xerife.

Calvin assentiu.

"Eu já ia fazer isso, antes mesmo de você chegar."

"Ataques de suçuarana são extremamente raros." O xerife olhou para mim. "Vocês têm sorte de estarem vivos."

Apertei os lábios com firmeza e enrolei a manta com força ao redor do corpo.

"Essa aí devia ter algum problema", acrescentou o xerife Almond enquanto apontava para o animal.

"Pensei a mesma coisa", retrucou Calvin. "Acho que nunca vi uma aqui na propriedade." Ele examinou os arredores.

"Que bom que você tá a salvo, moça." O xerife inclinou a cabeça e me deu um olhar empático.

Redirecionando sua atenção a Calvin, o xerife empinou o queixo.

"Bem, a verdade é que vim aqui por causa da mulher desaparecida, Briana Becker."

Tive a impressão de que Calvin ficou tenso. Ou será que era só minha imaginação?

"É, o que houve? Ela foi encontrada?" Ele mudou de posição, cruzando os braços.

"Infelizmente, não", pigarreou o xerife. "Mas encontramos o carro dela, quebrado, a pouco mais de três quilômetros daqui, em uma estrada vicinal."

Wyatt já tinha nos contado sobre o carro, então o que de fato o xerife estava fazendo ali? Calvin olhou para os próprios pés e depois de volta para Almond. O que aquele sujeito queria? Pelo tom e pela forma como olhava para Calvin, parecia haver uma acusação iminente.

"Tem certeza de que não a viu?" O xerife Almond sacou uma foto do bolso da frente e mostrou para a gente. "Dê uma boa olhada", acrescentou.

Lá estava ela de novo, os olhos brilhantes, os longos cabelos loiros ondulados, covinhas e um lindo sorriso. Calvin examinou a foto por um instante.

"Não, como eu já falei, não vi essa moça. E ela não chegou a fazer check-in na minha propriedade."

"E você?" Almond colocou a foto na minha linha de visão.

Balancei a cabeça.

"Não, eu não a vi."

Ele deu um leve aceno de cabeça e guardou a foto no bolso.

"Depois de presenciar esse ataque, começo a me perguntar se teria acontecido algo parecido com a moça." O xerife olhou para a suçuarana morta.

"A natureza é implacável", comentou Calvin.

O xerife lançou a ele um olhar peculiar.

"Você se importa se eu der uma olhada em sua propriedade?"

Eu não conseguia ver para onde o xerife estava olhando, pois seus olhos estavam encobertos pelos óculos escuros modelo aviador, mas ele virava a cabeça para a esquerda e para a direita como se já estivesse procurando alguma coisa. Será que ele achava que a mulher estava ali? Se estivesse, eu, certamente, já teria trombado com ela. Ou será que achava que Calvin tinha feito algo com ela? Minha mente voltou àquela noite em que ouvi um grito feminino. Teria sido a moça? Abri a boca e quase mencionei o episódio, mas me contive. E se eu estivesse enganada? E se tivesse sido um sonho? E se na verdade não ouvi coisa nenhuma? Isso só complicaria mais ainda as coisas, então resolvi ficar de boca fechada.

"Fique à vontade. Posso mostrar tudo, se você quiser", prontificou-se Calvin.

"Sim, claro. Seria ótimo", respondeu o xerife Almond.

Os dois seguiram em direção ao celeiro, mantendo distância um do outro. Calvin olhou para trás, para mim, mas com um sorriso tenso, não seu sorriso habitual. Eu dei meia-volta, retornando para a casa. E então me dei conta: sem sinal de celular e com um wi-fi defeituoso, mesmo que tivesse estado aqui, Briana jamais teria conseguido fazer o check-in no Airbnb.

A água quente desabava sobre o meu corpo enquanto eu tentava lavar o medo e a ansiedade junto ao sangue. O líquido rosa-avermelhado descia pelo ralo. Quando cheguei ali, percebi de cara que havia algo errado. Pressenti isso na casa. Vi isso em Calvin. E talvez eu tenha me atraído por ele exatamente por esse motivo. Por causa do perigo da situação. Do desconhecido. Tudo na minha vida sempre foi muito bem planejadinho. Nunca houve espaço para espontaneidade ou para coisas que já não estivessem em pauta. Isso incluía o medo. O medo não é algo planejável. Era óbvio que o xerife acreditava que Briana estivera no rancho. E eu estava começando a acreditar nisso também. Mas onde estaria ela agora?

Fechei a torneira e me enrolei em uma toalha. Limpei o acúmulo de condensação no espelho, revelando um rosto limpo, mas de alguma forma eu ainda enxergava o sangue nele. Talvez agora fizesse parte de mim. Respirei fundo e abri a porta do banheiro. Assim que pisei no corredor, esbarrei em alguém.

"Calvin..." Mas não era Calvin.

"Desculpe, senhora. Você pulou igual a uma galinha, eu não estava esperando."

Enrolei a toalha úmida em volta do meu corpo com mais afinco.

"Quem diabos é você?"

O sujeito era robusto e usava um macacão sujo. Devia ter uns 60 anos. Seu cabelo grisalho estava desgrenhado, mas não intencionalmente. Era como se ele não fosse muito afeito ao autocuidado. O nariz era grande, e a pele era coberta de rosácea e pelos faciais irregulares.

Passos altos ressoaram em nossa direção.

"Grace! Ahhh!" Calvin fez uma pausa quando seus olhos captaram a cena diante de si. "Vejo que vocês dois já se conheceram. Esse é o Albert. Ele é outro hóspede do Airbnb que vai passar as próximas noites aqui."

Fui inundada por uma onda de emoções.

"Eu não sabia que ia ter outro hóspede, Calvin. Inclusive, na minha reserva, pedi para ser a única hóspede." Estreitei os olhos.

"Acho que não vi isso e, lá no site, eu ofereço dois quartos. Então, às vezes, embora seja raro, as reservas podem se sobrepor. Albert fez uma reserva de última hora."

"É isso mesmo, mocinha. Só estou de passagem, mas precisava de um lugar para parar e descansar um pouco." O sorriso dele revelou um incisivo podre.

"Entendi. Onde está o xerife Almond?" Redirecionei a atenção para Calvin.

Ele pigarreou e enfiou a mão no bolso da frente.

"Ele já foi."

"Já?"

"Sim, ele não encontrou o que estava procurando." Seus olhos saltaram de mim para Albert, e vice-versa.

Não sei dizer quanto tempo passei no chuveiro. O tempo parecia não existir ali no Wyoming. No entanto, o xerife tinha ido embora depressa demais para alguém que buscava uma pessoa desaparecida, ainda mais em uma propriedade tão grande como aquela. Bem, talvez ele estivesse convencido da inocência de Calvin no caso.

"Estarei no meu quarto."

Eu precisava me distanciar para tentar pensar com clareza.

Contornei Albert e fechei a porta do quarto. Nem sequer olhei para Calvin. Tinha algo errado em meio a tudo aquilo: o raro ataque da suçuarana, a mulher desaparecida e agora aquele hóspede esquisito. Por que Calvin não me avisou sobre a presença do sujeito? Desabei na cama, deixando escapar um gemido. Duvidava muito que um cara como Albert tivesse uma conta no Airbnb, muito menos que soubesse o que era ou como usá-la. Pegando meu celular da mesa de cabeceira, verifiquei que eu ainda estava ferrada. *Sem serviço.* Gemi de novo. No corredor, ouvi sussurros, mas não consegui entender o que estava sendo dito. Por que eles estavam cochichando?

Então fui até a porta, na ponta dos pés, e encostei a orelha na madeira.

"Desculpe por isso. Ela só está um pouco abalada. Quase foi atacada por uma suçuarana mais cedo", murmurou Calvin.

"Isso é assustador. Ela tá bem?", cochichou Albert de volta.

"Vai ficar, acho. Você pode se acomodar neste quarto aqui", afirmou Calvin. A porta do cômodo ao lado do meu foi aberta. Tudo naquela casa rangia. Ouvi alguns passos de bota, primeiro de Calvin, depois de Albert. Dava para diferenciar entre os dois. Os passos de Albert eram excessivamente pesados, como se ele estivesse mais tropeçando do que andando. Os de Calvin eram duros, porém controlados, como uma batida lenta em um tambor.

"Obrigado. Daqui a poucos dias, deixo de ser um calo no seu pé", disse Albert.

Calvin sussurrou algo de volta, mas não consegui entender. A porta rangeu de novo e se fechou. Em seguida, houve uma batida à minha porta. Corri destrambelhadamente de volta para a cama e me sentei, lançando um olhar despretensioso para minhas unhas vermelhas. Várias já estavam descascadas.

"Entre", ordenei.

A porta se abriu, e Calvin enfiou a cabeça no vão.

"Oi!", saudou ele. Seus olhos fitaram meu rosto, avaliando se era seguro dar mais um passo para dentro do quarto. Meu rosto, no entanto, permaneceu inalterado. Simplesmente, fiquei olhando para ele por um momento e, então, voltei a atenção às minhas unhas lascadas.

"Estou indo à cidade. Quer vir comigo?"

Refleti por um instante, fingindo avaliar a oferta. Eu não queria ir, mas também não queria ficar na casa com Albert. Só queria meu carro consertado.

"Não", respondi.

Ele baixou um pouco a cabeça e fez aquele arrastar de pés perdido, decepcionado.

"Estamos bem?" Ele criou coragem para dar mais um passo em minha direção.

"Claro." Virei a cabeça, olhando pela janela quebrada. Não estávamos bem. Eu não estava bem. Devia ter seguido meu instinto do primeiro dia e ido logo embora. Tinha algo errado com aquela casa, com aquela cidade, com Calvin. Ele deu mais um passo em minha direção e se sentou na beirada da cama.

"Tem certeza, Grace?"

"Tenho."

Ele se aproximou um pouco mais e apoiou a mão na cama, no espaço entre a gente. Havia mais do que espaço físico entre nós agora. Havia distanciamento. E esse distanciamento aumentava em função de todas as incertezas, de todas as perguntas sem resposta, de todas as respostas nas quais eu não acreditava, nas quais não conseguia acreditar. Calvin pousou a mão no meu joelho nu, e meu corpo ficou tenso no mesmo instante. Ontem à noite, quando ele me tocou, minha pele ardeu, mas agora eu só sentia um gelo percorrendo meu organismo. Dizem que o amor nos cega. Mas aquilo não era amor. Era luxúria, e a luxúria nos torna idiotas.

"Sinto muito, Grace. Vou compensar você por tudo. Quero que dê certo. Digo, a gente. Ainda temos alguns dias juntos. Por favor, não me exclua da sua vida ainda." A voz dele era solene, porém suave. Calvin deu um tapinha no meu joelho. "Você ainda não me excluiu, não é?"

Olhei para sua mão repousada na minha pele. Um arrepio percorreu minha espinha. Fiz que não com a cabeça.

Ele sorriu e se inclinou, plantando um beijo na minha bochecha.

"Volto logo." Seus olhos permaneceram em mim enquanto ele se levantava. Achei que fosse dizer mais alguma coisa, mas Calvin apenas se virou e saiu do quarto, fechando a porta atrás de si.

Respirei fundo. Calvin estava certo sobre uma coisa: só tínhamos mais alguns dias, ele só tinha mais alguns dias... e então eu deixaria tudo aquilo para trás.

32
CALVIN

Estacionei a caminhonete em frente à Betty's Boutique e peguei a fôrma vazia do banco do carona. Havia apenas uns gatos pingados caminhando pelo centro da cidade, pois ainda era muito cedo. Troquei cumprimentos com eles no trajeto a pé do carro até a loja.

"Oi, querido! A que devo o prazer da sua visita?", perguntou Betty, levantando-se de seu assento atrás do caixa. A loja estava vazia, mais um dia devagar para os negócios.

Estendi-lhe a fôrma de bolo.

"Só vim devolver isto", falei, colocando-a sobre o balcão.

Betty deu a volta e me enlaçou, puxando-me para um abraço apertado.

"Como vai você hoje?"

"Nada bem."

Ela deu alguns passos para trás e me avaliou de cima a baixo. Franziu as sobrancelhas.

"Qual é o problema, Calvin?"

Comecei a passear pela loja, olhando algumas roupas masculinas. Eu realmente não precisava de nada, só de conversa mesmo.

"Uma suçuarana quase atacou Grace hoje de manhã."

Betty arregalou os olhos e levou a mão à boca.

"Quase?"

Assenti.

"Quase. Matei o bicho bem quando ele estava indo pra cima dela."

"Ai, céus", arfou Betty. "Sorte que você sabe atirar. Ela deve ter tomado um susto daqueles."

Não era a primeira vez que eu atirava em um animal, e sabia que não seria a última. Peguei num cabideiro uma camisa de flanela vermelha e preta e a levantei. "Grace está abalada de verdade." Coloquei a camisa de volta no lugar e continuei a olhar outras peças.

Betty parecia estar doida para dizer alguma coisa, mas estava se segurando. Ela fechou a boca, abriu e fechou de novo.

"O que é?", perguntei.

Ela acenou para mim.

"Ah, nada."

"Desembuche."

"Bem, na minha experiência, as suçuaranas buscam presas fáceis, as fraquinhas. Essa moça não se encaixa aqui, e até a natureza está tentando te dizer isso." Ela balançou a cabeça.

"Que comentário esquisito, Betty."

"Ela não foi feita para o Wyoming, só estou dizendo isso." Ela empinou o queixo e deu de ombros.

"Acho que eu também não sou."

"Você é, Calvin. Essa moça entrou na sua cachola igual a uma ameba devoradora de cérebros. Você não está pensando direito."

Inclinei a cabeça.

"Grace não fez nada de errado."

Já estava cansado do jeito como as pessoas vinham tratando Grace e agora entendia por que ela estava tão desconfortável. Eu ficaria do mesmo jeito.

"É só que eu tenho um pressentimento esquisito em relação a ela", afirmou Betty.

"Bem, talvez isso esteja acontecendo porque você está há dois meses sem tomar seus remedinhos."

Não era minha intenção soltar aquilo. Mas saiu. Quando Betty ficava sem a medicação, era ela quem não pensava direito.

Ela ficou boquiaberta, mas logo se recompôs, franzindo os lábios. Então, semicerrou os olhos para mim.

"Quem te disse isso?"

"Não importa. Por que você parou de tomar os remédios?"

"Porque não preciso deles."

"Você obviamente precisa. Você é paranoica. Primeiro, teve o lance com as abelhas e, agora, com Grace."

Dei alguns passos em direção ao balcão.

Betty cruzou os braços.

"Acho que você deveria se olhar no espelho, Calvin. Ela está te influenciando. Você é mais esperto do que isso, então não perca a cabeça por causa de uma moça qualquer."

"Ela não é uma moça qualquer", zombei.

Betty balançou a cabeça como uma mãe decepcionada com o filho.

"Depois que ela for embora, você vai enxergar as coisas com um pouco mais de clareza."

"Ela não vai embora. Eu quero que ela fique."

"Ai, Calvin!" Betty aninhou minhas bochechas entre as mãos e me puxou, plantando um beijo no topo da minha cabeça, do jeitinho que costumava fazer quando eu era menino. "Você é um tolo. Você é um tremendo tolo."

Se ela soubesse... Eu me afastei, deixando as mãos dela caírem. Betty franziu a testa para mim.

"Espero mesmo que você volte a tomar sua medicação. Você sabe muito bem o que acontece quando não toma."

Ela torceu os lábios e começou a arrumar coisas aleatórias pela loja, se ocupando.

"O xerife passou aqui hoje, perguntando de você e de uma mulher desaparecida."

Soltei um suspiro.

"É, ele passou no rancho mais cedo e alguns dias atrás também. O que você falou para ele?"

"Que eu nunca vi aquela tal mulher." Betty endireitou uma fileira de botas de caubói, certificando-se de alinhar cada pé.

"O que ele perguntou sobre mim?" Empinei o queixo, acompanhando com o olhar enquanto ela vagava pela loja.

"Só queria saber mais de você e do rancho. Pelo visto, essa tal garota deveria ter se hospedado com você por alguns dias."

"Sim, e eu falei que ela nunca apareceu." Senti o maxilar se retesar. Betty nem sequer estava olhando para mim. Eu não sabia dizer se era porque não conseguia ou não queria; havia uma diferença gritante entre um e outro.

"Essas visitas dele vão estragar as coisas com Grace."

"Acho que essa é a menor das suas preocupações. É melhor que essa garota vá embora daqui a três dias, Calvin, do jeitinho que estava programado." Betty não olhou para mim nem disse mais nada. Simplesmente, foi até os fundos da loja e desapareceu no quartinho do estoque.

33
GRACE

De uma retroflexão, fui para a postura do cão olhando para baixo. O sol estava gostosinho na minha pele e amornava o frio que me percorria por dentro. Eu estava na frente da casa, em um tapete de ioga, tentando relaxar e não pensar em todas as coisas que já tinham dado errado. Não era para ter sido assim. Eu não via Albert desde que tínhamos sido apresentados, mas sabia que ele estava nos arredores porque sua perua estava estacionada ao lado da garagem. Olhei para os lados do viveiro, para a varanda, a lateral da casa, as cercanias do celeiro, tentando localizá-lo. Ele estava em algum lugar, me observando. Eu sentia. Depois de várias respirações profundas, levantei-me e fiz uma parada de mão. Minha respiração desacelerou assim que me ergui e fechei os olhos, tentando não pensar em nada, só ouvindo os sons da natureza.

Assim que abri os olhos, despenquei. Lá estava Albert, a uns vinte metros de mim. Bebericava do gargalo de uma garrafa pequena de Jack Daniel's, me observando. Estava muito cedo para encarar um Jack. Ele deu um sorrisinho safado. *Velho esquisito*. Fechei os olhos e voltei à parada de mão, tentando esquecer Albert e seus olhos colados em mim.

"Você é dobrável mesmo, hein", comentou ele.

Abri os olhos e me desequilibrei de novo. Albert agora estava a poucos metros de mim. Como foi que não ouvi sua aproximação? Ele estava longe de ser um sujeito sutil e era imenso — mas talvez, assim como aquela suçuarana, soubesse ser silencioso quando necessário.

"Acho que a palavra que você está procurando é *flexível*." Levantei-me do tapete e aprumei os ombros com muita segurança.

Ele tomou um gole da garrafa, e seus olhos me examinaram.

"Posso ajudar com alguma coisa?" Projetei meu quadril e pousei a mão na lateral dele.

"Não, só tô apreciando a vista." Seus lábios finos e rijos se transformaram em um sorriso malicioso.

Enrolei meu tapete de ioga e botei debaixo do braço.

"Aproveite a vista então", falei sarcasticamente enquanto entrava na casa.

O que tinha começado como férias agradáveis e relaxantes sete dias atrás acabara por se transformar em um pesadelo do qual eu não conseguia despertar. Na sala, fui até a estante que Calvin me mostrara no dia em que cheguei. Ele me disse que adorava ler, mas percebi que não o vi pegando um livro uma única vez que fosse ao longo da semana. Meus dedos percorreram as lombadas. Eram todos clássicos, aqueles que você era obrigado a ler nas aulas de literatura, muito discrepantes dos livros que eu supunha serem do gosto de Calvin. Peguei um deles e folheei as páginas. De repente, caiu um pedaço de papel no chão. Eu me abaixei e peguei. Era o recibo de uma livraria, com a data de dois dias antes da minha chegada. A compra totalizava mais de quinhentas pratas. E todos os livros daquela estante estavam discriminados ali.

Um motor pipocou lá fora. Coloquei o livro de volta na prateleira e espiei pela janela. A perua de Albert estava saindo lentamente da entrada da garagem. Deixei escapar um suspiro, e meus olhos se voltaram para as prateleiras. Era tudo uma farsa, como se Calvin tivesse criado um cenário para a minha chegada.

Da varanda, dava para se ver quase todo o rancho mais a estrada por onde eu havia chegado. Ali parecia ser o lugar mais seguro da casa, então me sentei com uma cerveja e um dos livros "favoritos" de Calvin. Tentei me concentrar na leitura, mas as palavras se misturavam na página, espiralando. Eu não conseguia focar. Meus olhos ficavam se voltando para a estrada e, então, para o meu carro quebrado estacionado na grama. Como é que eu ia sair dali?

Ouvi rangidos de pneus sobre o cascalho. Era Calvin ou Albert, mas não levantei os olhos e continuei a fingir estar absorta na leitura. Eu não estava com a mínima vontade de conversar.

Virei a página. O carro desligou. Uma porta bateu. Passos subiram as escadas da varanda. Não eram de Calvin nem de Albert. Eram mais leves.

"O Calvin está aqui?", perguntou Charlotte. Parecia bêbada, e eu sabia que ela estava caçando encrenca. "Eu não vi a caminhonete dele."

"Não", respondi.

"Ótimo, porque eu queria falar com você." Ela se aproximou de mim aos tropeços, desabando em uma cadeira de balanço.

A cadeira rangia toda vez que ela balançava para trás.

"O Calvin não contou da gente para você, né?" Ela levantou uma das sobrancelhas escuras e espessas.

Eu não respondi nada. Só fiquei olhando para ela, esperando que desembuchasse logo tudo o que queria dizer. Os olhos de Charlotte estavam injetados, e seu batom estava meio borrado.

"Nós dois dormimos juntos há mais ou menos um mês. Imaginei que você gostaria de saber", disparou ela e depois me encarou, esperando uma reação.

Peguei a cerveja da mesa e tomei um gole demorado. Eu não estava nem um pouco surpresa. Já tinha imaginado que havia rolado alguma coisa entre eles. Era óbvio e explicava por que Charlotte vinha sendo tão fria e territorial comigo. Eu não dava a mínima para o fato de eles terem dormido juntos. Só queria que ela fosse embora.

"Calvin me disse que não queria mais que você viesse aqui", comentei.

Ela cerrou a mandíbula, movimentando o queixo para os lados.

"Quando foi que ele disse isso?" Charlotte empinou o queixo. Estava tentando relaxar o rosto, mas a tensão era grande demais ali. Era como se ela fosse explodir a depender do que saísse da minha boca.

Tomei outro gole e olhei para ela, escolhendo as palavras cuidadosamente — ou descuidadamente, aliás.

"Ontem à noite", apontei o gargalo da garrafa de cerveja para o pasto além do celeiro, "quando ele me comeu naquele gramado ali."

Seu rosto ficou vermelho, como se ela fosse chorar e gritar ao mesmo tempo. Mas, antes que Charlotte pudesse reagir, a caminhonete de Calvin surgiu na garagem. Ela, então, se levantou, cambaleante, marchou pela varanda e desceu os degraus.

Ele fechou a porta do carro e apareceu girando as chaves nos dedos.

"O que você está fazendo aqui, Charlotte?" Calvin meteu as mãos nos bolsos e se recostou no carro ao mesmo tempo que ela se aproximava dele.

Caminhei em direção aos degraus, parando no topo, me perguntando se deveria intervir ou apenas entrar em casa.

"Eu contei pra Grace sobre a gente", cuspiu Charlotte.

Calvin balançou a cabeça e passou as mãos pelo rosto. Daí seus olhos se voltaram para mim.

"Desculpe, Grace", exclamou ele. "Não foi nada de mais, uma única vez um tanto equivocada."

Não ofereci nenhuma expressão, afinal de contas, ele não merecia. Seu lábio tremeu quando dei meia-volta.

"Grace, espera aí!", gritou.

Sem olhar para trás nem dizer nada, entrei na casa e deixei a porta se fechar atrás de mim. Era o último lugar onde eu queria estar, mas não tinha escolha. Calvin era um mentiroso. Isso estava bem claro. Mas agora eu me perguntava... seria ele algo muito pior do que isso?

34
CALVIN

Ponderei correr atrás de Grace, mas eu precisava me livrar de Charlotte de uma vez por todas. Inclusive, achei que já tivesse me livrado dela, o problema é que alguns animais adoram arrumar briga. Ela estava estragando tudo. Grace estava certa. Eu deveria ter me assegurado de que Charlotte não apareceria de novo. Ela me olhava da mesma forma que eu olhava para Grace, e eu sabia que isso era um perigo, porque eu jamais ficaria com ela.

"Equivocada?" A voz de Charlotte tremia. Lágrimas se acumulavam nos cantos de seus olhos injetados.

Assenti. Não era novidade, então eu não entendia o motivo de ela estar ali querendo tirar satisfações.

Sua pele enrubescia enquanto ela me encarava com ódio.

"Vou te mostrar quem é equivocada." Soou como uma ameaça, mas eu nem sequer soube definir o que ela estaria ameaçando.

Ergui o queixo.

"O que você quer dizer?"

"Eu dormi com Joe", rebateu ela. "Na noite passada." Então, ela disparou, "E eu contei tudo pra ele!"

Arregalei os olhos.

"Tudo o quê?", berrei, partindo para cima. Agarrei um braço dela, os dedos apertando a pele. Ela, então, impulsionou o outro braço, metendo o punho cerrado no meu olho.

Eu a empurrei com força — força até demais. Ela caiu de costas no chão, o crânio bateu no cascalho com um baque. Ela permaneceu ali por um momento, atordoada. Quando se sentou, passou a mão na nuca e depois examinou os dedos. Sangue.

"Char, me desculpe. Não era minha intenção." Tentei ajudá-la a se levantar. Ela estapeou minha mão e se levantou sozinha, tonteada e instável. Tocou a nuca de novo e voltou a examinar os dedos. Mais sangue.

"Deixa eu levar você para casa", implorei.

Ela olhou para mim por entre os dedos abertos e manchados de sangue.

"Cansei de guardar seus segredos."

"Segredos? Do que você está falando? O que você falou para o Joe?" Passei as mãos no rosto, repuxando a pele. Respirei fundo.

Ela recuou como se estivesse com medo de mim, com medo do que eu poderia fazer. Depois, deu meia-volta e foi marchando com raiva de volta para seu carro, a parte de trás da cabeça saturada com sangue do corte.

Achei que fosse fugir às pressas, mas ela demorou a ligar o carro e sair dirigindo. Olhei para minhas próprias mãos. Não estavam estáveis. Elas tremiam feito as mãos de um viciado passando por abstinência. Tentei estabilizá-las, mas não obedeciam. Por fim, o carro de Charlotte saiu e desapareceu na estrada, e minha mente voltou para as últimas palavras que disse. *Cansei de guardar seus segredos.* O que Charlotte sabia?

35

GRACE

Eu precisava cair fora. Daquele rancho, daquela cidade — que inferno, do estado do Wyoming. Charlotte era encrenca, das maiores. E ainda por cima tinha o xerife e o caso da mulher desaparecida. Será que Calvin teria sido capaz de fazer alguma coisa com ela? Isso mudava tudo. Arrumei boa parte das minhas coisas para o caso de eu precisar fazer uma fuga repentina. Sem um carro ou celular, não sabia como ia conseguir sair dali. Eu poderia roubar a caminhonete de Calvin ou ligar do telefone fixo — se ao menos ele estivesse funcionando. Não tinha ouvido a linha tocar nenhuma vez desde que cheguei. Era necessário bolar um plano. Talvez o melhor jeito fosse agir como se eu estivesse tranquila, pelo menos até meu carro ser consertado.

Uma batida à porta me arrancou dos meus pensamentos.

"Posso entrar?", perguntou Calvin.

Sentei-me na cama e peguei um livro da mesa de cabeceira, fingindo lê-lo.

"Pode."

A porta foi aberta, e Calvin entrou carregando aquela porcaria de ursinho de pelúcia. Eu queria arrancar a cabeça daquele bicho idiota.

"Isto estava no sofá." Ele se sentou na cama, me entregando o urso. Joguei-o de lado.

Calvin abaixou a cabeça.

"Desculpe por não ter te contado sobre Charlotte. É sério, foi uma vez só. Eu estava preso numa onda de autocomiseração e, bem, ela estava por perto. Uma coisa levou à outra." Ele deu de ombros. "Mas isso não é pretexto, claro. Eu deveria ter te contado."

Ele colocou a mão sobre o cobertor. Minha coxa estava debaixo do tecido. Quase estremeci, mas desacelerei a respiração para tentar me acalmar.

"Sobre o que mais você está mentindo?" Avaliei o rosto dele. Eu já sabia de algumas de suas desonestidades. Será que ele ia se prontificar a confessá-las? Ou ia continuar mentindo?

"Nada, juro."

Mentira.

Ele exalou bruscamente.

"Ela me disse que dormiu com Joe." Calvin olhou para mim. "Ontem à noite depois do churrasco."

Eu sabia que Calvin só estava me contando aquilo para que eu sentisse pena dele. Até parece. Mas por que Charlotte insinuara que Joe era perigoso? Se fosse mesmo, não teria dormido com ele. Teria? Ou talvez ela fosse maluca nesse nível. Doida o suficiente para dormir com um sujeito potencialmente perigoso só para tentar deixar Calvin com ciúmes.

Peguei o copo de água na mesa de cabeceira e tomei um gole. Havia vergonha no olhar de Calvin, mas tinha raiva também. Onde é que estava aquela gentileza que eu vira uns dias atrás? Ele movimentava a mão sobre o cobertor, acariciando minha coxa sob o tecido, tentando me consolar. Mas não havia nada de reconfortante naquele gesto.

"Eu sei que você está brava, e tem todo o direito de estar. Desculpe. Não me importo com nenhum deles, com Charlotte, Joe ou Betty. Só me importo com você e quero fazer isto dar certo", declarou ele.

Calvin ficou avaliando minha expressão, à espera de que eu dissesse alguma coisa, quase ansiando para que eu falasse. Às vezes, calar-se é muito mais eficaz.

"Eu te amo, Grace Evans. Estas não são as melhores circunstâncias para lhe dizer isso, mas eu amo. Eu me apaixonei por você." Ele meio que contraiu o rosto. Meu silêncio o enfurecia, era nítido, só que estava tentando esconder a raiva ao máximo. Mas todo seu esforço carecia de mais competência.

Quando continuei calada, Calvin pigarreou.

"E eu não quero que você diga que me ama também. Só queria que você soubesse como me sinto." Ele se levantou da cama e caminhou até a porta.

Antes de apagar a luz, sorriu e disse: "Boa noite, Grace". Daí se recostou no batente, ainda esperando que eu respondesse. Depois de mais alguns instantes de silêncio, fechou a porta. Mas eu sabia que ele permanecia ali do outro lado. Totalmente imóvel, como uma estátua. Passaram-se alguns minutos antes que sua sombra enfim desaparecesse. Seus passos altos e firmes marcharam pelo corredor. Afundei-me nos travesseiros e puxei as cobertas até o queixo.

"Adeus, Calvin", sussurrei para o quarto escuro e silencioso.

Abri os olhos quando senti parte do colchão afundar. Eu não sabia que horas eram. O quarto ainda estava escuro como breu, então presumi ser tarde da noite. Estava deitada de lado, e um braço caiu em cima de mim. Então um corpo me envolveu e me puxou para si. Cogitei expulsar Calvin da cama, mas eu estava em uma posição muito vulnerável. E se eu incitasse aquela raiva que ele estava tendo dificuldade para esconder? Pus-me a respirar pelo nariz, mas parei quando percebi algo errado. Calvin não cheirava a Jack Daniel's.

Saí desesperada da cama, gritando e berrando. As luzes se acenderam. Calvin surgiu junto ao batente da porta usando apenas cueca boxer. Deitado na cama, estava Albert. Ele se sentou, desgrenhado e bêbado. Seus olhos mal se abriam.

"O que tá acontecendo?" A fala de Albert estava arrastada.

"Você está na porra da minha cama", berrei.

Calvin correu até mim e apontou para Albert.

"Saia da cama dela!"

O velho parecia confuso. Ele se levantou, se arrastando e tombando sobre a parede tão logo tentou ficar de pé.

"Ele deve ter se confundido."

"Desculpa por isso, mocinha." Albert tirou um chapéu imaginário e seguiu cambaleando em direção à porta, acenando enquanto deixava o quarto. Outra porta foi aberta com um rangido e depois fechada com um estrondo.

Empurrei Calvin para bem longe de mim.

"Quero a porra de uma tranca na minha porta!"

Ele levantou as mãos e assentiu.

"Claro. O que você quiser."

"E ele precisa ir embora", exigi.

Calvin esfregou os olhos.

"Não posso expulsá-lo agora. É meia-noite. Tenho certeza de que foi um acidente. Ele é velho e está bêbado."

"Um acidente? Você não viu o jeito como ele me olhava." Estremeci. "Você prometeu que eu estaria segura aqui."

"Eu sei. Desculpe." Calvin pôs as mãos nos meus braços. "Vou instalar uma tranca amanhã e ver se consigo acomodar Albert em outro lugar."

Ele me encarou, bem nos olhos, esperando uma resposta.

Tirei suas mãos de mim e me afastei, voltando para a cama.

"Feche a porta quando sair", ordenei, puxando as cobertas até os ombros.

Calvin hesitou por um momento e suspirou.

"Tudo bem", cedeu enfim. "Durma bem, Grace." Então apagou a luz e fechou a porta, mais uma vez se demorando do outro lado. Em algum momento, devo ter pegado no sono, pois não ouvi seus passos se afastando. Ou então acho que ele passou a noite inteira ali.

DIA OITO

36

CALVIN

Depois de apertar o último parafuso, joguei a chave de fenda na caixa de ferramentas e testei a maçaneta da porta, me certificando de que a tranca estava bem instalada. Eu já deveria ter colocado trancas quando comecei a alugar os quartos, mas ninguém nunca tinha reclamado disso até agora, então acabei esquecendo.

"O que você está fazendo?" Grace se sentou na cama, no susto. Seu cabelo estava todo bagunçado, e olheiras coloriam a pele abaixo dos olhos. Estava claro que não tinha dormido bem.

"Desculpe, não era minha intenção acordar você", falei, ficando de pé. "Instalei a tranca que você pediu."

Grace me fitou sem dizer nada. Seus olhos piscaram várias vezes, disparando entre mim e a tranca recém-instalada. Acho que, depois de ontem, ela simplesmente optara por me excluir de sua vida e só estava esperando vencer seu período no rancho. Mas eu ainda esperava convencê-la do contrário.

"Eu só queria ter certeza de que você vai ficar à vontade." Dei alguns passos até ela e estendi uma chave prateada. "Aqui", ofereci, balançando-a na frente dela.

Se era isso de que ela precisava para se sentir segura, eu lhe daria. Esse é o lance da segurança: tanto faz tê-la ou achar que a tem, é praticamente a mesma coisa — até o momento em que deixa de ser. Enfim, ela aceitou a chave e a segurou. Tenho certeza de que foi reconfortante, tipo um cobertorzinho de estimação para uma criança pequena.

"Espero que isso ajude você a se sentir melhor."

Grace não disse nada. Só ficou me encarando com aqueles olhos azuis, azuis. Eu não soube dizer se ela não sabia o que responder ou se simplesmente estava com medo de falar. Eu esperava que fosse o primeiro caso — embora o medo não seja necessariamente um sentimento permanente. Em algum momento, ele sempre passa. Fiquei avaliando sua expressão vazia, desde o beicinho perfeito até o nariz delicado e o arco das sobrancelhas, mas não consegui interpretar nada ali.

"Ontem à noite, eu estava falando sério." Respirei fundo, esperando que ela dissesse alguma coisa, qualquer coisa. Por mim, Grace poderia até berrar comigo. Eu só queria que ela falasse. Mas era como se ela não estivesse mais ali. Fisicamente, sim. Mas psicológica e emocionalmente, tinha ido embora. Talvez tivesse sido tudo fruto da minha imaginação, e ela jamais tivesse estado no rancho, para início de conversa. Como é que conseguimos passar de amantes a estranhos em meras 24 horas?

Olhei para minhas mãos. Estavam trêmulas. Cerrei os punhos e tentei acalmá-las.

"Bem, tenho que sair para resolver algumas coisas, mas voltarei assim que puder." Dei meia-volta e me dirigi à porta, pegando a caixa de ferramentas ao sair. Ainda olhei para trás, na esperança de que Grace falasse alguma coisa ou mesmo olhasse para mim do jeito que me olhara no pasto antes de tudo dar errado. Em vez disso, ela se deitou e se virou para o outro lado.

Fechei a porta e soltei um suspiro pesado. Não era assim que deveria ser. De algum modo, a coisa toda tinha degringolado. Isso sempre acontecia comigo. De pé, fora do quarto, colei a orelha na porta. Só queria ficar perto de Grace. Estava tudo silencioso lá dentro. Esperei alguns minutos, mas não ouvi nada. A porta de Albert ainda estava fechada também, então presumi que não acordaria antes do meio-dia, e eu poderia cuidar dele quando voltasse da mercearia.

Em dois dias, Grace estaria pronta para partir, e, se ela fosse embora, eu sabia que nunca mais a veria. Esta cidade tinha seu jeitinho de prender os moradores e expulsar os visitantes. Mas eu não podia permitir uma coisa dessas. Grace era minha.

37

GRACE

Fui até a varanda carregando um copo de limonada e o último livro que pretendia ler. O sol estava alto, os raios escaldavam a grama seca. Acomodando-me na cadeira de balanço, pus a limonada na mesa ao meu lado e abri a primeira página do livro. Depois que Calvin saiu, passei um bom tempo deitada na cama pensando em como poderia passar os próximos dois dias. Ele ainda era meu *crush*, mas eu estava tentando me distanciar porque sabia que Calvin tinha algum problema, e talvez exatamente por isso eu tivesse sido cativada por ele. Fodidos na vida atraem outros fodidos na vida.

"O que você tá lendo aí?"

Albert estava diante da porta da frente, ostentando uma cerveja e um sorriso torto. Revirei os olhos e concentrei minha atenção na página.

Seus passos pesados ficaram mais ruidosos quando ele veio na minha direção. Embora fosse grande, o sujeito era velho e principalmente um bêbado, então imaginei que, caso fosse necessário, eu pelo menos conseguiria correr mais do que ele. Albert se sentou na cadeira de balanço ao meu lado, oscilando lentamente para a frente e para trás.

"Minha memória não é das melhores, mas acho que te devo desculpas", afirmou ele.

Eu simplesmente assenti.

"Desculpa. Sou um homem meio frouxo, mas minha palavra é sólida. Não vai acontecer de novo e, sendo muito franco, foi um acidente." Ele tomou um golão da cerveja. "Posso ter um monte de demônios, mas nenhum deles machucaria uma mulher." Albert ergueu a sobrancelha por sobre o gargalo.

"Demônios?", perguntei.

"Todos nós temos nossos demônios. Até você, tenho certeza."

"Sim", concordei, virando uma página.

"Só que algumas pessoas são melhores em esconder isso", acrescentou ele. A cadeira rangia a cada balançada.

Virei-me para o sujeito, e meu olhar desfilou sobre sua pele carcomida. Uma pulseira prateada com informações de caráter de saúde pendia frouxamente de seu pulso. Albert não passava de um velho doente e bêbado, nada mais.

"Para que é isto aí?", apontei para a joia.

Ele olhou para baixo, estendendo a mão.

"Ah, isto." A luz do sol refletiu no metal. "Lista de coisas que não posso consumir. Como eu disse, tenho muitos demônios. De um lado, há o que não posso consumir; do outro, coisas que me consomem." Ele riu e estendeu sua cerveja. "Sou o que Darwin chamaria de 'espécie mais fraca'."

Dei um sorrisinho.

"E o que é que você não pode consumir?"

"Mariscos, nozes, ovos, morangos, não posso ter contato com abelhas. Pode listar o que você quiser. Proibido para mim. É por isso que minha dieta se resume a carne vermelha e álcool. E por mim tá ótimo assim." Albert riu de novo e botou a garrafa vazia na mesinha ao lado.

"E o que te trouxe aqui?" Fechei o livro, dando total atenção a ele.

"Um monte de decisões ruins ao longo da vida, creio eu. Mas, às vezes, depois de pegar sempre a estrada mais deserta, você acaba mudando para o caminho mais fácil, sabe?" Ele olhou para mim.

"Acho que entendo o que você quer dizer."

"E você? Por que tá aqui?", quis saber Albert, trazendo a garrafa de cerveja de volta aos lábios. Era evidente que se esquecera de que estava vazia.

"Ainda seguindo a estrada mais deserta, acho."

Ele percebeu estar consumindo apenas ar e então afastou a garrafa da boca.

"Permaneça nela, porque, em algum momento, ela acaba."

"Você não é tão ruim assim, Albert."

Afinal, ele e eu não éramos tão diferentes. Ele também viajava sozinho, tinha seus vícios com os quais lidar e estava sempre buscando situações que mantivessem a vida interessante.

"Mas também não sou tão bom assim." Ele sorriu, erguendo a garrafa. "Vou pegar outra dessa." Vários de seus ossos rangeram e estalaram quando ele se levantou. "Quer uma?"

"Aceito."

Ele saiu com seus passos arrastados, desaparecendo dentro de casa. Não mais de um minuto depois, a caminhonete de Calvin estacionava com uma viatura da polícia em seu encalço. Eu sabia que aquele lugar era encrenca. Senti isso assim que botei os pés ali.

38

CALVIN

Na varanda, Grace balançava para a frente e para trás na cadeira. Meu desejo era voltar para casa todos os dias e poder encontrá-la ali. A imensidão do céu azul nos cercava como se fosse nosso miniuniverso perfeito, só para nós dois. Ela era um deleite. Seu cabelo loiro estava preso em um coque bagunçado. Imaginei-me desfazendo-o, vendo as mechas caírem ao redor do rosto. Fiquei feliz por ela ter saído do quarto. Ouvi o motor de um carro sendo desligado atrás de mim. Eu nem sequer tinha percebido que vinha sendo acompanhado. Wyatt saiu de sua viatura.

"E aí, cara", cumprimentei.

Seu rosto estava supervermelho, e os punhos estavam cerrados junto ao corpo. Uma veia grossa e raivosa latejava no centro da testa e parecia prestes a estourar a qualquer momento. Dando três passos largos, logo ele se postou bem na minha frente. Em vez de sua habitual saudação amigável, quem falou foi seu punho. O impacto me lançou para trás, e agora o sol já não era a única estrela a se fazer presente para mim. Minha bochecha latejava, mas consegui manter a compostura.

"Que diabos, Wyatt!"

Antes que ele se reaproximasse para um novo cumprimento, Grace se colocou entre nós, as mãos detendo um e outro pelo peito. Ela me perguntou se eu estava bem. Ali eu soube que ainda se importava comigo. E, se não fosse o caso, em algum momento ela voltaria a se importar.

Wyatt estufou o peito e ergueu o queixo.

"O que você fez com Charlotte?", esbravejou ele.

"O quê? O que foi que ela te disse?"

Grace ainda estava com as mãos levantadas, nos separando um do outro. Eu estava de olho na arma no coldre de Wyatt. Seria ele capaz de atirar em mim e me matar ali mesmo? Ele parecia zangado o bastante para fazê-lo.

"Eu vi o que você fez com ela. Eu vi o corte na cabeça dela!"

Exalei, estufando as bochechas. Meu olhar foi para Grace e depois para Wyatt. Char de fato não mentira. Eu tinha feito aquilo mesmo. Só que não fora intencional! Se eu quisesse machucá-la, teria machucado. Foi um mero acidente. Ela deturpara as coisas para Wyatt porque ele era um fantoche dela. Isso era óbvio.

"É verdade?", berrou ele. "Você fez aquilo com ela? Se fez, vou assegurar que ela dê queixa."

"Não!", interveio Grace. Ela se aprumou para Wyatt, e ele deu um passo rápido para trás, como se estivesse com medo.

"Charlotte veio aqui caçando encrenca. Ela estava bêbada e brava. Ela me disse..." Grace fez uma pausa. "Disse que dormiu com Joe. Então, se você quiser prender alguém, pode prendê-la por dirigir embriagada e por ser a puta da cidade."

Wyatt arregalou os olhos de incredulidade. E agora eles se revezavam entre mim e Grace. Ele soltou um suspiro pesado e cambaleou para trás.

Grace deixou de fora a parte sobre Charlotte e eu termos dormido juntos, evidentemente para me proteger.

"Ela dormiu com Joe?", gaguejou Wyatt.

Meu amigo era apaixonado por Charlotte, mas essa revelação mudava tudo. Tenho certeza de que ele tinha esperanças de que ela fosse reatar, de que talvez só estivesse com medo de sossegar num relacionamento. Ela até queria isso, mas não com ele. O lance dela era comigo, e Joe era só mais um fantoche dela.

Inclinei a cabeça, lançando um olhar empático para ele.

"Sinto muito, cara."

"Joe é o meu melhor amigo." O lábio de Wyatt tremeu.

"Eu sei." Encurtei a distância entre nós e dei um tapinha no ombro dele. Ao me flagrar enredado pelas ações de Charlotte, me esqueci do papel de Joe na situação. Wyatt e Joe eram melhores amigos desde a infância. Wyatt permanecera ao lado de meu irmão após o acidente, depois que a maioria da cidade lhe dera as costas. Ele jamais acreditou nos rumores de que Joe poderia ter feito aquilo de propósito. Inclusive, cuidou dele até que tivesse condições de prosseguir por conta própria.

Wyatt aprumou os ombros.

"Tenho que ir." Depois abaixou a cabeça por um segundo. "Desculpe", murmurou.

"Tá tudo bem", respondi.

Wyatt entrou na viatura sem dar outra palavra e saiu da garagem. Eu não tinha ideia do que ele faria a seguir, mas sabia que não era boa coisa. Uma vez na estrada, seus pneus cantaram, e ele ligou os faróis e a sirene, acelerando em direção ao centro de Dubois.

Balancei a cabeça e me voltei para Grace.

"Obrigado por me defender."

Ela apontou para minha bochecha.

"É bom você colocar gelo nisso aí."

"Tudo bem por aqui?" Albert surgiu na varanda, segurando duas cervejas. "Ouvi uma gritaria."

Grace fez que sim com a cabeça e pegou uma das cervejas dele.

"Está tudo certo." Eles brindaram tilintando as garrafas e beberam.

Imaginei que aquele seria o melhor momento para contar toda a verdade a ela, mas tal ideia logo se dissipou. As coisas estavam melhorando, e eu não queria que uma coisinha besta como a verdade estragasse tudo, então simplesmente sorri e me juntei aos dois.

O gás da cerveja formigava na minha língua, ou talvez fosse Grace quem me fizesse formigar. Ela estava sentada ao meu lado, comendo um misto quente. De algum modo, depois de meia dúzia de cervejas com Albert na varanda, ela voltou a se afeiçoar a mim e até permitiu que eu lhe preparasse algo para comer. O céu parecia uma pintura em aquarela, uma mistura de azuis, amarelos e rosas, mas a beleza dele empalidecia quando comparada a de Grace. Ela balançava na cadeira de madeira rangente. Voltamos a falar sobre encontros românticos, e ficamos sabendo de mais coisas a respeito um do outro, coisas de que a gente gostava e não gostava, esperanças e sonhos, e tudo o mais. Foi legal, muito legal.

"Qual é o seu maior arrependimento?", perguntou ela, afastando a garrafa dos lábios. O líquido deixou um rastro de brilho cintilante que implorava para ser beijado. Mas resisti.

"Ter ido embora daqui", falei. "Mas também ter voltado."

Grace inclinou a cabeça.

"Por quê?"

"Quando fui embora, me senti um animal selvagem sendo libertado do cativeiro. Saí daqui e vivenciei a liberdade, mas aí percebi que o mundo não era como eu imaginava. Então, voltei para a jaula, por assim dizer." Olhei para ela casualmente. Eu tinha certeza de que minhas palavras não estavam fazendo muito sentido, mas ela assentiu mesmo assim.

Grace levantou uma sobrancelha.

"Você não faz Airbnb por causa do dinheiro, não é?"

Talvez ela tenha me decifrado por completo.

Balancei a cabeça e bebi.

"Verdade, não é pelo dinheiro."

"Por que você mentiu para mim?", indagou, pousando o prato vazio na mesa entre nós.

"Como você soube que eu estava mentindo?"

"Não importa como eu soube. A pergunta aqui é por que você mentiu." Ela me fitou. E, provavelmente, já devia estar me analisando durante toda sua estada aqui.

Deixei escapar um suspiro profundo, e parte da verdade veio junto dele.

"Menti porque estava envergonhado. As apólices de seguro de vida dos meus pais me renderam muita grana, mas logo aprendi que dinheiro não é tudo. Então, comecei o Airbnb simplesmente porque estava solitário." Meus olhos se voltaram para ela.

Grace comprimiu os lábios e baixou o queixo.

Acho que ela se sentia mal por mim.

Ficamos sentados ali por mais um tempinho, balançando em nossas cadeiras e olhando para o açude e o pasto verdejante além. Mas eu não poderia permitir que a conversa findasse ali.

"E você? Qual é o seu maior arrependimento?"

"Não tenho nenhum", retrucou ela.

"Até parece."

"Não, é sério, não tenho. Se foi bom, eu me diverti. Se foi ruim, eu aprendi alguma coisa. Não posso sair por aí me arrependendo das coisas que me tornaram quem sou." Ela empinou o queixo.

"Você é uma figura", comentei, tomando um gole.

"E isso é bom?"

"Acho que nesse caso não faz diferença, afinal de contas, não tenho como me arrepender por ter conhecido você. Bem, isso se eu for de acordo com a sua lógica." Sorri, lançando-lhe um olhar breve antes de voltar a admirar o sol poente. Ele refletia no açude, fazendo a superfície parecer vidro.

"Você está me provocando, Calvin?"

"Claro que não. Jamais faria isso."

Grace gargalhou. Estávamos de volta ao sexto dia, como se o sétimo nunca tivesse acontecido. Estávamos flertando de novo. Estávamos conversando de verdade. Acho que ela conseguia enxergar um futuro ao meu lado. E eu seria capaz de excluir o restante do mundo só para ficar com Grace Evans.

"O que está havendo com o meu carro?", começou ela.

A pergunta foi um soco no estômago. Ela sempre perguntava sobre aquela merda de carro para poder fugir de mim.

"Vai ser consertado amanhã." Falei sem qualquer entusiasmo na voz, como se estivesse lendo um manual de instruções.

A porta de tela se abriu e fechou com um *paf*. Albert saiu, arrastando os pés com seus passos pesados e cambaleantes. Sua pele estava corada, e o cabelo estava embaraçado em algumas áreas e espetado em outras. Não sei dizer se ele vinha aumentando as doses de álcool ou de sonecas.

"Ei, Calvin! Bebi um tiquinho a mais hoje." *Mistério solucionado*. "Meu Jack acabou. Você se importaria de me levar até a cidade?"

Estreitei os olhos de leve.

"Estou meio ocupado aqui."

Grace recolheu as garrafas de cerveja e os pratos vazios.

"Ah, pode levá-lo à cidade. Até porque nosso vinho acabou também."
Com certa relutância, levantei-me da cadeira. Eu jamais devia ter concordado em hospedá-lo.

"Tá bom. Vou ser rápido." Antes que eu me acovardasse ou me contivesse, dei um beijinho rápido na testa de Grace. Ela não se afastou.

"Obrigado, Grace." Albert lançou um sorriso para ela enquanto descia os degraus da varanda em direção à caminhonete.

"Será que a gente deveria estimular esse hábito dele?", sussurrei para Grace em um último esforço para poder continuar conversando com ela.

"Ele está velho. Deixe-o ter as pequenas alegrias que ainda lhe restam", declarou ela. "Além disso, maus hábitos nem sempre são tão maus assim."

"Você é uma molenga, Grace." Quando me inclinei para beijá-la no rosto, ela virou a cabeça e permitiu que seus lábios encontrassem os meus. Eles eram cálidos e macios como meu travesseiro no verão. Quando ela se afastou, eu era puro sorriso. "Já volto."

"Melhor ir mesmo. Albert está esperando." Ela gesticulou para o carro. Albert já estava sentado no banco do carona, abaixando o vidro.

Assenti e fui até o carro, porém sem tirar meus olhos de Grace. Eu queria olhar para ela o tempo todo. Algumas coisas simplesmente exercem grande atração sobre a gente, e Grace era uma dessas coisas.

39
GRACE

Depois que Calvin saiu, me flagrei parada no final do corredor. Meus olhos dispararam para a porta com o cadeado, aquela que dava para o porão, aquela proibida. Ele não iria demorar mais de meia hora na rua. Dei alguns passos até a tal porta, debatendo se valia a pena ou não dar uma espiadinha. Será que ia dar tempo? Calvin já estava fora fazia uns dez minutos. E interessava saber o que havia lá embaixo? Isso mudaria alguma coisa? Ou eu deveria apenas me concentrar nos meus dois dias restantes aqui? Só mais dois dias. Quarenta e oito horas. Dois mil oitocentos e oitenta minutos. E aí seria o fim de tudo isto aqui. Eu tinha esperanças de que Calvin fosse perceber que era temporário. Tudo era temporário, até a vida propriamente dita. Mas eu não sabia dizer se ele tinha noção disso ou se aceitava. Ele me olhava como se eu fosse o início e o fim. Nem fodendo que havia chance de eu permanecer no rancho. Mas mesmo a menor das esperanças vai longe. Só precisava garantir o conserto do meu carro até amanhã, para que eu pudesse pegar a estrada no dia seguinte, bem cedinho.

Uma batida à porta da frente me sobressaltou. Atravessei a sala e hesitei antes de abri-la. Um socão na madeira me fez pular de susto. Minha mão pairou sobre a maçaneta. Mas, antes que eu pudesse girá-la, a porta foi aberta, e Joe entrou aos tropeços. Recuei rapidamente, me distanciando dele. Suas roupas estavam imundas, cobertas de sujeira e poeira. Seu lábio inferior estava inchado; o nariz, sangrando; e o olho, desabrochando um hematoma vindouro.

"Joe! O que aconteceu com você?"

Ele tocou o lábio, posicionando um dedo manchado de sangue em seu campo de visão, daí sorriu. Cambaleando sala adentro, de repente parou e se postou na frente do espelho com moldura de madeira pendurado acima do sofá.

"Droga, ele me pegou de jeito", disse, virando a cabeça de um lado para o outro. A seguir, tocou a maçã do rosto com as pontas dos dedos e estremeceu.

"Quem fez isso com você?"

Ele não respondeu. Simplesmente começou a gargalhar feito louco. Corri para a cozinha, peguei um pano e o enfiei na água fria, depois apanhei uma cerveja gelada na geladeira e tirei a tampa. De volta à sala, encontrei Joe caído no sofá. Ele aceitou de bom grado o pano e a cerveja, assentindo, agradecido. Tomou um gole da garrafa e limpou o sangue do rosto com as costas da mão.

As palavras de Charlotte passaram pela minha mente. *Espero que Joe mantenha você aqui pra sempre.*

Dei dois passos para trás.

"Cadê o Calvin?" Joe cerrou a mandíbula ao falar.

"Deu um pulo na cidade. Vai voltar daqui a pouco." Sentei-me na poltrona que ficava ao lado do sofá, a mais distante de Joe.

Seus olhos injetados examinaram a sala de estar e pousaram em mim.

"Calvin fez isso comigo."

"O quê? Quando?"

Quando foi que ele teve tempo de fazer aquilo? Ele estava com Albert e não fazia mais de uns doze ou quatorze minutos que tinha saído do rancho.

"Quando ele falou pro Wyatt que eu dormi com a Charlotte." Joe soltou uma risada e bebeu outro gole de cerveja.

Engoli em seco. Fui eu quem falei para o Wyatt, não Calvin. Fiquei tamborilando os dedos no joelho e então os levei aos lábios, roendo minhas unhas descascadas.

Joe balançou a cabeça.

"Nem me lembro do meu lance com ela, na verdade. Ela foi até o bar, dizendo que queria conversar, e aí veio para cima de mim. Não me lembro do restante."

Posicionei os braços diante do corpo, cruzando-os sobre a barriga. Eu esperava que Calvin entrasse logo por aquela porta, afinal de contas, ele faria qualquer coisa por mim, contanto que ainda achasse haver esperança para nós. Por que nunca estava presente quando a merda batia no ventilador?

"Bem, enfim. Wyatt veio e me confrontou hoje cedo. Disse que sabia do lance entre mim e Char." Joe riu. "Meu irmão, o menino de ouro, se voltando contra mim de novo."

Ele levantou o pé e o pousou violentamente na mesinha de centro. Dei um ligeiro pulinho de susto no assento. Os predadores se refestelam no medo.

"Ele te contou a verdade sobre nossos pais?"

Assenti.

"Fiquei sabendo do incêndio."

Joe riu de novo, uma risada forçada e assustadora.

"A coisa já pegava fogo na nossa família muito antes de esta casa queimar."

Inclinei-me para a frente na poltrona.

"O que... como assim?"

"Nosso pai não era um bom sujeito. Ele era abusivo, um bêbado. Calvin conseguiu cair fora por alguns anos. E eu fiquei feliz porque alguém, finalmente, tinha saído desta cidade. Permaneci aqui e trabalhei neste rancho todos os dias. Mas mantive distância do nosso pai. Com isso, restou apenas uma pessoa nesta casa para ele abusar: minha mãe."

"Sinto muito", falei. Corri um dedo sobre uma cicatriz grossa no meu joelho, tentando me ocupar. Não me lembrava bem de quando ou onde tinha ganhado aquela marca. Às vezes, a gente não tem noção da origem de nossas cicatrizes.

Joe tirou o pé da mesinha e bebeu o resto da cerveja.

Pisquei várias vezes, sem saber o que dizer.

"Por que você está me contando tudo isso?"

"Só para você se sentir acolhida na nossa família. Quero que você saiba onde está se metendo. A gente pode ter escapado do abuso do nosso pai, mas não escapamos da genética." Joe sorriu.

Levantei-me da poltrona e fui recuando muito discretamente em direção à cozinha. Eu precisava me distanciar mais ainda dele.

"Você está me assustando, Joe."

Ele saltou do sofá, segurando a garrafa junto ao corpo, os dedos agarrando o gargalo.

E deu um passo na minha direção.

"Ah, não há nada a temer. Sou o único aqui que sempre foi honesto com você."

Recuei mais para dentro da cozinha, avançando devagarzinho até o telefone pendurado na parede.

"Acho que você deveria esperar lá fora."

"O que você tá fazendo, Grace?"

Não respondi.

Suas pupilas dilataram quando ele tropeçou na minha direção. Peguei o telefone na parede e o botei o gancho na orelha. Eu mal conseguia ouvir o tom de discagem.

"O que você tá fazendo, Grace?", indagou ele em tom de provocação.

Afastei-me dele até onde o fio do telefone permitia, e, a essa altura, o espiralado já não existia, o fio estava completamente retesado, e me perguntei se mais alguém teria passado pela mesma situação naquela casa.

"Emergência, em que posso auxiliar?", disse uma voz feminina do outro lado da linha.

"Por favor, mande um policial ao rancho dos Wells na rodovia 26."

"Calvin tirou tudo de mim. Acho que é hora de tirar algo dele." Os lábios de Joe formaram um sorriso sinistro. Ele jogou a garrafa de cerveja de lado. Quando ela se estilhaçou contra a parede atrás de mim, Joe agarrou o fio do telefone, arrancando o gancho da minha mão, que caiu no chão fazendo *pof*, se estilhaçando em pedacinhos.

"Eu não me lembro de ter dirigido na noite em que Lisa morreu." Ele olhou para o teto como se estivesse tentando evocar uma lembrança.

Franzi a testa.

"O que você está dizendo?"

"Eu me lembro de ter saído com Calvin e Lisa. E lembro que não estava nem um pouco a fim de sair naquela noite porque tinha trabalhado

24 horas direto entre o rancho e a oficina. Só queria dormir, mas era aniversário de Calvin. Fomos na minha caminhonete até o Pine Tavern. Essa é a última coisa da qual me lembro."

"Então, você deve ter pegado no sono a caminho de casa", sugeri, me afastando dele.

Joe me encarou, movimentando a mandíbula. Minhas costas já estavam coladas na parede. Foi o máximo que consegui me afastar dele naquela cozinha apertada. As palavras de Charlotte ecoaram na minha mente outra vez. *Espero que Joe mantenha você aqui pra sempre.*

"Talvez. Mas Char me falou algo que me faz pensar o contrário. Ela disse que viu a gente saindo do bar naquela noite." Joe tossiu, e sangue escorreu de sua boca. Ele cuspiu no chão e limpou os lábios com as costas da mão.

"O que ela falou?"

Ele deu alguns passos e parou quando estava a uns trinta centímetros de mim. Daí se inclinou e fungou, cheirando meu cabelo. Não sei bem qual era o meu cheiro para ele, mas o dele, para mim, era uma mistura de desespero e arrependimento, como rum encorpado combinado a fumaça de cigarro e suor. Afastando-se, Joe sorriu. Então, estendeu a mão em minha direção, e eu me encolhi (grande erro) achando que ele fosse me agarrar. Em vez disso, Joe arrancou a base do telefone da parede. O aparelho caiu no chão. O suor se acumulava na linha do meu couro cabeludo. Minha respiração acelerou ainda mais, e meu olhar disparou por toda a cozinha em busca de alguma coisa para me proteger. O suporte de facas no balcão estava muito longe. Meus olhos encararam os olhos de Joe.

"Não importa. Isso não muda nada." Ele balançou a cabeça e se afastou de mim. "Este lugar deveria ter queimado inteiro da primeira vez."

"Talvez mude tudo", falei.

Ele me olhou com cautela, e achei que fosse revelar o que Charlotte lhe dissera, mas ele só contorceu o rosto.

"Você não deveria estar aqui, Grace."

Engoli em seco.

Do bolso de trás, ele sacou um frasquinho de plástico. Daí retornou aos tropeços para a sala de estar e olhou em volta por um momento, quase como se estivesse absorvendo tudo pela última vez. Depois, cambaleou até a imensa janela adornada com cortinas florais pesadas. Sua cabeça pendeu para um lado e depois para o outro, e, a seguir, ele se pôs a molhar as cortinas com o líquido turvo do frasco.

Voltando-se para mim, riu num tom de chacota.

"Este Airbnb está fora do mercado."

Afastei-me da parede e dei alguns passos apreensivos até ele, tentando entender suas intenções. Joe enfiou a mão no bolso e encarou a janela de novo. *Clique. Clique. Clique.* As cortinas explodiram em chamas. Ele acendeu o isqueiro mais uma vez, e a outra cortina pegou fogo.

"O que diabos você está fazendo?", gritei.

Joe ignorou a pergunta e deu uma gargalhada maníaca. Tentou atear fogo no sofá, mas não estava pegando.

Corri para a cozinha, vasculhando os armários em busca de um extintor de incêndio. Quando não consegui achar nenhum, peguei uma tigela e enchi com água. De volta à sala, quando estava prestes a jogar a água nas cortinas em chamas, senti braços ao meu redor. A tigela escorregou das minhas mãos e caiu no chão, encharcando meus pés.

"Deixe queimar, Grace", sussurrou Joe ao meu ouvido enquanto me segurava firmemente contra o próprio corpo. Seu hálito quente pinicava minha pele. Dei um pisão no pé dele e tentei me soltar, mas ele era forte demais. Joe me continha com força, rindo enquanto as cortinas queimavam.

"Você está me machucando."

Joe ignorou minhas palavras, mas acabou afrouxando os braços, o bastante para eu conseguir escapulir. Ergui um braço, impulsionei o quadril para o lado e o golpeei bem na virilha. Ele gemeu e desabou no chão. Quando tentei fugir, agarrou meu tornozelo, fazendo com que eu caísse no chão com ele. Com a outra perna, passei a chutá-lo, lutando para me livrar de suas mãos. Uma nuvem de fumaça forrava o teto. Minha respiração estava rápida e descontrolada, e, como resultado, eu estava inalando aquele ar tóxico aos borbotões. A fumaça fazia meus olhos arderem e queimava meus pulmões, provocando um ataque de tosse.

"Estou salvando você, Grace", declarou Joe. "Do Calvin."

Escancarei a boca para respirar, e Joe, por fim, não aguentou mais segurar meu tornozelo, permitindo que eu rastejasse para a liberdade.

40

CALVIN

Vi o fogo assim que entrei na estradinha que dava para a casa. Uma chama dançava na janela da sala. Então acelerei, pisando no pedal com veemência.

"Uau, qual é a pressa?", perguntou Albert enquanto tomava um gole de sua garrafa de Jack, totalmente sem noção. Um filete escorreu pelo queixo e derramou na camisa dele.

"Eu te falei para não beber isso aqui dentro."

Ele aparou o uísque que escorria do queixo, levando-o aos lábios com o dedo indicador.

Pisei no freio.

"Grace!", gritei, saltando da caminhonete, e corri em direção à casa.

Lá dentro, vi Grace rastejando para se afastar das cortinas em chamas. O fogo já se alastrava para a parede e o teto, e a sala estava envolta em fumaça. De pronto, corri até a cozinha, praticamente saltando lá dentro. De baixo da pia, tirei o extintor de incêndio.

Assim que me levantei e me virei, algo atingiu meu rosto. De repente, o sangue escorria do meu nariz e levei um segundo para perceber Joe plantado bem na minha frente, furioso, de punhos cerrados. Ele estava sujo e ensanguentado e se parecia com tudo, menos com meu irmão. Veias saltadas e raivosas decoravam seu pescoço e braços. Seus olhos estavam negros, como se tivessem enfiado dois pedaços de carvão em suas órbitas.

"O que você fez?!"

"O que eu já devia ter feito há muito tempo", esbravejou ele, dando um impulso com o braço para trás.

Quando Joe fez o movimento para me socar, bloqueei com o extintor de incêndio. Os nós de seus dedos trincaram contra o metal. Ele berrou de dor e tentou agitar a mão. Seus dedos não voltaram ao lugar, e ali percebi que vários estavam quebrados. Golpeei a mandíbula dele com o extintor de incêndio, fazendo-o cair para trás. Joe desabou e bateu a nuca no chão. Ele ficou inconsciente. Passei por cima dele e corri até a sala de estar. Grace não estava mais lá. Albert tossia com a fumaça enquanto batia nas cortinas com almofadas.

"Para trás", gritei.

Ele olhou para mim, jogou as almofadas no chão e saiu do caminho. Fiz uma varredura com o extintor de incêndio, indo e voltando, ao longo das cortinas e da parede, só parando depois que o fogo tinha se apagado por completo. Eu não ia permitir que aquele lugar se incendiasse outra vez.

Largando o extintor de incêndio no sofá, ouvi o piso ranger atrás de mim. Joe se apoiava na mesa da cozinha, mal conseguindo ficar de pé sozinho. Seus olhos estavam tão estreitos que não caberia um pedaço de papel entre as pálpebras. Eu não tinha certeza se ele estava me enxergando.

"Calvin, o menino de ouro, sempre salvando o dia." Joe balançou a cabeça e bufou sarcasticamente.

Levantei as mãos.

"Que porra você está fazendo?" Dei alguns passos até ele, em riste, pronto para enchê-lo de porrada outra vez.

"Deveria ter queimado da primeira vez", disparou meu irmão.

Tentei encarar seus olhos, mas era como se eu fosse invisível para Joe.

"Como é que você fala uma coisa dessas, Joe?"

Ele abriu os olhos um tico mais, evidenciando que conseguia, sim, me ver.

"O fogo não matou nossa família. A nossa mãe matou nosso pai e, depois, se matou."

"Não, eles morreram no incêndio." Balancei a cabeça. "Você está mentindo."

Ouvi a porta de tela se fechar atrás de mim e rapidamente olhei para trás. Era Albert, que agora saía correndo da casa.

"Não, não estou, Calvin. Pelo visto, você e mamãe têm algo em comum."

Não conseguia absorver o que ele estava dizendo. Dei um passo para trás — na verdade, foi mais como se eu tivesse tombado para trás. Minha visão embaçou. Era como se eu estivesse olhando o ambiente através de uma vidraça suja. Todo esse tempo e ninguém, nenhum filho da puta foi capaz de me contar a verdade sobre meus próprios pais, sobre o que de fato acontecera com eles. Quem sabia? Obviamente, o departamento de polícia e também o dr. Reed. Será que Betty sabia? Wyatt? Charlotte? Será que essa porra de cidade inteira sabia?

"Você está mentindo", repeti, incrédulo.

"Você sabe que o mentiroso da família não sou eu." Joe mudou de posição, tentando ficar de pé sozinho. Mas seu corpo tombou para um lado. "É você. Tem uma coisa sombria aqui. Será que você não consegue sentir?" Joe passou por mim, cambaleando, atravessou a sala de estar e seguiu para a porta da frente. "Eu sei que você sente, Calvin, porque está em você também."

A porta de tela bateu atrás dele. Agora sirenes rugiam ao longe. Eu estava prestes a ir atrás dele quando me lembrei de Grace. Arregalei os olhos e disparei pelo corredor. O quarto dela estava escuro como breu e num silêncio total. Uma rajada de vento entrou pela janela, soprando as cortinas. Acendi as luzes.

"Grace", chamei.

A tela havia sido removida, e a janela estava totalmente aberta.

"Grace!", gritei, colocando a cabeça para fora da janela.

Não dava para ver nada lá fora, somente a escuridão e as luzes vermelhas e azuis ao longe. Botei um pé no parapeito da janela, mas parei quando ouvi um farfalhar no armário. Firmando o pé de volta no chão, abri a porta dele. Fui atingido bem no peito pela ponta de um guarda-chuva fechado, ofeguei, caindo para trás.

Grace brandia o guarda-chuva com as mãos trêmulas.

Engoli em seco e botei o punho no meu esterno, bem onde ela perfurara.

"Grace", engasguei. "Você está bem?"

Ela assentiu várias vezes; o guarda-chuva tremia em suas mãos enquanto ela o segurava como se fosse um taco, em riste para golpear outra vez. Fiquei de pé e passei meus braços em torno dela.

"Desculpe."

Ela soltou o guarda-chuva, mas não me abraçou de volta. Grace estava rígida feito uma tábua e quieta feito um camundongo assustado. Simplesmente, estava parada lá, um corpo cálido de encontro ao meu. Esfreguei suas costas, esperando que ela arrefecesse, mas não aconteceu. Então a soltei e encarei seus olhos. O azul estava mais escuro agora. Na tentativa de avaliá-la melhor, afastei uma mecha de cabelo do seu rosto, acomodando-a atrás da orelha. Grace continuava no lugar feito uma pedra.

"Joe te machucou?", perguntei. Eu precisava saber. Se ele tivesse feito algo com ela, eu acabaria com a raça dele.

Ela nem sequer piscou. Seu rosto não se mexia. Mas ela conseguiu balançar a cabeça para dizer que não. Apertei os lábios e assenti.

"Muito bem, muito bem."

Dando-lhe um beijo na testa, puxei-a para meu peito de novo, assegurando-lhe de que estava tudo bem e de que ela estava a salvo agora.

"Eu quero me deitar", murmurou Grace.

Então a ajudei a se acomodar na cama. Ela se sentou, cruzou as pernas, daí se deitou por fim, encarando o teto. Seus movimentos estavam todos muito robóticos, como se estivesse no piloto automático. Seus olhos estavam enfeitiçados, mirando no teto branco chapiscado. As sirenes, enfim, silenciaram, mas as luzes piscantes das viaturas ainda estavam acesas lá fora.

"A polícia está aqui. Tenho que ir lá falar com eles."

Queria perguntar o que tinha acontecido, o que Joe tinha dito, o que ele tinha feito, mas era como se Grace estivesse em transe. Não sei bem se estava em choque ou algo assim.

"Tudo bem se eu te deixar sozinha por um tempo?"

Ela não falou. Apenas rolou para o lado, dando as costas para mim.

Permaneci ali por um momento. Eu não queria abandoná-la. Mas sabia que precisava fazê-lo.

Lá fora, um subxerife conversava com Joe. Provavelmente, era um novato, porque era um sujeito que eu nunca tinha visto. Joe estava sentado nos degraus da varanda, a cabeça entre as mãos. Albert não estava à vista. Devia ter fugido ao ouvir as sirenes.

"O que diabos aconteceu aqui?", questionou o policial, olhando na minha direção enquanto eu fechava a porta de tela. "Recebemos a ligação de uma mulher na central de emergência. Onde ela está?"

O oficial colocou a mão no quadril e soltou um suspiro profundo. Outra viatura subiu a entrada da garagem. O xerife Almond saiu dela, ajeitando a fivela do cinto.

"O que está havendo, subxerife?", perguntou o xerife.

"Acabo de chegar, senhor. Recebemos o chamado de uma mulher pedindo ajuda."

O xerife Almond absorveu a cena, olhando para Joe e depois para mim. Ele pigarreou.

"É a terceira vez que venho aqui em uma semana."

"Eu sei, senhor. Acabei de chegar." Arrastei os pés, desajeitado. "Foi Grace, a moça que você conheceu outro dia, que ligou."

"Bem, eu vou precisar falar com ela, então. Onde ela está?" O xerife Almond inclinou a cabeça.

"Deitada no quarto dela."

"Ela está bem?", perguntou o subxerife.

Dei uma conferida na parte de trás da cabeça de Joe.

"Sim, acho que sim."

"Preciso vê-la agora." O tom dele combinava com seu olhar perfeitamente austero.

O xerife deu um passo na minha direção e levou a mão à arma no coldre. Não sei bem se foi um gesto instintivo ou se ele de fato considerava que Joe ou eu fôssemos uma ameaça ou que tínhamos feito algo com Grace.

Joe bufou, jogando as mãos para o alto.

"Só me levem para a delegacia, pronto. Estou bêbado e comecei um incêndio."

"Vou lidar com você mais tarde." O xerife fechou a cara para Joe, mas logo se voltou para mim. "Primeiro, preciso verificar a srta. Grace."

Joe se levantou, vacilante. Levou um momento para recuperar o equilíbrio e, quando o fez, colocou as mãos na barriga.

"Deixa ela fora disso. Vá em frente e me prenda. Eu sei que você tá doido pra fazer isso."

"Sente-se", ordenou o policial, apontando para a escada. Daí cerrou a mandíbula e sacou a arma.

"Meu deus!", exclamou Joe, levantando as mãos e voltando a se sentar.

Dei um passo para trás.

"Subxerife, fique aqui fora com o valentão." O xerife Almond gesticulou para Joe. "Vou lá dentro conversar com ela."

O policial assentiu, mas manteve a arma em riste, observando atentamente o idiota do meu irmão.

Abri a porta de tela e mostrei o caminho.

O xerife Almond veio atrás de mim. A mão pairava na arma. Ele deu uma olhada rápida ao redor da sala, examinando os danos do incêndio. Seu olhar era apurado. Examinava de um lado a outro, olhando minhas mãos e minha cabeça como se estivesse na expectativa de que eu fosse fazer qualquer movimento.

"Continue andando", ordenou.

Segui pelo corredor deliberadamente, mantendo as mãos junto ao corpo para não lhe dar motivos para meter uma bala em mim. Mas a gente sabe que, às vezes, não é preciso motivo.

Já diante da porta de Grace, me voltei aos poucos para o xerife.

"Ela está aí dentro."

Ele deu um tapinha no meu ombro, gesticulando para que eu me afastasse. Daí bateu à porta três vezes.

"Grace, é o xerife Almond, da Delegacia de Polícia de Dubois." Enquanto aguardava que Grace abrisse a porta, ele não tirava os olhos de mim. Estava tudo absolutamente quieto, e não havia nenhum sinal de movimentação do outro lado.

Cada vez mais impaciente, o xerife girou a maçaneta e empurrou a porta. Acendeu a luz, revelando Grace ainda deitada na cama, de costas para ele.

"Grace", exclamou ele outra vez. Havia preocupação em sua voz. Daí olhou para mim e então deu alguns passos em direção à cama. Fiquei aguardando do lado de fora, porém olhando lá para dentro.

"Grace!"

Ela não se mexia. Estava completamente imóvel. O xerife se abaixou e pôs a mão no ombro dela, sacudindo-a. Grace se sentou num sobressalto. Seu movimento repentino o assustou, e ele quase pulou para trás.

Ela esfregou os olhos.

"O quê?"

"Você chamou a polícia, Grace. Vim aqui para ver como você estava. Para ter certeza de que está tudo bem."

Ela puxou as cobertas mais para cima e dobrou os joelhos junto ao peito, hesitando em responder. Seus olhos disparavam entre mim e o xerife, como se estivessem querendo nos contar alguma coisa. Eu estava com medo, com medo de que ela pedisse uma carona para ir embora da cidade.

"Estou bem", falou ela finalmente.

Deixei escapar um suspiro de alívio.

O xerife Almond inclinou a cabeça e se virou para mim:

"Poderia nos deixar a sós?"

Assenti.

"Vou ficar na cozinha."

"Feche a porta", ordenou ele.

A contragosto, fiz o que pediu. Eu esperava não estar cometendo um grande erro.

41
GRACE

Agora o xerife Almond estava sentado na ponta da cama, fazendo anotações em um bloquinho de papel. Seus olhos estavam vagos, como se ele não acreditasse em ninguém, e tinha razão em não acreditar. Estávamos todos mentindo.

"E tem certeza de que ele não te machucou?"

"Tenho, só me assustou." Peguei o copo de água na mesinha de cabeceira e tomei um gole. Desceu como uma batata.

Enquanto isso, o xerife só assentia e rabiscava no bloquinho.

"Quando você vai embora, Grace?"

Ao colocar o copo de volta no descanso, minhas mãos tremiam.

"Depois de amanhã."

"Ótimo."

"Ótimo?", questionei.

"É só que é melhor mesmo você ir embora. Tenho um sexto sentido para problemas, e este rancho fede a problema." O xerife semicerrou os olhos, pontuando o aviso para mim.

"Estou segura aqui?"

O xerife fez um barulhinho, sugando os dentes da frente, numa tentativa de decidir o que dizer, de definir qual seria a resposta certa ali, se é que de fato havia uma resposta certa. Obviamente, ele não podia sair por aí lançando acusações sem provas.

"Você vai ficar bem", disse ele por fim. Daí fechou o bloco de notas e o enfiou no bolso da frente da camisa. Por fim, levantou-se, sacando um cartão de visitas. "Se precisar de alguma coisa — de qualquer coisa na verdade, me ligue", ofereceu, entregando o cartãozinho.

Eu o virei várias vezes na mão, debatendo se deveria contar mais alguma coisa. Joe tinha dito a verdade? Era Calvin quem dirigia na noite em que Lisa fora morta? Ele tinha incriminado o próprio irmão? Joe disse que não se lembrava de nada, então como poderia ter certeza? E o que foi que Charlotte disse para ele, afinal? Fosse o que fosse, ela poderia estar mentindo, afinal de contas, estava tão magoada por causa da rejeição de Calvin que provavelmente faria qualquer coisa para revidar. E tinha também o caso da mulher desaparecida. Olhei para o xerife.

"E aquela tal mulher? Já foi encontrada?", perguntei.

Ele franziu a testa. Era nítido que a resposta era não, e dava para ver que isso o corroía. O sujeito parecia atormentado pelo caso pendente.

"Ainda não, mas vamos encontrar." Daí retorceu uma mecha grossa de seu bigode. "Você notou algo incomum por aqui?"

Fiquei pensando na pergunta. As palavras estavam na ponta da minha língua — as roupas na cômoda, o grito feminino naquela noite, o porão trancado com cadeado —, no entanto, escolhi engoli-las.

"Sou de Nova York. Quase tudo aqui é incomum para mim", comentei.

Ele franziu os lábios e assentiu.

"Se notar alguma coisa diferente, você tem o meu número." O xerife deu meia-volta e caminhou até a porta. "Quer que eu deixe aberta ou fechada?"

"Fechada", pedi.

Ele assentiu e se foi, atendendo ao meu pedido para cerrar a porta.

Voltei a virar o cartão várias vezes entre os dedos. Ele jamais disse explicitamente que eu estava segura ali. Disse só que eu ia ficar bem. Bem. Peguei o livro da mesa de cabeceira e enfiei o cartão de visita entre as páginas.

Eu vou ficar bem. Eu vou ficar bem. Repeti isso várias vezes até começar a acreditar.

Lá fora, o rugido dos motores me assustou. Espiando pela janela, vi Joe sentado no banco de trás de uma viatura. O veículo saiu, e o xerife Almond seguiu em seu carro logo atrás, e depois a caminhonete de Calvin.

Sem pensar, me levantei da cama fui na pontinha dos pés até a porta, daí me dediquei a prestar atenção no ambiente por um momento. Quando captei apenas silêncio, abri a porta devagar e botei a cabeça para fora, espiando o longo corredor. A casa estava uma tranquilidade só. As tábuas do assoalho rangeram sob meus pés quando saí do quarto.

"Calvin", chamei. "Você está aqui?"

Silêncio.

Eu vou ficar bem.

"Albert", chamei.

Mais silêncio, exceto pelos rangidos naturais da casa, pequenos avisos para seus habitantes.

Parei em frente à porta que dava para o porão. A única parte proibida do rancho. Mas por quê? Pousei a mão na madeira, desejando que ela me revelasse o que havia do outro lado. O que Calvin não queria que eu visse? O que estaria escondendo? Meti a mão no bolso da calça jeans e saquei um grampo de cabelo. Depois de retorcê-lo e dobrá-lo, enfiei no buraco da fechadura. Respirei fundo e pus-me a trabalhar. Eu precisava saber o que havia lá embaixo. Precisava saber o que ele estava escondendo.

Após alguns minutos, a tranca estalou. A porta aberta revelou uma escadaria de madeira decrépita. A umidade e o cheiro de mofo pairavam pesadamente. Um cheiro metálico tomou minhas narinas, permeando cada respiração. Liguei o interruptor na parede, perto do topo da escada, mas não ajudou em nada para iluminar a caverna lá embaixo. Peguei o celular e acendi a lanterna (a única utilidade dele naquela casa) e fui descendo os degraus aos poucos. A madeira úmida e carcomida absorvia o meu peso. Quando meu campo de visão captou algo além das paredes em torno da escada, comecei a distinguir grandes montes de quinquilharias espalhados pelo espaço adiante; pilhas de caixas misturadas a várias bugigangas formavam uma cordilheira irregular e disforme, uma reedição em miniatura das montanhas para além do rio lá em cima. O lugar era obra de um acumulador que colecionava todos os seus tesouros sem a menor intenção de renunciar a qualquer um. Fui serpenteando pelo caminho aberto no meio do lixo, tentando encontrar algo relevante. Ao apontar a lanterna do celular, notei algo muito peculiar para um porão doméstico: pares de olhos, amarelos e mortos, todos me seguindo. Meu corpo congelou para tentar ouvir um movimento ou respiração. Nada. Eu queria dar meia-volta e correr, mas a curiosidade levou a melhor e avancei. Enquanto contornava uma nova pilha de caixas, meu rosto foi atingido por uma enorme teia de aranha.

"Ahhh, eca, eca, eca", gritei e saltei para trás, colidindo contra uma torre de lixo.

Então me virei para ver no que eu havia esbarrado, e lá estavam aqueles olhos mais uma vez, a não mais de trinta centímetros à minha frente, junto a dentes afiados feito navalhas, me encarando. Botei as mãos no rosto para protegê-lo e dei um grito. Nada aconteceu. Reabri os olhos, e lá estava a criatura, ainda no mesmo lugar. Analisando direito, percebi o que era. Um guaxinim empalhado. Como diabos tinha mais bichos daqueles ali embaixo? Será que Calvin trocava os da sala a cada estação?

Havia outros pares de olhos do outro lado do cômodo, e rapidamente me pus a inspecionar cada um deles. Uma doninha, um texugo, um coiote, todos empalhados, me encarando do além.

Estendi a mão para tocar um deles. Era duro; e a pelagem, áspera. Afastando-me das criaturas mortas, esbarrei em outra pilha de caixas. Dentro daquela no topo, havia uma miscelânea de lixo: livros velhos, um cinto, uma caixinha com tralha de pesca e um monte de fotos. Peguei as fotografias e as inspecionei. A primeira mostrava Joe e Calvin à beira do rio, segurando varas de pesca. Eles deviam ser adolescentes ali. A seguinte era Calvin, Joe e um homem e uma mulher mais velhos. O sujeito mais velho era extraordinariamente grandalhão, com um rosto severo tomado de linhas de expressão. Já a mulher era pequenina e bonita, com longos cabelos castanhos. Usava maquiagem demais, muito mais do que o necessário... a menos que ela estivesse tentando encobrir alguma coisa. Seu sorriso era forçado. Aqueles, certamente, eram os pais.

A foto seguinte me deixou de queixo caído, e minhas mãos relaxaram, fazendo com que eu derrubasse todas as fotografias. Encarei de novo a coleção de fotos, e meus olhos foram atraídos por aquela do topo. Aquela que revelava uma grande mentira. Abaixei-me lentamente e a peguei, para vê-la melhor. Calvin e Joe sentados em um banco. Calvin devia ter uns 18 anos. Em uma poltrona, ao lado deles, estava Albert muito mais jovem, sem rosácea. E todo sorridente. Virei a foto e flagrei um texto manuscrito no verso. *Verão de 2004. Calvin, Joe e tio Albert.*

Enfiei a foto no bolso de trás da calça jeans. Albert era tio de Calvin. Ele mentiu mesmo para mim. Não era um hóspede do Airbnb, nem um sujeito de passagem. Era da família. Mas por que Calvin esconderia uma coisa dessas?

Peguei o restante das fotos e joguei de volta na caixa, fechando-a.

Retornando pelo caminho sinuoso, a única coisa que eu pretendia fazer era subir as escadas e voltar à casa, mas algo me impediu. Sobre uma sacola de pano, flagrei um caderno grande. Na capa, estavam as palavras Livro de Visitas do Calvin em letras pretas grossas. Meus dedos passearam pelo título.

Cada página estava cheia de nomes e datas. Logo, concluí que as datas eram de check-ins e check-outs de hospedagem, e o primeiro datava de um ano antes. Fui até a última página e corri o dedo por ela, lendo os nomes. Cristina Colton se destacava porque, antes dele, eram todos nomes masculinos. E depois Kayla Whitehead. Lembrei-me das palavras de Calvin: *não costumo hospedar mulheres*. Kayla tinha ficado aqui apenas nove semanas antes de mim. Meus olhos foram descendo pela página e, quando cheguei à última linha, engasguei. As palavras estavam escritas com muito esmero e com um coração sobre a letra *i*. A coluna de check-in tinha uma data. A coluna de check-out não. O último nome na página era Bri Becker. Então, Calvin tinha contado mais uma mentira. Ela havia estado ali, sim, e, de acordo com o livro de visitas... jamais chegou a fazer o check-out.

Ouvi uma porta de carro batendo lá fora. Dei um pulo e rapidamente fechei o livro, colocando-o de volta onde o encontrei. Corri para as escadas, mas, antes de subir, parei por um segundo. Um objeto atrás da escada chamou minha atenção. Uma mesa dobrável. Dispostas em cima dela, várias armas, facas e balas, um arsenal para um massacre. Peguei um pequeno revólver e o virei várias vezes na mão, analisando-o. Coloquei-o de volta na mesa e passei os dedos por uma imensa faca de caça. A lâmina era curva, e o cabo era de madeira. Parecia uma arma caseira.

Peguei para avaliá-la. Havia uma mancha vermelha na borda da lâmina, como se não tivesse sido higienizada adequadamente após o uso mais recente. Afastei-me da mesa, com a faca ainda na mão, e subi as escadas às pressas, fechando e trancando a porta do porão.

Enfiei a faca e a foto embaixo do meu colchão e me deitei na cama. Dava para sentir meus batimentos cardíacos latejando no corpo inteiro, dos pés à nuca. Não sei dizer quanto tempo fiquei ali. Talvez uns dez minutos. Talvez vinte. Quando não ouvi passos, sentei-me e abri as cortinas. Quase dei um berro quando vi a figura fantasmagórica parada na frente da casa, usando uma camisola branca longa. Estava escuro lá fora, e por isso levei alguns segundos para perceber que era Betty. Ela oscilava de um lado a outro, olhando a casa. Cogitei permanecer na cama, mas precisava averiguar o que ela estava fazendo ali.

Alguns momentos depois, eu estava parada na frente dela. Betty nem sequer me notou. Seus olhos estavam focados no rancho, como se estivesse vendo algo que ninguém mais via. Eu estava prestes a falar quando ela começou a resmungar. Aproximei-me, tentando distinguir o que a mulher dizia.

"A casa é amaldiçoada. Ela contamina todo mundo", falava ela, pouco mais do que um sussurro. "Nada de bom acontece aqui."

"Betty, você está bem?"

Ela não reagiu. Simplesmente, continuou seu mantra.

"Você não deveria estar aqui, porque agora não tenho certeza se você vai conseguir sair."

"Betty", repeti, mas, desta vez, agarrei a mão dela.

A mulher se encolheu e arquejou, como se todo o ar tivesse sido sugado do seu corpo. Então piscou várias vezes. Acho que, nessa hora, entrei em foco, porque ela virou a cabeça para mim de forma quase robótica.

"Grace, me desculpe. Não sei o que eu estava falando." Então, balançou a cabeça e deu um passo para trás, levando as mãos ao rosto. Ela o esfregou violentamente, como se estivesse tentando acordar de um pesadelo. Queria pedir para parar com aquilo, mas minha voz estava presa na garganta. Betty se virou e correu em direção ao seu carro.

"Por favor, não diga a Calvin que estive aqui."

Antes de eu pigarrear para recobrar a voz e perguntar o que significava aquilo tudo, ela já estava dando marcha à ré. Olhei para o rancho. Parecia diferente agora.

Uma caminhonete roncou ao longe. Corri de volta para casa e fechei a porta do quarto bem quando o motor foi desligado lá fora. Quando estendi a mão para a maçaneta, percebi o que Calvin havia feito. A tranca estava instalada no sentido errado do pretendido. Em vez de me permitir trancar os outros do lado de fora, na verdade ela permitia que me trancassem do lado de dentro. Não era mais um quarto. Era um cativeiro.

DIA NOVE

42

CALVIN

Era meio-dia, e Grace ainda não tinha saído do quarto. Já tinha me plantado à porta dela três vezes, colando a orelha na madeira e tentando ouvir o que se passava lá dentro. Só silêncio. Eu sabia que ela ainda não tinha ido embora porque seu carro estava na garagem com o capô levantado. Joe disse que tinha encomendado as peças e que um dos caras da oficina viria aqui nesta noite para finalmente resolver o problema. Minha esperança era que ninguém aparecesse. Albert também não estava à vista. A porta do quarto dele estava aberta; e a cama, arrumada como se ele não tivesse dormido nela na noite anterior. Pegando um copo no armário, enchi com água e bebi tudo. Eu me sentia ressequido e parecia que nada era capaz de saciar minha sede. Enchendo o copo de novo, sentei-me à mesa da cozinha e fiquei esperando por Grace. Meu objetivo era parecer casual, como se eu não estivesse naquele compasso de espera, mas tenho certeza de que estava estampado na minha cara, escrito com marcador permanente: PRECISO DE VOCÊ AQUI COMIGO AGORA.

Por fim, ouvi a porta rangente do quarto sendo aberta. Seus passos fluíram leves, e então outra porta se fechou — do banheiro, presumi. Cogitei me levantar e esperar por ela em frente ao banheiro, mas percebi que seria demais, então permaneci sentado na cozinha. Grace já estava assustada e nervosa o suficiente. Desdobrei o jornal local e fingi lê-lo. Ouvi a descarga. A água correndo da torneira. Dava para se ouvir tudo naquela casa. A porta sendo aberta. Os passos leves de novo, porém ficando cada vez mais altos. Então, eles cessaram de repente. Com certeza ela estava parada no corredor, tentando captar a movimentação da casa. Quando enfim surgiu na cozinha, soltei a respiração que nem sequer percebera estar prendendo. Clichê, eu sei. Mas era a mais pura verdade. Grace sempre me deixava sem fôlego.

Ela estava usando uma camiseta branca e calça preta de ginástica. O cabelo estava preso em um rabo de cavalo alto. A maquiagem não foi capaz de disfarçar as olheiras.

"Boa tarde", cumprimentei com um sorriso.

Ela deu um sorriso tenso.

"Oi!"

Daí caminhou até a cafeteira, sem fazer contato visual comigo. Eu me virei e observei enquanto ela se servia.

"Você está bem?", perguntei.

Ela assentiu e bebeu um gole. Daí enfiou um pedaço de pão na torradeira e pegou tudo o que precisava para fazer torradas com manteiga de amendoim. Estava de costas para mim enquanto aguardava a torrada ficar pronta.

"Tem certeza?", insisti.

Grace não se virou; apenas assentiu outra vez. O pão saltou da torradeira como um daqueles palhacinhos de mola que pulam de surpresa da caixa. Ela tomou um leve susto. Seus músculos se retesaram, e levou um instante para ela se recompor, então pegou a torrada e passou manteiga de amendoim. Grace estava agindo de maneira estranha, mas como eu poderia culpá-la? Joe a abalara de verdade, e eu me perguntava o que diabos ele teria dito. Ela optou por comer ao balcão em vez de se sentar comigo.

"Betty vai vir hoje para substituir as cortinas", comentei, tentando estimulá-la a falar comigo.

Grace só ficou lá, mastigando a torrada, sem dizer uma palavra.

"Joe passou a noite na cadeia. Está sendo acusado de incêndio criminoso. Ele simplesmente não consegue evitar encrencas. Falei que não é mais bem-vindo aqui." Beberiquei minha água e coloquei o copo de volta na mesa.

Grace bebeu o restinho do café e depois completou a xícara. Daí se voltou para seu pedaço de torrada já pela metade.

"Você viu Albert por aí?", perguntei.

Ela fez que não com a cabeça e cruzou uma perna na frente da outra.

"Hummmpf. Não o vejo desde ontem à noite, quando a polícia apareceu. Ele deve ter se assustado."

Grace continuava calada.

Fiz um gesto para uma cadeira.

"Você sabe que pode se sentar à mesa e comer."

Ela enfiou o restante da torrada na boca e enxaguou o prato. Que mal-humorada. Pegando sua caneca de café, ela seguiu de volta para o quarto, mas parou antes de se aventurar pelo corredor. Lentamente, se virou para mim.

"A tranca que você colocou na minha porta."

"Sim", falei.

Ela estreitou os olhos acusadoramente.

"Você instalou errado." Ela se empinou e pousou a mão livre no quadril. "Foi intencional? Você está tentando me prender aqui?" Sua voz carregava um tom de frustração misturado a alguma outra coisa. Medo. Grace tinha medo de mim.

"Não, é claro que não." Levantei-me muito depressa. A cadeira acabou tombando para trás e caiu no chão com um baque.

Grace deu um passo para trás. Seu olhar focou na porta da varanda e depois em mim de novo.

Abaixei-me devagar e recolhi a cadeira. Balançando a cabeça, olhei para ela. O branco de seus olhos estava bem evidente.

"Foi um erro honesto. Vou consertar, tá bom?"

Ela franziu os lábios.

"Um erro honesto? Honesto? Tem certeza?", questionou, inclinando a cabeça.

Grace estava escondendo alguma coisa, mas o quê? O que Joe tinha dito para ela? O que ela descobrira? Estava me tratando como um desconhecido. Não, pior do que isso: como se eu fosse um perigo para ela.

"Sim, honesto. Como eu disse, vou consertar."

"Faça o que quiser. Vou sair para correr." Ela saiu marchando para o quarto.

"Um dos caras da oficina vai vir consertar seu carro hoje à noite", gritei.

"Ótimo", respondeu ela, dando uma olhadela para trás.

Deixei escapar um suspiro profundo. Como é que as coisas ficaram tão desagradáveis tão depressa? Quanto mais tempo eu passava com Grace, menos eu parecia saber a respeito dela. Era uma mulher singular e estava nitidamente escondendo alguma coisa. Bem, acho que todos estávamos. Mas, quando se mora sozinho em um rancho e tem apenas os animais com quem conversar, você acaba aprendendo a prever quando algum deles vai lhe fazer alguma coisa. E, no fundo, somos todos animais.

43

GRACE

Cruzei a varanda, passei pelo meu carro quebrado e desci a entrada da garagem. Eu precisava me afastar e desanuviar. O quão longe será que dava para ir deste lugar estando a pé? Será que até a cidade? Minha cabeça estava uma zona graças a uma noite insone. A sensação era que tinha alguém no meu quarto me observando. Havia uma presença. A casa passara a noite toda rangendo, e eu ouvira com clareza alguém do outro lado da porta durante a maior parte da madrugada. Não sei bem se era Albert ou Calvin, tentando captar minha movimentação. A certa altura, até peguei a faca e fiquei agarrada a ela a noite toda. Agora eu sacudia a mão esquerda, tentando aliviar a dor depois de tanto tempo segurando a arma. Não era para ter sido assim.

Eu chutava o cascalho enquanto caminhava. Meu cérebro girava com os pensamentos. Não acreditei nem um pouco naquela historinha de erro honesto na instalação da tranca. Calvin é a porra de um faz-tudo. Como é que ele poderia ter feito merda num negócio tão simples? A menos que tivesse sido de propósito, claro. E Albert, o falso hóspede do Airbnb. Por que Calvin mentiu sobre isso? E, além de tudo, tinha o mais condenável da coisa toda: o livro de visitas com o nome de Briana Becker. Calvin mentiu para o xerife Almond. Ela esteve ali. Será que ele tinha feito alguma coisa com ela? Diabos, talvez Charlotte tivesse feito. Ela evidentemente era obcecada por Calvin. Não aparecia fazia dois dias, e mesmo assim eu ainda sentia a presença dela só esperando minha partida. E, além disso, tinha Joe. Será que ele tinha sido o único a me dizer a verdade, ou estaria mentindo também?

Eu queria gritar e me afastar o máximo possível daquele lugar. No meio do caminho, acelerei de uma caminhada rápida para uma corrida. Só que, assim que acertei o ritmo, pisei em uma rocha irregular e acabei caindo no chão, bem no final da estradinha do rancho. Meu tornozelo quase dobrou ao meio. Ralei os joelhos e as palmas no cascalho. Comecei a berrar de dor.

"Não, não, não, não, não, não", gritava enquanto segurava o tornozelo. "Isso não pode estar acontecendo, porra."

"Grace", chamou Calvin.

Me virei, observando-o correr em minha direção. *Meu cavaleiro mentiroso de armadura falsa. Ah, não, não, não!* Flexionei e remexi o tornozelo de um lado para o outro. Não estava tão ruim quanto eu tinha imaginado. Só um pouquinho de dor no maléolo.

Calvin se ajoelhou ao meu lado.

"Grace, tudo bem?" Suas sobrancelhas se uniram, e ele prendeu a respiração.

"Sim, foi só um tropeção." Olhei para minhas palmas e joelhos ensanguentados.

"Vamos entrar para você se limpar", convidou ele. "Consegue andar?"

"Acho que sim." Calvin agarrou meu braço e me puxou para que eu ficasse de pé. Dei um passo. A dor não era nada comparada ao medo que eu estava sentindo por Calvin estar encostando em mim. Ele me levou de volta até a garagem, de volta para a porra da casa da qual eu queria tanto fugir.

"Tem certeza de que está bem?", insistiu ele, me ajudando a subir os degraus da varanda.

Assenti, mas não disse mais nada.

Lá dentro, Calvin me acomodou no sofá. Em questão de minutos, ele apoiou meu tornozelo em uma almofada e pôs uma bolsa de gelo. Também limpou e fez curativo nos meus arranhões e cortes. Era como se estivesse contente por estar fazendo aquilo. No entanto, cada toque parecia uma agulha perfurando minha pele.

"Estou cansada de mentiras." Simplesmente soltei aquelas palavras. Minha vontade era sugá-las de volta. Eu estava numa posição vulnerável demais para sair acusando Calvin de qualquer coisa que fosse. Mas, ao mesmo tempo, eu sabia que ele gostava de ser desafiado.

"Que mentiras?" Ele se inclinou para trás e me fitou bem nos olhos. "Não estou mentindo para você."

Escolhi as palavras seguintes com muito cuidado.

"Você costuma guardar fotos de todos os hóspedes do Airbnb?" Saquei do bolso a fotografia de Albert, Calvin e Joe e a segurei na frente dele.

"Onde você pegou isso?" Sua pele corou, e não sei dizer se foi por raiva ou constrangimento por ter sido flagrado em sua mentirinha.

Joguei a foto para ele.

"Não importa."

Ele pegou a imagem e a olhou com carinho.

"Falei para você não entrar no porão." Calvin levantou a cabeça, reconcentrando a atenção em mim.

Sentei-me mais aprumada, tentando parecer maior, do mesmo jeito que uma presa faria diante de um predador. Também ergui o queixo, tentando parecer destemida. E arregalei os olhos, numa tentativa de demonstrar que não ia recuar. Calvin se levantou e começou a passear pela sala.

Por fim, soltou um suspiro pesado.

"Desculpe, Grace. Eu menti mesmo sobre Albert. Ele é meu tio, um tio degenerado. Tenho vergonha dele. De tempos em tempos, ele aparece aqui e fica comigo, pega algumas de suas coisas no porão e vai embora depois de alguns dias. Só não queria que você o associasse a mim."

Calvin dobrou a foto e guardou no bolso de trás.

"Eu sou tão idiota. Não sou bom nesse tipo de coisa. Gosto de você e não queria dar nenhum motivo para você não gostar de mim. É por isso que contei algumas mentiras bobas." Ele balançou a cabeça. "Eu normalmente não tenho chance com garotas como você e não queria que nenhuma bobagem estragasse tudo."

Calvin continuou falando enquanto caminhava em círculos, repetindo o mantra "sou um caipira idiota". Eu não estava acreditando em nada, desta vez não. Ele era ardiloso e meticuloso.

"Você pode confiar em mim, Grace." Seu olhar era intenso.

Confiar. Quase ri alto, mas eu estava numa linha tênue entre a segurança e o que quer que Calvin fosse fazer comigo.

"Bri Becker confiou em você?" Estreitei os olhos e apertei os lábios com firmeza.

Ele ergueu as sobrancelhas.

"Bri Becker?"

"A mulher desaparecida. Aquela sobre a qual o xerife veio perguntar."

"Já falei para você e para o xerife. Ela nunca apareceu aqui. Eu não menti a respeito disso."

Fiquei ruminando minhas palavras, pensando se deveria mencionar ou não o livro de visitas. Eu vi. Eu vi o nome dela. Vi a data de check-in, e a data de check-out estava em branco. Como é que ele ia explicar isso? Respirei fundo e o encarei, desafiadora.

Minha mandíbula estava tão apertada que pensei que eu fosse triturar meus dentes até virarem pó.

"Eu vi o seu livro de visitas."

"O quê?" Ele inclinou a cabeça. Seu rosto estava indecifrável. Não sabia se era medo, raiva, tristeza, arrependimento ou uma mistura de tudo.

"No porão. O nome dela estava no livro."

"Isso não é verdade!" Calvin quase gritou. Não dava para saber se ele estava na defensiva por estar dizendo a verdade ou por estar mentindo.

Sem dar mais uma palavra, ele saiu da sala de estar. Ouvi a porta do porão sendo aberta; os passos descendo as escadas. As coisas sendo remexidas e então os passos retornando, desta vez, subindo os degraus. Ele estendeu o caderno. Aquele mesmo com as palavras Livro de Visitas do Calvin na capa.

"Aqui", ofereceu.

Folheei rapidamente até a última página preenchida. Arrastando o dedo pela lista de nomes, encontrei o último. Kayla Whitehead. Eu me lembrava de ter visto o nome dela, mas sei que o de Bri era o último. Virei várias outras páginas. Estavam todas em branco. Não, o nome dela estava ali. Bri Becker, com um coraçãozinho no pingo do *i*. Estava ali. Vi com meus próprios olhos. Data de check-in. Data de check-out: nunca.

"Estava aqui. Bri Becker esteve aqui."

"Não sei do que você está falando, Grace. Eu te contei a verdade. Ela nunca esteve aqui." Calvin esfregou a testa.

"Mas... Mas... Eu vi." Minhas palavras enfraqueceram. Eu vi. Não vi? Examinei a página de novo. O nome dela havia desaparecido.

"Menti sobre Albert e sobre gostar de couve-de-bruxelas, e até menti sobre gostar de ler." Ele foi até a estante, tirou vários livros e os segurou. "Nunca li nada disto aqui. Acabei de comprar todos para bancar o inteligente." Calvin jogou os livros em uma poltrona. "Mas não menti a respeito de Bri Becker." Ele soltou um suspiro doloroso e esfregou o rosto.

Abri a boca, mas as palavras não saíram. Eu não sabia o que dizer.

Calvin caminhou em direção à porta da frente, parou e se virou para mim.

"Vou botar seu carro para funcionar e consertar a tranca da sua porta. E, depois, vou garantir que sua última noite no meu rancho seja maravilhosa." Ele selou a promessa com um aceno de cabeça cheio de convicção.

Meu estômago deu um nó. Respirei fundo algumas vezes, tentando manter a compostura. Eu vi o nome dela, não vi? O porão estava escuro, e eu estava tensa e estou assim desde que cheguei. Talvez eu tivesse imaginado. Talvez não fosse ele o mentiroso da história.

"Tudo bem", respondi.

Não sabia mais o que dizer.

Ele soltou um suspiro e sorriu. Forcei um sorriso também. Meus lábios estremeceram, mas Calvin não percebeu. Ele arreganhou ainda mais o sorriso e depois saiu da casa. Fechei os olhos e tentei imaginar o livro de visitas do mesmo jeito que eu tinha visto no dia anterior. Estava claro como o dia. Eu vi. Havia poucas coisas no mundo nas quais eu confiava, e meus olhos, sem dúvida, eram uma delas.

Calvin até podia estar falando verdade sobre Albert agora — ou tio Albert, que seja. Mas decerto não estava sendo honesto sobre Bri. Eu vi o nome dela. Check-out: nunca. Ela ainda estava ali. Eu pressentia isso.

44
CALVIN

Tirei minha regata "mamãe sou forte", que estava encharcada de suor, e a joguei na grama. Ela fez um estalo úmido ao bater no chão. Enxugando a testa, me inclinei sobre o capô do carro. O mecânico tinha consertado a maioria dos problemas no veículo de Grace, mas deixara algumas coisas para que eu mesmo finalizasse. Ele dera instruções bastante claras sobre os arremates, mas eu não tinha certeza se estava fazendo certo. No entanto, eu era determinado, e a determinação, às vezes, é capaz de compensar as habilidades ou o talento. Tinha menos de 24 horas com ela, e isso me apavorava. Queria que ela ficasse. Não, eu necessitava que ela ficasse. Talvez não para sempre, mas só por um tempinho, até ela conseguir enxergar o que havia entre a gente. A maioria das pessoas jamais vivenciaria aquilo que Grace e eu estávamos experimentando. Era eletricidade pura... não, era mágico! Tínhamos algo que todo mundo meramente sonhava ter.

"Ei, Calvin", chamou Betty atrás de mim.

Eu estava tão imerso nos meus pensamentos que nem sequer ouvi sua chegada ou sua saída do carro. Virei-me e a flagrei parada ali com uma pilha de cortinas novas penduradas no ombro.

"Deixe-me ajudar", ofereci, pegando os tecidos.

Betty ergueu as sobrancelhas e examinou meu rosto.

"Como você tá?" Ela estava sempre tão preocupada comigo, preocupada até demais às vezes.

Dei de ombros e suspirei.

"Já estive melhor."

"Cadê sua hóspede?" Ela olhou para o celeiro, depois para o açude e então para o rancho.

"Acho que está tomando banho. Ela ainda está abalada", comentei, olhando para a casa, imaginando Grace lá dentro.

"Aposto que sim." Betty assentiu de leve. "Deve ter sido um susto."

Convidei-a para entrar e larguei as novas cortinas no sofá. Betty examinou os danos. As cortinas antigas estavam praticamente desintegradas. As paredes ao redor da janela e do teto estavam pretas e chamuscadas.

"Joe com certeza fez um estrago aqui", afirmou Betty, retorcendo a boca. "Não entendo por que ele age desse jeito." Ela franziu os lábios e olhou para mim, à espera de uma explicação.

"Acho que teve a ver com nossos pais." Levantei uma sobrancelha e comprimi os lábios numa linha fina. "Você sabia o que aconteceu com eles, né?"

Eu tinha noção de que Joe estava bravo com mais coisas do que essa história dos nossos pais, mas isso não era problema de Betty.

Antes que ela pudesse responder, percebi que ela já sabia. Seus olhos marejaram. Seu lábio tremeu, e ela soltou um suspiro. Ela também andou mentindo para mim.

"Como é que você pôde esconder uma coisa dessas?"

Betty baixou o queixo.

"Estava tentando te proteger."

"Eram os meus pais. Eu tinha o direito de saber. E Joe sempre soube. Ele precisou lidar com isso sozinho. É por isso que ele é tão ferrado da cabeça."

"Eu tento ajudar o Joe, mas você sabe como ele é. Assim que vi o quanto ele foi afetado por essa história, percebi que era melhor você não saber. Alguém precisava estar com a cabeça em ordem para cuidar deste rancho."

"Rancho? É com isso que você está preocupada?" Fui até a parede e soquei a parte mais fraca dela, a que tinha sido lambida e devorada pelas chamas.

"Calv, não faça isso." Betty botou a mão no meu ombro e tentou me afastar da parede. "Eu sinto muito. Muito mesmo." Sua voz estava trêmula.

Desvencilhei-me da mão dela e recuei o punho afundado na parede. Os nós dos meus dedos estavam sangrando, mas eu não sentia dor. Já não vinha sentindo muita coisa desde que havia retornado para aquele rancho esquecido por Deus.

"Tá bom. Tá bom." Ela fungou. "Por favor, não fique com raiva de mim." Betty ficou parada por um momento.

"Vou te dar um pouco de espaço e verificar minhas abelhas." Quando não respondi, ela simplesmente saiu da casa. Fiquei observando pela janela enquanto atravessava a varanda, descia as escadas e seguia até o bosque. O que dava a ela o direito de decidir o que eu precisava ou não precisava saber? Como é que Betty foi capaz de esconder a verdade sobre o ocorrido com meus pais? Dizem que a verdade liberta, mas nunca se lembram de dizer o quanto você fica puto quando toma conhecimento dela. Arranquei o que restava das cortinas queimadas e comecei a remover os varões. Parte do reboco precisaria ser substituído, e a merda toda precisaria ser repintada. Mais trabalho para mim, sendo que eu já tinha coisas de mais para tomar conta.

Um grito penetrante ecoou lá fora. Foi tão alto que pareceu que a pessoa estava bem ao meu lado. Eu soube imediatamente que era Betty. Saí pela porta da frente e corri em direção aos gritos. Eu a encontrei perto do apiário. Ela gritava sem parar, as mãos na boca. Urubus-de-cabeça-vermelha se amontoavam na copa das árvores, voando em todas as direções. Os receptáculos da colmeia estavam todos no chão.

Albert também estava no chão, caído de costas, a boca aberta. O vômito escorria pela lateral do rosto, que estava inchado como um balão hiperinflado. Os olhos, embora abertos, mal eram visíveis devido à inflamação. A pele estava rubra, manchada e coberta de picadas. Faltavam nacos de carne aqui e ali; provavelmente os urubus-de-cabeça-vermelha não demoraram a achá-lo. Suas roupas estavam úmidas, e as abelhas ainda zumbiam ao seu redor, pousando na pele, entrando e saindo da boca, pairando sobre os globos oculares vidrados.

Puxei Betty para aninhá-la. Seus gritos se transformaram em soluços incontroláveis. Seu corpo tremia violentamente e achei que ela fosse desmoronar em meus braços.

"O que ele estava fazendo aqui?", berrou ela.

45

GRACE

Fui acordada pelo estardalhaço das sirenes da polícia. Abri os olhos, e a água fria da banheira transbordou. O banheiro era o único cômodo onde eu ainda tinha privacidade, então optei por passar o máximo de tempo possível lá. Por quanto tempo será que cochilei? Saí, me sequei e me vesti.
O que diabos aconteceu agora?
Antes de sair, calcei um par de chinelos. Betty estava sentada na varanda, soluçando, enrolada num cobertor. Calvin estava ao lado dela, conversando com Wyatt e com o xerife Almond. Estacionados na entrada da garagem, dois carros da polícia e uma ambulância. Calvin olhou na minha direção. Seus olhos pareceram se iluminar. Fui até ele, caminhando lenta e cautelosamente.
"O que está acontecendo?", perguntei.
"É o Albert", respondeu Calvin.
Betty soltou um soluço audível.
"Cadê ele?", perguntei.
"Ele morreu."
Levei a mão à boca.
Um rangido chamou nossa atenção. Dois paramédicos manipulavam uma maca com um imenso saco preto. Era nítido que Albert estava ali dentro, pois era pesado, e eles estavam tendo dificuldade para circular sobre o cascalho. Os paramédicos empurravam e puxavam, mas as rodas estavam sendo travadas pelos seixos.

Um deles passou as costas da mão na testa suada.

"Podem dar uma ajudinha aqui?"

Tanto o xerife Almond quanto Wyatt assentiram. Calvin também foi. Enfim, os cinco conseguiram colocar o corpo de Albert na ambulância. Os paramédicos fecharam as portas, entraram e partiram, enquanto o xerife Almond, Wyatt e Calvin voltaram até Betty.

O xerife olhou para ela.

"Então... Você acabou de encontrá-lo lá embaixo?"

Ela jogou as mãos para o alto.

"Sim, eu já te falei isso." Betty olhou para Calvin. "Por que você não me disse que Albert estava na cidade?"

"Nem lembrei de falar."

"O que ele estava fazendo aqui?", ela quis saber.

Wyatt e o xerife Almond trocaram um olhar enquanto eu permaneci por ali em silêncio, tentando não me meter na conversa.

"Só estava de passagem. Você sabe como ele é." Calvin raspou uma bota na outra, tirando um naco de lama preso na lateral do solado.

Os lábios de Betty tremiam.

"Mas por que ele estava lá perto do bosque?"

Calvin esfregou a nuca.

"Deve ter saído vagando por aí. Ele vinha bebendo além da conta, ainda mais do que o normal."

Betty semicerrou os olhos.

"Você tinha que ter vigiado ele."

"É você quem cria abelhas na propriedade. É você quem guarda segredos aqui. Quem mantém a porra da vida secreta das abelhas. Talvez se você estivesse tomando sua medicação, teria ficado mais ciente das coisas que acontecem", esbravejou Calvin.

Betty se levantou mais rápido do eu esperaria de uma senhora como ela.

"Não se atreva a falar desse jeito comigo, Calvin." Ela meteu um dedo no peito dele. "Sua mãe não te criou para falar assim."

O rosto de Calvin enrubesceu, e seus olhos se estreitaram.

"Minha mãe é uma assassina. E você não sabe o que ela me criou para ser."

Betty arquejou, indignada.

E eu continuei a não esboçar qualquer reação. Na noite anterior, enquanto estava enfurnada no meu quarto, eu tinha ouvido Joe contar a Calvin a verdade sobre os pais deles. Dá para ouvir tudo nesta casa. Só que, naquela hora, eu não sabia que era a verdade mesmo. Achei que Joe estivesse falando aquelas coisas só para enfurecer o irmão. Mas agora eu sabia que era real. E isso também me fazia acreditar que Joe tinha sido sincero sobre a noite em que Lisa morrera. Não era ele ao volante. Era Calvin. Mas a pergunta principal agora era: Calvin mentira para salvar a própria pele depois do acidente, ou será que não tinha sido um acidente?

O xerife Almond arregalou os olhos e depois franziu a testa.

"Você disse assassina?"

"Tudo bem, já chega", interveio Wyatt, se colocando entre os dois.

"Não ligue para isso, xerife. Ele não sabe o que fala", bufou Betty.

Calvin cerrou os lábios com firmeza, mas não disse mais nada.

E então todo mundo ficou calado. O xerife Almond fez uma anotação e guardou o bloquinho no bolso, em seguida, começou a se balançar sobre os calcanhares, seus olhos passeando entre Betty e Calvin. Era evidente que não sabia a história da família Wells.

"Por enquanto, tudo indica que a morte de Albert foi acidental, mas só vamos ter certeza após a necrópsia", informou ele a Betty. "Vou pedir ao policial Miller que leve a senhora para casa. Tá bom?"

Ela assentiu várias vezes e se afastou de Calvin.

Se meu carro estivesse funcionando, eu teria feito as malas e pedido uma escolta policial para fora da cidade. Mas, em vez disso, continuei ali parada em silêncio, tentando passar despercebida o máximo possível. Wyatt acompanhou Betty até a viatura e a ajudou a se acomodar no banco do carona. Já o xerife Almond estava analítico, postado entre mim e Calvin.

"Quando foi a última vez que algum de vocês viu Albert?"

"Ontem à noite, quando ele foi à cidade com Calvin", respondi.

Os olhos dele dispararam para mim, um tanto insatisfeitos.

"E eu o vi pouco antes de vocês chegarem ontem à noite", retrucou Calvin. "Ele estava me ajudando a apagar o incêndio que Joe começou, mas sumiu antes de vocês estacionarem."

O xerife Almond retorceu os lábios.

"Esta é a quarta vez que venho aqui nesta semana."

"Eu sei", concordou Calvin. "Não vai acontecer de novo."

O xerife soltou um suspiro pesado e chupou os dentes da frente. Antes de se virar para ir embora, lançou um olhar acusador para Calvin. Era como se soubesse que algo ia acontecer de novo, sim, e que logo, logo estaria de volta.

"Se acontecer, vou achar um motivo para enquadrar você", alertou.

Os passos do xerife ribombaram pesados na varanda e nos degraus. Ele olhou para trás mais uma vez, semicerrando os olhos enquanto entrava na viatura. Então deu marcha à ré no utilitário, e senti uma pontada no estômago, como se os instintos estivessem me dizendo que aquela era minha última oportunidade de sair dali.

"Está com fome?", perguntou Calvin.

Como é que ele conseguia pensar em comida num momento como aquele? O tio tinha acabado de morrer. Eu estava prestes a encurralá-lo, questioná-lo, fazer um escândalo... mas aí meu estômago roncou. Olhei meu relógio de pulso. Era pouco mais de cinco da tarde. Restavam apenas dezesseis horas da minha estada. Olhei para Calvin e simplesmente assenti. Ele sorriu e fez sinal com a cabeça para que eu o acompanhasse de volta para a casa.

46

CALVIN

Grace estava sentada à mesa da cozinha, há um tempão com a mesma cerveja, enquanto eu me ocupava ao fogão, preparando uma refeição decente especialmente para a minha mulher. Cogitei fazer minha especialidade — feijão, bacon e salsicha —, mas concluí que ela merecia mais, já que era sua última noite aqui. A questão é que esse prato ocupava um lugar especial no meu coração. Foi no jantar que o servi que me apaixonei por Grace, e foi o prato que conquistou a confiança dela. Ela não acreditava que aquela combinação de ingredientes poderia ser tão saborosa, mas foi. Ali eu provei que estava enganada, e eu ia provar de novo. Olhei para trás, para ela. Grace me observava. Seu olhar começou nos meus pés e foi subindo, até chegar à cabeça. Sorri e me concentrei na panela, refogando as vagens frescas da minha horta e verificando a água fervente do macarrão. Parecia que ela estava me olhando pela última vez, mas eu esperava que fosse a última de muitas, mesmo sabendo que isso não fazia o menor sentido. Mas eu já estava acostumado com coisas que não faziam muito sentido.

"Você está bem?", perguntou Grace, quebrando o silêncio. Peguei minha cerveja aberta na bancada e dei um gole.

A pergunta me pegou de surpresa. Não sabia se ela ainda se importava comigo, mas aparentemente sim. Afinal de contas, que outro motivo teria para perguntar sobre o meu bem-estar? Por que ela se preocuparia com o meu luto? Recostei-me no balcão, cruzando um pé sobre o outro.

"Vou ficar", respondi, enxugando os olhos.

O tempo cura todas as feridas, e aquelas que não se curam acabam cicatrizando de um modo ou de outro.

Grace empinou o queixo e depois o abaixou, prestes a dizer alguma coisa, mas optou por não falar nada. Funguei e esfreguei os olhos, me perguntando o que ela teria pretendido dizer. Suas palavras vinham sendo tão cautelosas de uns tempos para cá, como se estivesse jogando uma partida de xadrez.

"Ansiosa para ir para casa?"

Eu sabia que ela estava, mas esperava que mentisse. Às vezes, a melhor coisa que você pode fazer por outra pessoa é mentir. A mentira nos conforta de um jeito que a honestidade é incapaz de fazer. Foi por isso que menti para ela. Meus músculos se retesaram, à espera de uma resposta.

Grace deu de ombros.

"Acho que não vou conseguir ir embora, já que meu carro ainda está quebrado."

"Já está consertado."

Imaginei ter visto um sorriso ínfimo no rosto dela, mas eu esperava que fossem só meus olhos me pregando uma peça.

"Sinto muito por Albert", disse ela.

"Eu também." Por mais razões do que Grace jamais saberia.

Voltando ao fogão, mexi a vagem mais algumas vezes. O segredo para deixar a vagem gostosa é a manteiga, muita, muita manteiga. As almôndegas fritavam na banha, e o macarrão estava quase pronto. Eu pretendia fazer algo mais chique para a srta. Grace, como filé ou camarão, mas não queria ter de correr até a cidade e deixá-la sozinha. Além disso, estava com medo de que ela desse um jeito de ir embora enquanto eu estivesse fora, e jamais poderia permitir uma coisa dessas.

Eu me virei e sorri para ela de novo.

"Quase pronto."

Seus lábios arquitetaram um sorriso tenso, e ela rapidamente levou a garrafa à boca e a virou numa golada. O que estava acontecendo detrás daqueles olhos azuis, azuis? Estaria Grace pensando em me abandonar?

47

GRACE

Sequei a boca com um guardanapo e o coloquei na mesa, sinalizando que tinha terminado. Durante o jantar, me esforcei ao máximo para apaziguar Calvin: retribuindo todos os sorrisos, permanecendo ao seu lado, aceitando comer o que ele tinha preparado. Só esperava que ele não tivesse botado nada nos pratos. Para garantir, fiquei observando atentamente enquanto ele preparava a refeição. Era óbvio quem ele era, e eu sabia que precisava ter cuidado.

"O jantar estava delicioso", comentei.

Calvin estava acomodado na cadeira à minha frente, enrolando o espaguete no garfo. Ele estava comendo bem mais devagar do que eu — de propósito, presumi. Uma tentativa de saborear cada momento restante ao meu lado. Já eu, só queria avançar com o jantar para esquecer toda essa história tão logo a manhã chegasse. Não estava nem um pouco interessada em ficar mais íntima de Calvin. Já tinha ficado íntima o suficiente, talvez até demais.

"Obrigado. Que bom que você gostou." O sorriso dele estava radiante. Ele amontoou mais um carretel de espaguete em volta do garfo e esfaqueou uma almôndega com força.

"Desculpe por tocar no assunto de novo." Espiei seu rosto com cautela. "Mas o que a polícia acha que aconteceu com Albert?"

Ele largou o garfo e coçou a nuca.

"Acham que estava bêbado, tropeçou lá embaixo e, bem, foi um acidente."

Levantei uma sobrancelha.

"Mas ele era alérgico a abelhas. Por que iria para lá?"

Calvin se recostou na cadeira e cruzou os braços.

"Como é que você sabe disso?"

"Eu vi a pulseira dele e perguntei a respeito. Ele me contou que basicamente era alérgico a tudo." Inclinei-me para trás, imitando a postura dele.

"Era mesmo." Calvin balançou a cabeça. "Algo assim estava fadado a acontecer em algum momento."

Engoli em seco. Que comentário mais esquisito.

"Você não acha estranho Albert ter ido logo para onde as abelhas ficavam?"

Calvin limpou os olhos. Não sei por que ele ficava fazendo aquele gesto a toda hora; eles estavam secos. Passaram o dia todo sequinhos.

"Estava escuro lá fora. Ele estava bebendo. Deve ter se perdido."

Albert deve ter se perdido? Em um rancho que ele evidentemente conhecia tão bem? Aquela foto dele com Calvin e Joe tinha mais de uma década. Cogitei me intrometer mais, porém optei por tomar o caminho seguro e simplesmente concordar.

"Você provavelmente está certo. É uma pena", concluí, lançando-lhe um olhar empático.

Calvin assentiu.

"É mesmo." Em momento algum, ele interrompeu o contato visual comigo. Só que não estava exatamente olhando para mim. Ele estava me avaliando.

"Precisa de ajuda na limpeza?" Eu sabia que era hora de finalizar a noite.

Calvin rejeitou a oferta gesticulando o pulso, como se me enxotasse.

"Ah, não. Deixa comigo."

Dei um sorrisinho e tentei projetar um olhar arregalado e inocente, como o de um cachorrinho.

"Se importa se eu for para a cama? Amanhã vai ser um dia agitado por causa da viagem."

Calvin tossiu. Havia tristeza em seus olhos, bem como um toque de raiva, frustração e medo — tudo misturado, a receita perfeita para, assim eu presumia, um belíssimo desastre. Quase vacilei à espera da resposta dele. Mas daí aprumei os ombros e o queixo. Aprendi que a confiança é a melhor armadura.

"Claro, pode ir descansar", respondeu ele por fim.

Levantei-me da cadeira e me afastei da mesa.

"Obrigada por tudo. Vejo você de manhã."

Ele assentiu com sutileza.

"Boa noite, Grace."

"Boa noite, Calvin."

Sorri mais uma vez e segui em direção ao meu quarto. Assim que cheguei no corredor longo e escuro, senti a mão de alguém no meu ombro. O movimento me pegou com tanta força que só percebi o que estava acontecendo quando já era tarde demais. Os lábios de Calvin estavam nos meus, famintos, como se ele não tivesse comido o suficiente no jantar. Suas mãos percorriam minhas costas, subindo e descendo. Sua língua invadiu minha boca e forçou para adentrar. Seus lábios e língua estavam molhados e desleixados, muito diferentes das outras ocasiões em que nos beijamos.

Botei as mãos nos ombros dele e o empurrei. Ele, então, cambaleou para trás, abaixando a cabeça de imediato. Por um breve segundo, fechei os olhos e inspirei fundo. Senti o ar encurralado nos meus pulmões e o segurei lá. Talvez eu não expirasse nunca mais. Talvez aquela lufada de ar fosse ficar ali para sempre, como aquela dorzinha logo abaixo das costelas da qual eu não conseguia me livrar. Uma que sempre me lembraria deste momento com Calvin.

"Desculpe. Não posso fazer isso", falei.

Ele coçou a testa.

"Vou embora amanhã."

Calvin respirou fundo, porém soou mais como um grunhido.

"Eu sei que você pensa que vai, Grace", afirmou ele, semicerrando os olhos.

Pisquei algumas vezes e dei um passo para trás.

"O que você disse?"

"Eu disse que sei que você vai, Grace."

Dei mais um passo para trás. Foi isso mesmo que ele disse? Eu não tinha certeza. Não tinha certeza de mais nada.

"Desculpe. Eu só interpretei mal as coisas." Ele deu um tapa na própria na testa. "Durma bem", completou e, em seguida, se esgueirou de volta para a cozinha.

Recuei pelo corredor, indo direto, sem pestanejar, até sentir a maçaneta da porta na minha mão. Abri a porta, entrei e a fechei. Quando fui trancá-la, percebi que Calvin não a havia consertado como disse que faria. Assim, antes de ir para a cama, peguei a cadeira da escrivaninha e usei para travar a porta, encaixando o encosto embaixo da maçaneta. Tinha esperanças de que Calvin a deixasse destrancada para mim pela manhã.

No meio da madrugada, abri os olhos de repente. O quarto estava escuro como breu, silencioso. Não sei bem o que me despertou, mas certamente tinha sido alguma coisa. Meu corpo estava encharcado de suor. Meu coração disparava, e minha respiração estava ofegante e descontrolada, como se eu tivesse acabado de correr uma maratona. Tentei captar qualquer som, qualquer movimento, porém nada. Talvez *não* tivesse sido nada, somente uma estranha anomalia mental me trazendo de volta à consciência. Mas, não, o cérebro não faz esse tipo de coisa, não assim à toa. Então, senti a mão em concha se ajustando à curvatura do meu rosto, pousando sobre a minha boca, com muita delicadeza a princípio, mas, a seguir, apertando minha cabeça de encontro ao travesseiro, causando dor às laterais do meu maxilar.

"Xiiiuu, hora de ficar quietinha, Grace Evans."

Minha visão ainda não estava ajustada à escuridão para compreender o que estava acontecendo, mas aquela, com certeza, era a voz de Calvin. Eu teria reconhecido em qualquer lugar. Tentei agarrar a mão dele, mas senti uma queimação e um aperto em ambos os meus pulsos. Eu tinha sido amarrada à cama durante o sono, as pernas também, uma vítima atada em um colchão almofadado. Tentei gritar, mas não passou de um gemido abafado em meio à pressão da pele e dos ossos que faziam contato.

"Pronto, pronto, pronto, Grace. Falei que era hora de ficar quietinha. A gente já não causou problemas de mais?"

Tão rápido quanto veio, a mão dele se afastou — mas, então, algo áspero e grosseiro foi enfiado bem fundo na minha boca, me fazendo chegar ao ponto da ânsia de vômito. Agora nenhum som poderia me escapar. Eu vertia lágrimas, temerosa do que estaria por vir.

"Desculpe, Grace. De verdade. Não posso prometer que você vai gostar de alguma coisa do que vá acontecer agora. Na verdade, posso prometer exatamente o contrário. Mas saiba que não foi sua culpa. Você só, bem, piorou as coisas."

Senti arrepios no corpo inteiro quando algo frio e sem vida me tocou bem entre as pernas. E então um calor jamais sentido, seguido de uma umidade imensa. Era como se eu tivesse feito xixi na cama. Então veio. A pior dor que já experimentei. Meus gritos abafados foram suplantados pela risada grave de Calvin. Senti o aço subindo em direção ao meu umbigo, encontrando resistência ao passar por cada nervo, fibra muscular, osso e tendão. Eu estava sendo tratada como um peixe recém-fisgado, largada numa folha de jornal.

"Lembra-se do que te ensinei na pesca? O truque é passar o anzol de ponta a ponta, para que a isca não saia. Você é a minhoca, Grace. Você poderia ter sido o peixe, mas quis tanto fugir de mim." Ele ria loucamente.

Senti o aço me invadindo cada vez mais, arranhando e rasgando as entranhas. A mão de Calvin apertou minha garganta, esmagando-a ainda mais, tal como uma forca. Meu último suspiro estava logo ali. Minha mente escureceu quando o aço e suas rebarbas começaram a subir pelo meu esôfago e então...

"Ahhhhhhhh." Quando acordei num sobressalto, me sentando na cama, eu estava consumida pelos arquejos e empapada pelo suor frio. Percorri as mãos pelo meu corpo inteiro, o pescoço, os pulsos, a barriga; tudo ileso. Ah, Deus do céu, porra! O que tinha sido aquilo? Olhei ao redor do quarto escuro. Não tinha nada — só escuridão e silêncio. Quando me convenci de que não havia mais ninguém ali comigo, me deitei de novo e fechei os olhos, repetindo:

"Só mais uma noite de sono."

DIA DEZ

48
CALVIN

"Merda", resmunguei. O relógio marcava 9h07. Eu não acordava tão tarde desde a época em que morava no Colorado, quando os animais não dependiam de mim para comer e beber. A noite anterior tinha sido um tanto confusa. Depois que Grace foi dormir, mergulhei fundo numa garrafa de uísque na tentativa de esquecê-la, pois sabia que ela me abandonaria tão logo a manhã chegasse. Fiquei ciente disso depois que me empurrou e me olhou como se eu fosse alguém a ser evitado e temido. Esfregando o rosto para despertar, percebi como a casa estava silenciosa. Arregalei os olhos. Grace tinha ido embora? Não era possível. Pulei da cama; os calcanhares atingiram o piso de madeira com força. Vestindo um par de jeans e uma camiseta, saí correndo do quarto. A porta de Grace estava aberta. Espiei lá dentro só para descobrir que todas as coisas dela haviam sumido e que a cama estava arrumada. Era como se ninguém nunca tivesse se hospedado ali.

"Merda", gritei.

Então, ouvi o porta-malas sendo fechado, e todas as minhas preocupações se dissiparam. Olhando pela janela da sala, vi Grace jogando uma bolsa no bagageiro de seu carro. Estava pronta para ir embora. Ela olhou para a casa e depois deu meia-volta para entrar de novo. Dei um suspiro de alívio e corri para a cozinha.

Servi-me de uma xícara de café, na expectativa de que Grace viesse se despedir. Era nítido que ela já estava acordada fazia um tempo, porque o café estava morno. Engoli uma xícara caprichada de uma vez só e a enchi de novo. A acidez sem graça invadiu as paredes do estômago ao descer, não muito diferente do uísque que desempenhara o mesmo papel algumas horas antes. A porta de tela foi aberta e depois fechada. A madeira bateu contra o batente, pontuando que alguém entrou no cômodo. Mas, diferentemente da porta de mola, os passos que vieram a seguir foram sutis e silenciosos, viajando pelo ambiente como se Grace estivesse deslizando alguns centímetros acima do chão.

"Olá, senhor", cumprimentou ela, de pé à entrada da cozinha, de braços cruzados e cautelosos.

"O senhor está no céu", brinquei e tomei um gole do café.

Grace deu um sorriso tenso e olhou ao redor, como se estivesse dando uma olhadinha derradeira na casa.

"Você já está indo?" Eu já sabia a resposta, mas queria que ela verbalizasse.

Ela assentiu.

"Sim, tenho uma longa viagem pela frente." Daí sacudiu as chaves. "Agradeço mesmo por tudo o que você fez. Obrigada por me apresentar ao estilo do Wyoming."

"Foi um prazer." Mais um gole no café. "Pegou tudo?"

Ela assentiu outra vez.

Terminei a segunda xícara de café e botei a caneca no balcão. O fato de estar morno deixava o sabor esquisito. Não estava quente o suficiente para oferecer aquela acidez vivaz e aquecer o corpo, nem frio o suficiente para apresentar uma experiência mais adocicada e suave — o pior dos dois mundos, totalmente indesejável. Meus olhos se voltaram para Grace. Estava usando a mesma roupa com que chegara: saia preta na altura dos joelhos, salto alto e blusa preta com aquele tecido franzido na frente. Era como se tivesse fechado o círculo. A cidade grande mais uma vez se revelava na natureza selvagem. Absorvi sua imagem como um copo de limonada em um dia de calor no verão, desde o salto agulha até os cabelos dourados de caimento perfeito abaixo dos ombros.

Quando dei um passo para me aproximar, ela recuou, feito um animal assustado pronto para correr.

"Deixe-me acompanhá-la até lá fora", falei.

"Ah, claro."

Mas Grace ainda deu alguns passos para trás antes de se virar para a porta. Aí ficou olhando para trás, para mim, para se assegurar de que eu não sairia de seu campo de visão. Calcei as botas que estavam à porta e acompanhei Grace até a varanda. Ela olhou para trás de novo. Talvez tivesse descoberto alguma coisa que a estivesse deixando receosa, ou talvez fosse só sua intuição.

O sol era uma chama de pura glória no meio daquela imensidão de céu azul do Wyoming. Os bichos estavam agitados, fazendo todo tipo de barulho provavelmente porque não haviam sido alimentados no horário certo. Minhas botas ribombaram nos degraus da varanda. Grace já estava no carro, abrindo a porta do lado do motorista. Mas fez uma pausa e se virou para mim.

"Gostei muito do período que passamos juntos", declarou, e pela primeira vez vi as covinhas que seu sorriso criava. Não sei dizer se já haviam estado ali. Presumi que eu não teria deixado passar algo tão fofo como aquelas covinhas, mas talvez não estivesse vendo as coisas com clareza até então — apaixonado por ela como um todo, e não pelos detalhes.

"Eu também", respondi. Enquanto eu caminhava lentamente até ela, exibia um sorriso tão largo quanto uma rodovia de seis pistas. "Vou te ver de novo um dia?"

Grace agarrou a porta, olhando o banco do motorista e depois para mim. Remexeu nas chaves. Elas tilintaram de leve.

"Acho que não", respondeu por fim.

Eu estava a menos de dois metros dela agora. Meti um polegar no passante da calça jeans e me apoiei nos calcanhares. Ela achava mesmo que ia embora. Que fofo.

"Adeus, Calvin!" Ela entrou no carro e fechou a porta.

Então enfiou a chave na ignição e deu um sorriso simpático antes de girá-la. O motor fez *clique, clique, clique*. Ela insistiu, girando a chave de novo. *Clique, clique, clique*. O motor não ligava. Agora com uma expressão de pânico, e ela tentou uma terceira vez. *Clique, clique, clique*. Era música para os meus ouvidos. Seu braço se agitava como um moinho de vento enquanto ela girava a manivela para abrir o vidro do carro antigo.

Grace cerrou os dentes, nitidamente descontente.

"Achei que você tivesse dito que estava consertado."

"Eu também achei que estivesse", menti. "Mexa na alavanca para abrir o capô." Fui até a frente do carro e levantei o capô, brincando com alguns fios, fingindo estar examinando e ajustando peças aleatórias.

A porta do carro foi aberta. Os saltos dela mastigavam o cascalho. De canto de olho, vi quando ela se postou ao meu lado. Estava bufando, de braços cruzados, o quadril projetado. Uma ousadia e tanto para uma mulher que estava com um carro quebrado e sem telefone celular.

"Qual é o problema desse troço?" Sua voz tinha um tom de irritação.

"Não tenho certeza. Não sou mecânico, Grace."

"Você prometeu que estaria consertado até hoje."

Virei a cabeça para ela, e um sorriso sinistro aos poucos surgiu em meu rosto. A máscara começou a cair.

"Eu prometi um monte de coisas."

"O que diabos significa isso?", ela quase gritou.

Não consegui segurar a gargalhada e, em um instante, me joguei em cima dela. Grace nem sequer teve tempo de reagir. Tentou me afastar, mas seus lindos cabelos loiros já estavam enredados na minha mão. Ela gritava tão alto que sua voz começou a falhar.

"Prometi que deixaria você ir embora, e nós dois sabemos que isso não vai acontecer", declarei, arrastando-a de volta para a casa. Suas pernas cederam, e ela começou a espezinhar. Um de seus saltos caiu do pé. Uma Cinderela em construção. Suas mãos miraram meus braços. Ela beliscava, esbofeteava e arranhava. As unhas cravaram na minha pele, tirando sangue.

"Vadia de merda", gritei. Parando pouco antes dos degraus, dei um tapa na lateral da cabeça dela com a outra mão. Era um aviso. Grace gritou de novo.

"Me solta", berrava ela, chutando e se debatendo.

"É tarde demais para isso", sentenciei, acariciando seu rosto. "Você não deveria estar aqui, Grace, mas estou feliz que você está." Sorri.

Ela esticou o pescoço e fez um movimento de dentada, abocanhando minha mão. Não consegui me desvencilhar a tempo, e seus dentes afundaram no meu mindinho. Deixei escapar um berro de dor e a soltei. Grace caiu no chão e me mordeu com mais força. Tentei fazê-la largar, mas sua mordida era muito forte. Chutei-lhe bem nas costelas com a bota com biqueira de aço, e ela tossiu, o que obrigou sua linda boquinha a se abrir. Meu dedo estava uma massa sangrenta mutilada e com uma fratura exposta. Grace rolou para o lado, tossindo e gorgolejando meu sangue.

"Isso foi burrice, Grace."

Agora ela estava de quatro, tentando ficar de pé, ao mesmo tempo que eu rasgava a manga da minha camiseta e a enrolava na mão. A dor era quase insuportável, e eu tinha esperanças de que o dr. Reed fosse capaz de consertar meu dedo. Pensei que Grace fosse tentar fugir naquela hora. Eu gostava de uma perseguiçãozinha. Mas, em vez disso, ela me pegou completamente de surpresa, investindo contra mim, me golpeando na barriga tal e qual um atacante de futebol americano em campo. Arquejei, caindo para trás. Não era a primeira vez que ela me deixava sem fôlego. Quando a vi pela primeira vez, eu soube que Grace seria durona. Minhas costas estalaram contra o degrau de madeira da varanda. Estremeci e rolei para o lado. Enquanto me recompunha, ela já estava correndo de volta para a casa. Será que nunca tinha visto um filme de terror? Você nunca deve voltar para dentro de casa.

"Onde você vai, Grace?", gritei, ficando de pé.

Abri a porta de tela. A sala estava vazia. A cozinha também.

"Ó Graaaace... Cadê você?", cantarolei como uma criança brincando de esconde-esconde.

Não houve nenhuma resposta, mas ouvi passos pelo corredor. Caminhei em direção ao barulho muito casualmente, passando os dedos ao longo da parede, sem pressa alguma. A caça é sempre muito mais divertida do que a captura.

Fiquei cantando lentamente enquanto caminhava pelo corredor.

"Amazing Grace, how sweet the sound,
That saved a wretch like me,
I once was lost, but now am found,
Was blind but now I see."*

---

* Primeira estrofe do hino cristão "Amazing Grace", de autoria do poeta e pastor anglicano John Newton. Antes de se converter, o autor era traficante de escravos; depois, tornou-se abolicionista e compôs diversos hinos. [NT]

A porta do banheiro estava aberta. Vazio. Bem como o quarto de Albert. Com isso, restavam dois cômodos: aquele no qual Grace se hospedara e o meu próprio quarto. Ambas as portas estavam fechadas. Fui primeiro ao quarto de hóspedes e, em vez de abri-lo, simplesmente travei a tranca. Se ela estivesse ali, ali permaneceria enquanto fosse minha vontade. Fui caminhando até o final do corredor, onde ficava o meu quarto, o último à esquerda. Ao tocar a maçaneta, fui invadido por uma onda de tontura. Esfreguei a testa e dei tapinhas nas bochechas, me arrependendo na mesma hora de ter bebido uma garrafa de uísque na noite anterior. Girando a maçaneta, abri a porta. Lá estava ela, minha *Amazing Grace*, parada num canto, segurando uma das minhas facas especiais. Deve tê-la encontrado quando estava bisbilhotando o porão. *Que hóspede safadinha.* O sol adentrava pela janela e atingia a lâmina, fazendo-a brilhar. A única coisa que me separava de Grace era minha cama *king* e uma mesinha ao lado com meu computador. Grace segurava a arma com firmeza. Seus olhos azuis, azuis estavam colados em mim.

"Ah, vai querer fazer no quarto?" Eu ri. "Sabia que você era uma mulher fácil, mas essa é a cereja do bolo, srta. Grace." Dei mais um passo em sua direção. Os nós de seus dedos estavam brancos devido à força com que segurava o cabo da faca.

"Eu não faria isso se fosse você", ameaçou ela.

Fui tomado por aquela tontura de novo e dei uma vacilada para o lado. Apoiei-me na mesa e me aprumei. Por que inventei de beber tanto ontem à noite? Eu sabia que teria um grande dia pela frente. O quarto começou a rodopiar, como se eu estivesse em um carrossel. Grace estava bem no centro de tudo, imóvel, linda e indiferente ao meu mal-estar.

"Na verdade, é você quem não devia estar aqui, Calvin", arrematou ela.

O quarto começou a rodopiar cada vez mais depressa, mas, independentemente da velocidade, tudo era um borrão, exceto Grace. Eu queria cerrar os olhos e nunca mais abri-los, mas estava me obrigando a mantê-los abertos embora implorassem para serem fechados. Desabei na cama, rolando e ficando de costas. Minha cabeça girava. E então senti como se flutuasse acima de mim mesmo, apenas o suficiente para ver quase tudo. Tudo, exceto Grace.

"O que está acontecendo comigo?", berrei. Tentei levar a mão à cabeça, mas eu me sentia paralisado. A única coisa que conseguia fazer era piscar e encarar aquele teto chapiscado. O ventilador de teto girava e girava, muito mais devagar do que o restante do cômodo.

O salto do único sapato no pé de Grace estalou no piso, e então ela se deteve diante de mim. Seus olhos encaravam os meus. Tentei balançar meu braço para ela, mas não consegui tirá-lo do peito. Meu outro braço estava ao meu lado, travado, como se estivesse soterrado em concreto. Grace botou a ponta da faca no meu dedo e girou, como se estivesse me provocando.

"O que você fez comigo?", perguntei.

"Uma coisinha aqui. Outra coisinha ali."

Meu coração pulsava nos meus pés, no pescoço, nos braços. Costumava ser estável de modo geral, mas agora estava acelerado.

"Isso tem a ver com aquela vagabunda que tá desaparecida?", esbravejei.

"Ela está aqui?" Grace inclinou a cabeça.

Minhas pálpebras estavam ávidas para se fecharem. Lágrimas escorriam pelos cantinhos externos dos meus olhos, deslizando pelas laterais do rosto. Lutei mais uma vez para movimentar os braços e as pernas. Nada.

"Sim." Até mesmo falar estava se tornando uma tarefa árdua. Cada músculo do meu corpo estava paralisado, inútil.

"Ela está viva?"

"Imagino que sim."

Grace assentiu.

"Você achou mesmo que fosse conseguir me manter aqui?", indagou ela.

"Eu só... puta estúpida."

"Isso não é muito legal, Calvin. Você não deveria xingar as pessoas."

Grace ergueu a faca acima da cabeça.

"Por favor, não", implorei. "Pode só chamar a polícia. A moça está... em... um galpão... no bosque. A uns quarenta metros da entrada dele, atrás do apiário."

Ela inclinou a cabeça.

"Você matou o Albert?"

"Não." Eu estava ofegante. "Aquela vagabunda estava gritando e... o bebum do Albert... deve ter... ouvido. Ele tropeçou... e caiu bem em cima das abelhas."

Grace olhou pela janela, a faca junto à lateral do corpo, observando a paisagem enquanto girava a lâmina na mão. Tentei me movimentar mais uma vez, mas não tinha controle algum sobre o meu corpo. Era como se eu tivesse mergulhado em areia movediça. Não sabia o que ela ia fazer. Grace parecia em conflito sobre avisar à polícia. Mas por quê?

Os olhos de Grace examinaram meu corpo.

"Você vai ligar para a polícia ou não?" Forcei as palavras a saírem todas de uma vez.

"Aqui não pega telefone celular", rebateu ela.

Tentei apontar para o computador, mas não consegui. Tomei fôlego.

"O computador. Tem um roteador ao lado dele. É só conectar."

Ela levantou uma sobrancelha.

"Você mentiu sobre o wi-fi também?"

Ela caminhou até a mesa e puxou a cadeira, sentando-se. Um movimento do mouse, e a tela acendeu. Eu me esforçava para ver o que ela estava fazendo. Sabia que minha conta do Airbnb estava aberta porque foi a última coisa que olhei para confirmar a chegada do próximo hóspede dentro de alguns dias.

"Avalie o hóspede. Acho que você não vai se importar se eu fizer isso", afirmou ela com um sorriso diabólico. Posicionou os dedos no teclado e digitou, lendo suas palavras em voz alta: "Grace foi uma hóspede fantástica. Ela é bem-vinda sempre que quiser voltar".

"Que diabos você está fazendo?", berrei e depois respirei fundo.

Ela clicou no mouse teatralmente.

"Avaliação: cinco estrelas. Mas eu preciso saber", recomeçou Grace, se levantando da cadeira. "Porque é um negócio que está me incomodando. O que realmente aconteceu na noite em que Lisa morreu?"

Suspirei.

"Você vai chamar a polícia se eu te contar?"

"Mas é claro."

Respirei fundo várias vezes.

Fechei os olhos por um instante, e a lembrança passou por trás das minhas pálpebras como um filme em um cinema escuro. *Lisa estava no banco do carona, ao meu lado, enquanto eu dirigia a caminhonete de Joe na estrada de asfalto sinuosa. Estava escuro lá fora. A única luz vinha da lua e dos nossos faróis. Eu estava ouvindo um ronco e não sabia se vinha da caminhonete ou de Joe dormindo no banco de trás. Lisa olhou para mim e sorriu. Seus cabelos eram lindos cachos loiros; e seus olhos, verdes como esmeraldas. A noite estava perfeita, até o momento em que deixou de estar.*

"Calvin, eu vou embora na semana que vem", *afirmou ela, a voz vacilando.*

"Como assim?" *Eu tentava manter os olhos na estrada, mas não conseguia e ficava olhando para ela.*

"Minha missão acabou."

"Mas eu pensei que você tivesse conseguido uma extensão." *Segurei o volante com um pouco mais de força.*

Lisa inclinou a cabeça. "Eu tentei. Mas eles não precisam mais de mim, então aceitei um cargo temporário como enfermeira no Alasca. Vou começar na semana que vem."

"Mas você nem falou comigo sobre isso!", *gritei.*

Ela pôs a mão no meu ombro.

"Estou falando agora."

"Não está, não. Você só está me informando o desfecho." *Tirei sua mão de mim e lhe dei um empurrão.*

"Calvin." *Ela estava quase chorando.* "Isso não significa o fim da nossa relação."

Fiquei furioso e pisei no acelerador. A caminhonete acelerou de sessenta para setenta quilômetros por hora.

"Significa, sim", *protestei.*

"Devagar, Calvin", *implorou Lisa.*

Adiante, um animal se preparava para atravessar a estrada. Os faróis refletiram nos olhos dele.

Lisa começou a me estapear várias vezes, implorando para eu diminuir a velocidade. Eu a empurrei de novo, mais forte desta vez. Ela bateu a cabeça na janela do carona. Joe ainda estava dormindo no banco de trás. Lisa gemeu e segurou a cabeça. A caminhonete estava a quase cem por hora.

"Encosta agora", berrou ela.

Foi então que apertei o botão para desafivelar seu cinto de segurança, libertando-a de mim e deste mundo, e me preparei.

Ela berrou "Qual é o seu problema, porra?", enquanto tentava desesperadamente prender o cinto de novo.

Tarde demais. Fomos de cem a zero em um instante, uma colisão entre metal, carne e vidro. Tudo ficou preto. Fui despertado por um gorgolejar, quase como um riacho murmurante. Mas não era. Era Lisa prensada no banco, tentando respirar. Ela havia sido empalada pelos chifres do alce, e seus pulmões perfurados estavam se enchendo de sangue rapidamente. Ela tossia e engasgava, cuspindo, tentando falar. Seus olhos estavam arregalados e encharcados de lágrimas, implorando pela minha ajuda. Eu só fiquei olhando. Só ligaria para a emergência depois que tivesse certeza de que ela jamais *partiria para o Alasca.*

Reabri os olhos, a lembrança sendo recobrada do fundo da minha mente, onde estivera compartimentada.

Grace estreitou os olhos.

"E então você colocou seu irmão no banco do motorista e jogou toda a culpa em cima dele?"

"Isso", foi a única coisa que consegui dizer.

Ela balançou a cabeça e saiu do quarto, reaparecendo à porta não mais de trinta segundos depois.

"Quase esqueci", disse ela. Estava com as mãos junto às costas, daí de repente revelou o ursinho de pelúcia que eu tinha lhe comprado.

Grace, então, se jogou em cima de mim, montando em meus quadris. Seus olhos encaravam os meus. Comecei a implorar para ela parar, sair, chamar a polícia e levar o que quisesse. Pelo menos, acho que fiz tudo isso. Eu não sabia mais quais palavras estavam sendo verbalizadas e quais estavam girando no meu cérebro.

"Por favor... Não faça isso... Grace."

"Para o seu conforto", afirmou ela, colocando o ursinho debaixo do meu braço.

Daí ergueu a faca bem acima da cabeça. O sol atingiu a lâmina mais uma vez, fazendo-a reluzir. Forcei um grito atormentado.

"Você disse que chamaria a polícia se eu contasse", ofeguei.

Ela arrastou a ponta da lâmina levemente pelas minhas costelas, sentindo o metal subir e descer, passeando pelos picos e vales da ossatura. Então, quando chegou entre as duas costelas inferiores, ela se inclinou para a frente. Grace e a faca avançaram para mim ao mesmo tempo.

"Receio que eu também menti, Calvin."

Meus olhos se arregalaram tanto que tive a sensação de que as pálpebras iriam rachar nos cantos. Grace ergueu a faca e a cravou no centro do meu peito. Minha camiseta branca ficou vermelha. Então ela arrancou a faca. O sangue jorrou da ferida, espirrando nela também.

Eu gorgolejei e tossi, engasgando com um grito de dor. Sem hesitar, Grace enfiou a faca na minha bochecha. A ponta quase tocou o fundo da minha garganta. Deslizou pela minha pele como se eu fosse manteiga. Eu sabia que era o fim. Onde é que tinha tudo dado errado? Como ela sabia? Como conseguira vantagem? O peso nos meus músculos agora parecia desaparecer. Finalmente, eu estava livre do feitiço. Livre da tontura e do medo. Enfim, permiti que meus olhos se fechassem, concedendo a eles o tão merecido descanso.

49
GRACE

Puxei a faca e a cravei nele uma e outra vez. Seu rosto, seu pescoço, seu peito, seus braços, sua barriga. O corpo humano é uma infinita tela macia à espera de um desenho. Golpeei até meus braços ficarem extenuados, só parando muito depois de Calvin deixar de respirar. Mantive seus olhos vidrados abertos para que ele continuasse a me encarar. Ele gostava de olhar para mim quando estava vivo, então tenho certeza de que também iria gostar de fazê-lo na morte. Seu peito parecia um poço de alcatrão. A cabeceira e as paredes estavam salpicadas de sangue. Eu estava embebida em Calvin. Saí de cima do corpo dele e me deitei ao seu lado por alguns minutos, acariciando seu rosto retalhado. O sr. Aconchego também era uma maçaroca ensopada de sangue.

As drogas fizeram efeito no momento perfeito. Ele estava lúcido o suficiente para saber o que estava acontecendo, mas não levou nem um minuto para adentrar na escuridão, com Caronte chegando na hora certinha para transportá-lo pelo rio Estige. O cabo da faca estava grudento, e a camiseta branca de Calvin era um painel fantástico para o show de cores em exibição. Uma toalha de papel empapada com o suco derramado por uma criança travessa. Essa parte era inevitável. O próprio comportamento de Calvin tinha gerado isso. Um de nós não iria sair daqui, e não seria eu.

Eu precisava me lavar, mas o choque dos meus atos, finalmente, começava a se instalar. Fiz o que fiz porque tinha que fazer. Nunca tive escolha. Levei a faca até a pia da cozinha, limpando-a com água quente e alvejante repetidas vezes. Era como higienizar uma faca de filé depois de estripar um peixe. Os pedaços de sangue e vísceras já secos estavam muito arraigados à beirada do aço, custando a desaparecer no buraco negro no centro da pia.

O processo foi longo e tedioso, com muitos produtos de limpeza e substâncias químicas, e ainda mais verificações duplas — triplas — de cada detalhe. Nenhuma impressão digital, nenhum fio de cabelo, nenhuma peça de roupa. Nada do que faz ou fez parte de Grace Evans poderia permanecer naquele rancho. Mas isso importava mesmo?

Joguei a caixa de tinta de cabelo vazia em um saco de lixo ao lado da pia do banheiro. Agora meu cabelo estava preso em um coque enquanto era tingido, castanho, minha cor natural. Olhei para o meu rosto manchado de sangue no espelho. Aproximando-me mais do meu reflexo, tirei uma lente de contato azul, primeiro de um olho, depois do outro, revelando minhas íris cor de caramelo. Assim que o despertador do meu celular tocou, eu me despi por completo. O vapor subia do chuveiro, e deixei a água queimar minha pele. Que delícia. O líquido quente descia rosado ao remover Calvin de mim, escorrendo ralo adentro. Lavei a tintura de cabelo, com cuidado para tirar todos os resíduos.

Depois de me secar e de me vestir, dei mais uma olhada na casa e peguei uma lata de gasolina na garagem. Voltando ao quarto de Calvin para finalizar minha obra, joguei vários itens ao lado dele na cama, coisas das quais precisava me livrar e coisas para ajudá-lo a queimar. Havia muito sangue, então eu sabia que iria precisar de mais substâncias inflamáveis. Abri as portas do armário, esperando achar roupas, mas não foi isso que encontrei. Assustada, dei um grito e quase caí para trás. Três luzes com sensor de movimento se acenderam, cada uma delas iluminando uma cabeça empalhada. Mas não eram de animais. Os rostos estavam congelados na expressão de medo vivenciada pouco antes de seus últimos momentos. Abaixo de cada uma delas, uma plaquinha de madeira com um nome esculpido: Cristina, Kayla, Amber. Fechei os olhos por um instante. *Você era mais doentio do que eu imaginava, Calvin.* Balancei a cabeça, notando duas placas penduradas na parede, ao lado das outras. Só que não havia nenhuma cabeça acima destas, somente uma parede branca, uma tela virgem à espera daquela arte vil. Os nomes gravados ali eram Briana e Grace. Bati as portas do armário e me virei para o corpo inerte de Calvin.

"Ah, mentiroso de uma figa", soltei furiosamente enquanto o encharcava com gasolina, esvaziando a lata inteirinha. Eu queria me assegurar de que ele ia queimar por completo. Um riscar do fósforo, e ele estava em chamas.

Lá fora, reorganizei meus pertences, colocando-os na caminhonete de Calvin, e olhei para o bosque, decidindo se deveria ou não verificar a garota desaparecida. Ela estaria viva? Valia o risco?

Colocando um par de óculos escuros Chanel, segui em direção ao apiário com minha nova faca a postos. Os cavalos relincharam, e os patos grasnaram assim que passei por eles. A grama seca estalava sob meus tênis. Ao me aproximar, ouvi um zumbido baixo das abelhas no apiário. Entrei no bosque, afastando galhos e pisando em árvores caídas. Exatamente como Calvin descrevera, havia um pequeno galpão de madeira uns quarenta metros ao fundo. Na morte, ele finalmente dissera a verdade. As janelas estavam bloqueadas com tábuas, e havia um enorme cadeado na porta da frente. Tirei um grampo do cabelo e me pus a trabalhar.

"Olá", chamou uma voz de dentro do galpão.

Não respondi. A tranca estalou e abri a porta. A luz inundou o cômodo escuro, revelando a mulher que eu tinha visto na foto da polícia. Ela havia perdido a vitalidade. A pele estava opaca, seca e coberta de sujeira. O cabelo oleoso estava preso em um rabo de cavalo baixo. Uma corda prendia os pulsos unidos. Uma das pernas estava amarrada a um pilar, lhe concedendo pouco mais de um metro para se movimentar. Enquanto ela olhava para mim, lágrimas escorriam pelas bochechas.

Seu rosto virou uma careta, e ela parecia rir e chorar ao mesmo tempo.

"Você é a Grace?" A voz soou feito um coaxar.

Inclinei a cabeça.

"Sim. Como você sabe?"

Ela soltou um uivo de choro, um misto de alívio e tristeza.

"Calvin me falou de você. Que você ia me substituir assim como eu substituí a última garota."

Olhei ao redor do galpão. Algumas latas vazias de Coca-Cola e uma tigela de couves-de-bruxelas podres ao lado. Calvin vinha mantendo a garota viva aqui como se fosse um dos animais do rancho. Claro, ele a estava alimentando com minhas couves-de-bruxelas.

Ela examinou os arredores desesperadamente.

"Cadê ele?" Estava em pânico.

"Morreu."

Um sorriso aliviado se espalhou pelo seu rosto, revelando as covinhas que eu tinha notado na foto.

"Por favor, me ajude", implorou, levantando os pulsos amarrados.

Hesitei por um instante. Segurando a faca, assenti e me aproximei. Seu lábio inferior se pôs a tremer, e ela abriu a boca de tanto chorar.

"Não se preocupe, Bri. Você está a salvo agora."

50
GRACE

Briana esfregava os pulsos enquanto caminhava ao meu lado pelo pasto. Estavam queimados pela corda, a pele vermelha e em carne viva. Ela estava cambaleando — afinal de contas, estava amarrada fazia pelo menos dez dias — e lutava para acompanhar meu ritmo. Mas nem assim fiz questão de reduzir o passo. Eu precisava ir embora daquele lugar.

"Como ele morreu?", quis saber ela.

"Lentamente", respondi enquanto continuava em direção à caminhonete.

Ela fez menção de falar, mas desistiu e me olhou com cautela.

"Você chamou a polícia?"

Parei e me virei, encarando-a de repente. Seus reflexos estavam lentos, e ela quase tombou para trás.

"Não, e eu estou indo embora."

O branco de seus olhos reluziu.

"Posso ir com você?"

De perto, notei os hematomas no formato de impressões digitais em volta do pescoço e dos vasos sanguíneos estourados ao redor dos olhos dela. Os lábios estavam ressequidos e rachados, descascando em vários lugares. Obviamente, estava desidratada. Afastei-me dela e continuei a marchar.

"Não", falei, olhando para trás.

Abri a porta do lado do motorista e entrei na caminhonete. Bri veio correndo até mim, mas foi mais uma sequência de tropeções do que uma corrida. Ela estava fraca demais.

"Espera aí, você vai simplesmente me largar aqui?", questionou ela, incrédula, tentando segurar a porta do carro. "Você não pode me abandonar aqui."

Deixei escapar um suspiro. Onde estava o meu agradecimento? Eu tinha acabado de resgatá-la de um cativeiro, e ela nem sequer estava tendo a cortesia de expressar gratidão. Ela estaria morta ao anoitecer se não fosse por mim.

Levantei o pé e lhe dei um chute certeiro no peito.

"Posso, sim!" Briana engasgou, cambaleando para trás e caindo de bunda. Daí soltou um gemido doloroso. "De nada." Bati a porta, liguei a ignição e saí.

Olhando pelo retrovisor, fiquei observando enquanto ela se levantava com dificuldade e espanava a sujeira do corpo.

Ela ia ficar bem, graças a mim.

51

GRACE

Lá estava. Gunslinger 66, o mesmo posto de gasolina onde eu tinha parado dez dias antes. Ainda estava *Abert*, e não Aberto. Encostei a caminhonete ao lado da bomba e saí. Mais uma vez, eu era o único cliente. Não se via nada em ambas as direções por quilômetros e quilômetros. Eu já sabia que só aceitavam dinheiro, então atravessei o estacionamento para ir à loja. Prendi meu longo cabelo castanho em um rabo de cavalo baixo e entrei. A porta rangeu quando passei. O mesmo ventilador zumbia no canto, espalhando o cheiro de carne seca e gasolina. O sujeito com um olho esquisito estava junto ao balcão. Percebi que ele me reconheceu imediatamente porque ergueu as sobrancelhas, aprofundando assim as rugas na testa.

"Estou vendo que voltou." As palavras saíram indolentes.

Assenti.

"Pode botar oitenta na bomba um?"

Ele apertou algumas teclas no caixa e pegou as quatro notas de vinte que lhe estendi, enfiando-as na gaveta.

"Gostei do cabelo." Ele sorriu.

Fiquei surpresa por ele ter notado a mudança. Devo ter sido a única cliente nos últimos dez dias.

"Valeu." Assenti de novo, me virando em direção à porta.

"Avery", chamou.

A palavra me fez congelar no mesmo instante, e parei no meio do caminho. Engoli em seco e cerrei a mandíbula. Eu não devia ter ouvido direito.

"Como é?" Eu me virei para ele. Talvez Calvin tivesse bagunçado alguma coisa na minha cabeça porque aquilo não era possível.

O velho torceu uma mecha da barba crespa.

"Avery Adams."

Senti meus ombros se retesarem e respirei fundo.

Ele abriu uma gaveta abaixo da caixa registradora e folheou uma pilha de papéis. Daí estendeu a mão, mostrando uma carteira de motorista.

"Você deixou cair isto quando esteve aqui. Tentei entregar, mas você saiu em disparada, igual a um bicho assustado, então guardei. Para o caso de você voltar." Ele sorriu, revelando dentes amarelos quebrados.

Aproximei-me, pegando o documento da mão dele.

"Obrigada." Dei um sorriso. "Fico muito grata."

"Claro. Boa viagem", respondeu ele com um aceno.

52

AVERY

Pelo espelho retrovisor, eu via o pôr do sol. Durante um segundo, uma bola de fogo engolfou o horizonte: o Gunslinger 66 encerrava suas atividades oficialmente. A explosão foi repentina e violenta, espalhando estilhaços em todas as direções. Tudo o que era Grace Evans queimou. As roupas encharcadas de sangue, os documentos, cartões de crédito e qualquer outra coisa que me ligasse a essa identidade. Grace Evans estava morta. Assim como aquele pobre velho idiota. Ambos não existiam mais. Eu não estava preocupada com impressões digitais, DNA ou qualquer coisa assim. Avery Adams não existia oficialmente. Ela era uma santa, uma cidadã exemplar. Grace Evans tinha estado aqui, mas Avery Adams jamais estivera em um lugar como Dubois, Wyoming.

Desviei o olhar do espelho retrovisor e me concentrei na estrada sinuosa adiante. Minha missão estava completa. Você pode estar se perguntando como ou por quê. Quem faria uma coisa dessas? Deixe-me me apresentar de novo. Meu nome é Avery Adams. Sou sua vizinha de porta. A mulher na cafeteria. A garota que corre no parque todos os dias. Que cumprimenta desconhecidos na rua. Que abre a porta para você passar. Que cede o lugar para os idosos no ônibus. Voluntária em um abrigo de animais. Sou a garota em um bar na sexta à noite e a moça na igreja no domingo de manhã. Sou todas as mulheres que você já conheceu e todas as que ainda não conheceu. Meu nome é Avery Adams. Adoro conhecer as pessoas — e adoro matá-las também.

DIA ONZE

53
AVERY

Botei a chave no balcão de uma das agências da Enterprise Rent-A-Car.

"Oi, estou aqui para devolver o carro que aluguei."

O sujeito robusto a recolheu. Daí posicionou os dedos grossos no teclado à sua frente e perguntou meu nome.

Sorri.

"Avery Adams."

Ele apertou as teclas para digitar meu nome.

"Se não houver nenhuma avaria, você recebe seu depósito de volta", explicou ele com naturalidade. Um pedaço de papel foi cuspido pela impressora. O sujeito o deslizou pelo balcão e me pediu para assinar no final da folha.

Assenti e fiz conforme indicado.

"Perfeito. Tenha um bom dia." Dei meia-volta, arrastando minha bagagem. Ao sair, segurei a porta para um homem de meia-idade de queixo recuado. Ele sorriu e me agradeceu.

"Por nada."

O Uber notificou que meu motorista, Joseph, estava se aproximando. A caminhonete de Calvin estava em algum lugar do Nebraska. Em dado momento, eu a troquei por um carro alugado. Ah, o Mazda velho que usei para dirigir até o rancho havia sido comprado por quinhentas pratas, em espécie, de um sujeito suspeito que não disse mais do que algumas palavras. O chassi estava raspado, então eu sabia que era um carro roubado. Melhor ainda.

Meu motorista apareceu em um Prius e logo saiu do carro para me ajudar a colocar minhas coisas no porta-malas.

"Quer que eu bote isto lá atrás?" Ele apontou para a minha bolsa carteiro.

"Não, esta fica comigo." Ela continha meu bem mais valioso, um troféu da minha viagem: a faca que peguei da coleção de Calvin.

O sujeito fechou o porta-malas e sentou no banco do motorista.

"Lincoln Mall?"

"Isso."

Chegamos 25 minutos depois. Uma vez lá, caminhei até uma rampa do estacionamento e entrei no meu Audi A5, acertando o GPS para Chicago, Illinois. Eu estaria em casa em pouco menos de oito horas, bem na hora do jantar.

A maior parte das coisas tinha saído de acordo com o plano. Aquela não era a minha primeira vez. Era o que eu precisava fazer. Mantinha minha vida em equilíbrio. Mantinha minha sanidade em equilíbrio. Sabe quando você sente uma coceira no meio das costas e não consegue alcançar? Eu sinto e aprendi a coçá-la. Desde muito jovem, sabia que era diferente. Eu não era como as outras crianças. Nunca passei nada de ruim. Não fui abusada nem abandonada pelos meus pais. Nunca fui abusada sexualmente. Só era diferente. Meu cérebro era conectado como o trabalho prático de um eletricista no meio de um aprendizado — não seguia exatamente os padrões normais, mas ainda funcionava, só que de um jeito um pouco fora do comum.

Algumas pessoas matam porque gostam. E eu sei que é frustrante ouvir isso. Não tem um motivo. Não tem lógica. Eu simplesmente gosto. Chame de hobby, se quiser. Você gosta de ler. Eu gosto de ver a vida se esvaindo das pessoas. De ver a luz de trás de seus olhos se apagando. De ver o rosto delas relaxando. De ver desaparecer o futuro que elas vislumbravam para si. Como um truque de mágica. *Puf*, sumiu tudo. Você pode dizer que eu faço mágica, por que não? *Serial killer* soa bem. Mas, na verdade, prefiro apenas Avery. Pode me chamar de Avery.

• • •

Parei à entrada da minha casa de dois andares, nos arredores de Chicago, na área residencial. Era branca com venezianas vermelhas e imensas janelas com peitoril. Uma casa normal com pessoas normais. Antes de sair do carro, abri o Airbnb no celular e apaguei a conta de Grace Evans. A essa altura, com certeza já tinham descoberto o corpo de Calvin. Normalmente, demorava alguns dias por causa do processo de isolar a vítima, sempre separando meu alvo de seus amigos e entes queridos. Só que aquele caso da mulher desaparecida meio que estragou tudo. Charlotte foi fácil de tirar da jogada porque ela era obcecada por Calvin, e sua presença ameaçava o relacionamento que "desabrochava" entre mim e ele. Com Joe foi ainda mais fácil. Foi moleza agir como se ele tivesse dito ou feito algo errado no bar, e fui convincente a ponto de esbofeteá-lo para solidificar a inadequação de seus atos. O único detalhe é que eu não fazia ideia do quanto o relacionamento dele com Calvin era ferrado. E, sinceramente, acho que eu nem teria precisado fazer nada para abalar a relação dos dois. A coisa ali ia degringolar de qualquer jeito. Betty nem sequer era um obstáculo. Ela estava sem a medicação, e, por isso, ninguém a levava a sério. E Albert... Bem, Calvin acabou cuidando dele de certa forma. Cheguei a cogitar assassinar Bri ou deixá-la amarrada, mas isso fugiria do meu *modus operandi*. Eu só mato o anfitrião. Ninguém mais. O fato de Calvin ser um psicopata foi uma bela surpresa. Soube no momento em que botei os olhos nele. Ele era como eu. Bem, não exatamente. Não sou tão depravada e já nasci assim. Calvin foi moldado. Todo o lance de natureza versus criação. Vi isso nele, mas ele não viu em mim. Só os mais fortes sobrevivem, é o que costumam dizer.

    Destranquei a porta da frente e entrei na casa iluminada. Logo à entrada havia uma enorme escadaria acarpetada que se projetava para o segundo andar. A sala de jantar formal ficava à direita; e a sala de estar, à esquerda.

    Daniel levantou a cabeça do livro e sorriu como se estivesse me vendo pela primeira vez. Ele sempre me olhava daquele jeito.

    "Bem na hora", disse, fechando o livro. Então me deu um abraço e um beijo apaixonado. Sua barba por fazer arranhou minha pele, mas não me importei.

    "Senti saudade", afirmou ele entre beijos.

"Também senti saudade."
Suas mãos enormes correram pelas minhas costas.
"Como foi seu retiro espiritual?"
Ele se afastou, encarando meus olhos castanhos.
"Foi ótimo."
"Você *comeu, rezou, amou*?", brincou ele.
"É, tipo isso."
Ele apertou os olhos, se inclinando para mim um pouco mais.
"O que aconteceu com seu olho?" O dedo dele roçou no leve hematoma. Afastei-me e coloquei minha bolsa no aparador.
"Levei uma galhada de árvore na cara durante uma caminhada."
Ele fez *humpf*.
"Onde é que foi esse retiro mesmo?"
"Nos arredores de Seattle."
"Nem consegui falar com você. Só algumas mensagens de texto. Fiquei preocupado." Ele ergueu as sobrancelhas.
Pousei a mão no ombro dele.
"Esse é o objetivo de um retiro. Não seria muito relaxante se eu passasse o tempo todo no celular, não é?" Inclinei a cabeça.
Daniel enrolou uma mecha do meu cabelo em seu dedo indicador.
"Você fez algo diferente no cabelo?"
Afastei sua mão com gentileza e o beijei na bochecha.
"Só umas hidratações e tal lá no spa."
"Gostei."
"Mamãe chegou!", gritou Margot.
Meus dois filhos desceram as escadas juntinhos. Margot, 10 anos, e Jacob, 8. Ajoelhei-me, estendendo os braços. Eles quase me derrubaram ao se jogar em mim para um abraço. Envolvi os dois com muita força, cheirando-os, sorvendo tudinho.
"Senti tanta saudade de vocês dois." Distribuí beijos nos rostinhos e nas testas de ambos.
"Não igual a gente sentiu", riu Jacob.
"Ah, é mesmo?" Soltei os dois e dei uma cutucada na barriga do meu garotinho esguio. Ele riu mais ainda.

"É verdade, mãe. Sentimos saudade um milhão de vezes mais", disse Margot com um sorrisinho fofo.

"Não sei, não, hein?! Pensei em vocês dois em todos os minutos de todos os dias da minha viagem." Eu me aprumei, colocando uma das mãos no quadril.

"Bem, a gente pensou em você em todos os segundos", brincou Margot, copiando minha postura.

Minha filha era esperta demais da conta e fazia me lembrar de mim mesma. Ela também era um pouco diferente.

Balancei a cabeça e sorri.

"Quem quer pizza?"

"Eu quero! Eu quero! Eu quero!", exclamaram Jacob e Margot em uníssono. Daí começaram a dançar, um ao redor do outro. Daniel passou um braço em volta do meu ombro e me puxou para si.

"Estou muito feliz por estar em casa. Agora me sinto eu de novo. Completa. Equilibrada."

Ele beijou minha testa e me abraçou um pouco mais forte.

"Posso ir com você quando você for de novo num retiro?", perguntou Margot. Ela juntou as mãozinhas e embalou um "Por favor, por favor, por favorzinho".

Dei um sorriso de canto de boca.

"Talvez quando você for um pouco mais velha."

Ela se pôs a comemorar e ficou saltitando nos dois pés, depois em um só, depois nos dois mais uma vez. Jacob seguiu o exemplo, sempre imitando a irmã mais velha.

"Vou ligar para o Lou's e pedir uma pizza", informou Daniel, depois desapareceu na cozinha.

"Eu vou para o retiro da mamãe", repetia Margot sem parar enquanto saltitava.

Sorri largamente e de repente... senti. Bem no meio das minhas costas. Uma coceirinha.

AGRADECIMENTOS

Em primeiro lugar, agradeço muito à minha agente, Sandy Lu, por ter enxergado em mim o que a maioria não viu. Em apenas dois anos, você vendeu oito dos meus projetos (e assim continuamos), mas o mais importante de tudo é o apoio que você me dá dentro e fora das páginas.

Agradeço também à equipe da Blackstone por continuar a patrocinar meu trabalho! Especialmente: Celia Johnson, Rachel Sanders, Josie Woodbridge, Stephanie Koven, Kathryn Zentgraf, Ananda Finwall, Sarah Riedlinger, Jeffrey Yamaguchi, Naomi Hynes e Rick Bleiweiss. Um agradecimento especial a Samantha Benson por manter minha sanidade durante a turnê do meu último livro e por ser a melhor divulgadora que um autor poderia desejar. Desculpe, não consegui lhe proporcionar todos os títulos da realeza, mas você é a rainha no que diz respeito aos meus livros.

Existem também pessoas a quem devo agradecer por terem feito o sacrifício de ler os primeiros rascunhos dos meus romances. Obrigada (e desculpem-me): Kent Willetts, Briana Becker, Andrea Willetts, Cristina Frost e James Nerge por terem lido as versões menos lapidadas de *Você Não Deveria Estar Aqui*.

Agradeço também à minha família e amigos por me apoiarem e me incentivarem ao longo de toda essa jornada! Mãe, gostaria que você estivesse aqui para ver meus sonhos se tornarem realidade, aqueles que você sempre soube que eu alcançaria. Minha vida tão doce sempre fica com um resquício amargo devido à sua ausência, mas você mora no meu coração e em cada palavra que escrevo.

Agradeço também a April Goodman (também conhecida como @callmestory no Twitter) por ser uma leitora beta incrível e inestimável. Você só melhorou este livro!

Agradeço também a Kayla Whitehead por ter vencido o concurso "um personagem com seu nome" no meu Instagram e por ter permitido que eu utilizasse o seu nome.

Agradeço também à verdadeira Avery Adams por ter me emprestado seu belo nome para algo não lá muito bom e também por ser bem diferente da minha Avery Adams da ficção (que eu saiba, né?). Um agradecimento especial a Katie Colton e a Yale Viny por sua amizade, apoio e cuidado incondicionais.

Agradeço também aos booktokers, bookstagrammers e revisores de livros por dedicarem seu tempo não apenas para ler meu trabalho, mas também se expressar a respeito dele de formas sempre tão criativas. Eu simplesmente amo ver os vídeos e fotos que vocês criam para destacar os livros que adoram.

Agradeço aos livreiros, bibliotecários e a todos que ajudam a colocar meus livros nas mãos dos leitores. Sou grata pelo apoio infinito e trabalho incansável. Vocês fazem do mundo literário um lugar melhor!

E, aos meus leitores, um "obrigada" parece muito pouco perto do que todos vocês fizeram e fazem por mim.

Sendo assim, deixe-me colocar com mais destaque: **OBRIGADA!**

Desculpem, sei que ainda não é grande o suficiente, mas saibam que vocês mudaram minha vida para melhor e serei eternamente grata por isso.

E, por último, mas certamente não menos importante, obrigada, Drew, por ser o marido mais badalado de todos os tempos! Você é sempre o primeiro a ler meu trabalho, o primeiro a dizer que está ótimo e o primeiro a comemorar meus sucessos e a acolher meus fracassos. Sem você, eu não seria a "esposa do Drew".

Case No. #03 Inventory
Type 3ª temporada
Description of evidence coles

Quem é ELA?

JENEVA ROSE é autora de vários romances best-seller do New York Times, incluindo o thriller que vendeu 1 milhão de cópias, *Casamento Perfeito* (DarkSide® Books, 2024), *Você Não Deveria Estar Aqui*, *Home Is Where the Bodies Are*, *One of Us Is Dead* e *The Perfect Divorce*. Sua obra foi traduzida para mais de duas dezenas de idiomas e teve os direitos vendidos para filmes e séries de TV. Originalmente de Wisconsin, ela vive atualmente em Chicago com seu marido, Drew, e seus buldogues ingleses, Winston e Phyllis.

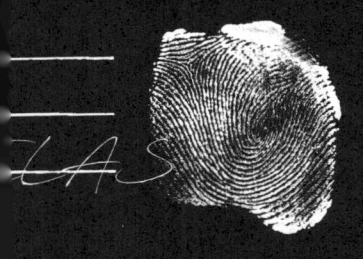

E.L.A.S

QUEM GOSTOU DE *VOCÊ NÃO DEVERIA ESTAR AQUI* TAMBÉM VAI GOSTAR DE:

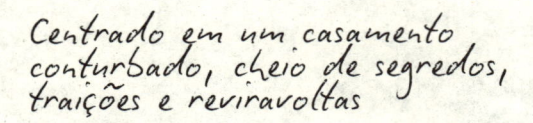

Centrado em um casamento conturbado, cheio de segredos, traições e reviravoltas

Protagonista feminina forte e inteligente

Narrativa viciante e tensa que mistura drama conjugal com mistério e investigação

Best-seller com mais de 2,5 milhões de cópias vendidas no mundo

Em processo de adaptação para o cinema

"Rose é uma das grandes rainhas das reviravoltas."
Colleen Hoover, autora de VERITY

CASAMENTO PERFEITO

SUA AMANTE ESTÁ MORTA.
A ESPOSA É A ÚNICA ESPERANÇA.

JENEVA ROSE

DARKSIDE

1

**JENEVA ROSE
CASAMENTO PERFEITO**

Um livro viciante que vai se desvelando aos poucos e mantém o leitor preso até a última página, enquanto trilha pelas suspeitas e intimidades de uma intensa relação conjugal.

"Rose é uma das grandes rainhas das reviravoltas."
COLLEEN HOOVER, autora de *Verity*

E.L.A.S EVIDENCE · EVIDENCE
ESPECIALISTAS LITERÁRIAS NA ANATOMIA DO SUSPENSE
TO BE OPENED BY AUTHORIZED PERSONNEL ONLY // ESPECIALISTAS LITERÁRIAS NA ANATOMIA DO SUSPENSE

3ª temporada
E.L.A.S EM EVIDÊNCIA.

Sobrevivente de ataque brutal retorna à cidade natal para confrontar segredos

Ambientado em uma floresta viva e simbólica, cenário de mistério e tensão

Múltiplas camadas de mistério, fantasia e trauma

Mistura crime real, memória fragmentada e elementos de fábula

Elogiada pela crítica e comparada a Alice Feeney, Megan Miranda e Riley Sager

O QUE ESTÁ LÁ FORA
KATE ALICE MARSHALL
DARKSIDE

"Inteligente e deliciosamente sombrio. Fui fisgada até o fim."
Alice Feeney, autora de *PEDRA PAPEL TESOURA*

2

KATE ALICE MARSHALL — O QUE ESTÁ LÁ FORA

Um thriller poderoso e inventivo. Uma história cruel e real sobre amizade, segredos e mentiras, inspirada em um crime real, e que evoca as grandes fábulas literárias.

"Inteligente e deliciosamente sombrio."
ALICE FEENEY, autora dos best-sellers *Pedra, Papel, Tesoura* e *Dele & Dela*

ESPECIALISTAS LITERÁRIAS NA ANATOMIA DO SUSPENSE — TO BE OPENED BY AUTHORIZED PERSONNEL ONLY — ESPECIALISTAS LITERÁRIAS NA ANATOMIA DO SUSPENSE

EVIDENCE · **EVIDENCE** · **E.L.A.**

Capture o QRcode e descubra.

Conheça agora todos os títulos do projeto especial **E.L.A.S — Especialistas Literárias na Anatomia do Suspense**, que integra a marca Crime Scene® Fiction, da DarkSide® Books, para apresentar uma seleção criteriosa das mais criativas e inovadoras autoras contemporâneas do suspense mundial.

CRIME SCENE®
FICTION

DARKSIDEBOOKS.COM